朝鮮人シベリア抑留

私は日本軍・人民軍・国軍だった

金孝淳

渡辺直紀 訳

東京外国語大学出版会

目次

第2章 父の足跡 51

第3章 千島列島からソ満国境まで 63

第4章 解放の喜びは消えて 83

II　帰還、試練は終わらなかった

第12章 故郷に戻らなかった人々――柳學龜と呉雄根 256

第13章 強要された沈黙と朔風会 274

〔付記〕本文には訳注を加えて、読者の理解のために便宜をはかった。簡便なものは本文中に〔○○○〕と書き入れ、長めの説明を要するものは、注を別途立てて背景を説明した。

レナ川
ミハイロ・チェスノコフスカヤ
ブラゴヴェシチェンスク
アムール川
コムソモリスク
ムーリ
ピワニ
ハバロフスク
ホール
バイカル湖
チタ
イルクーツク
ウランウデ
黒河
孫呉
北安
満洲里
ハルビン
ヴォロシロフ
ナホトカ
ウラジオストク

朝鮮人シベリア抑留者関連地域(1)

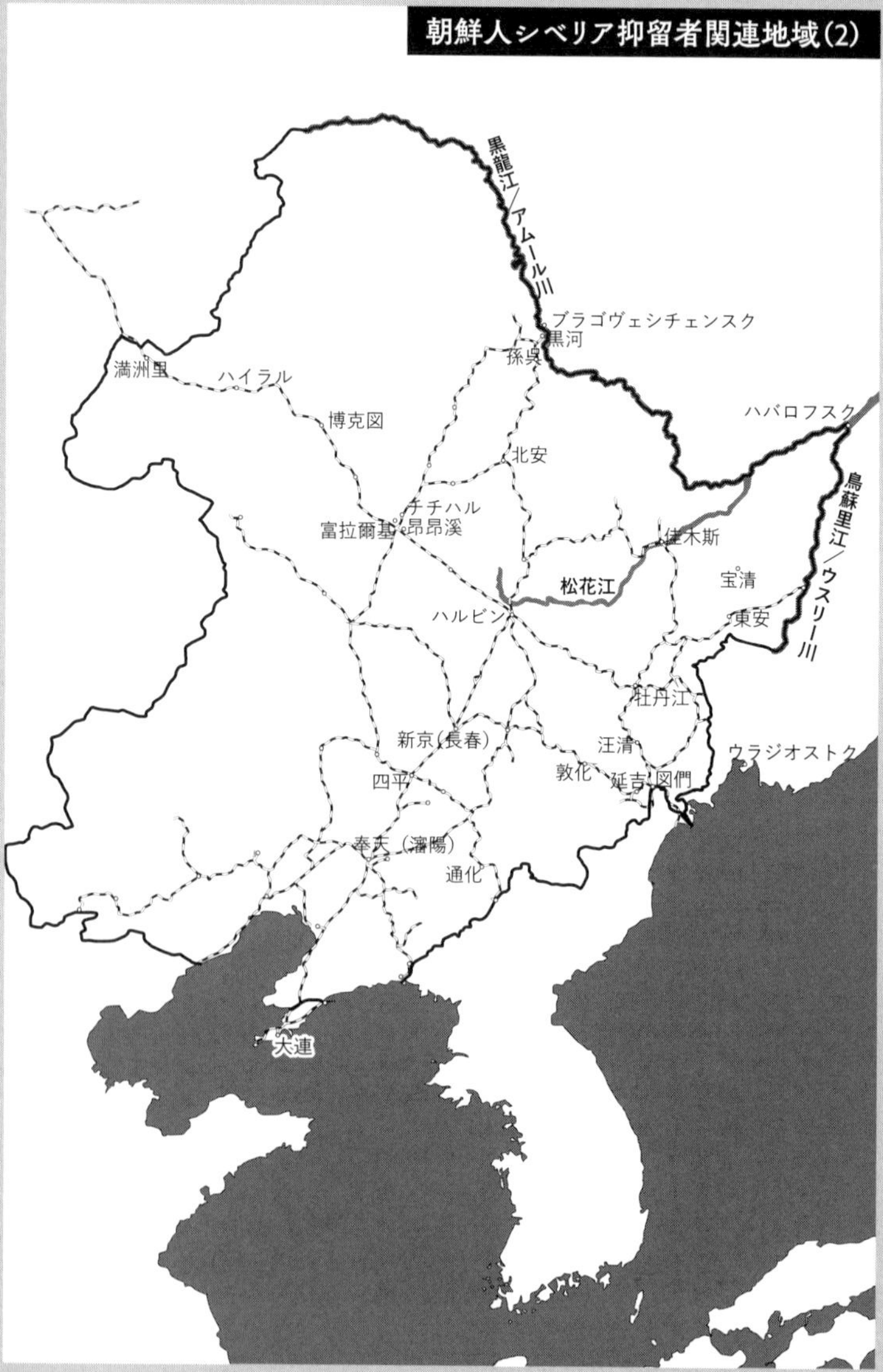

朝鮮人シベリア抑留者関連地域(2)

黒龍江／アムール川
ブラゴヴェシチェンスク
黒河
孫呉
満洲里
ハイラル
博克図
北安
ハバロフスク
烏蘇里江／ウスリー川
チチハル
富拉爾基
昂昂溪
佳木斯
宝清
松花江
ハルビン
東安
牡丹江
新京(長春)
汪清
ウラジオストク
敦化
延吉
図們
四平
奉天（瀋陽）
通化
大連

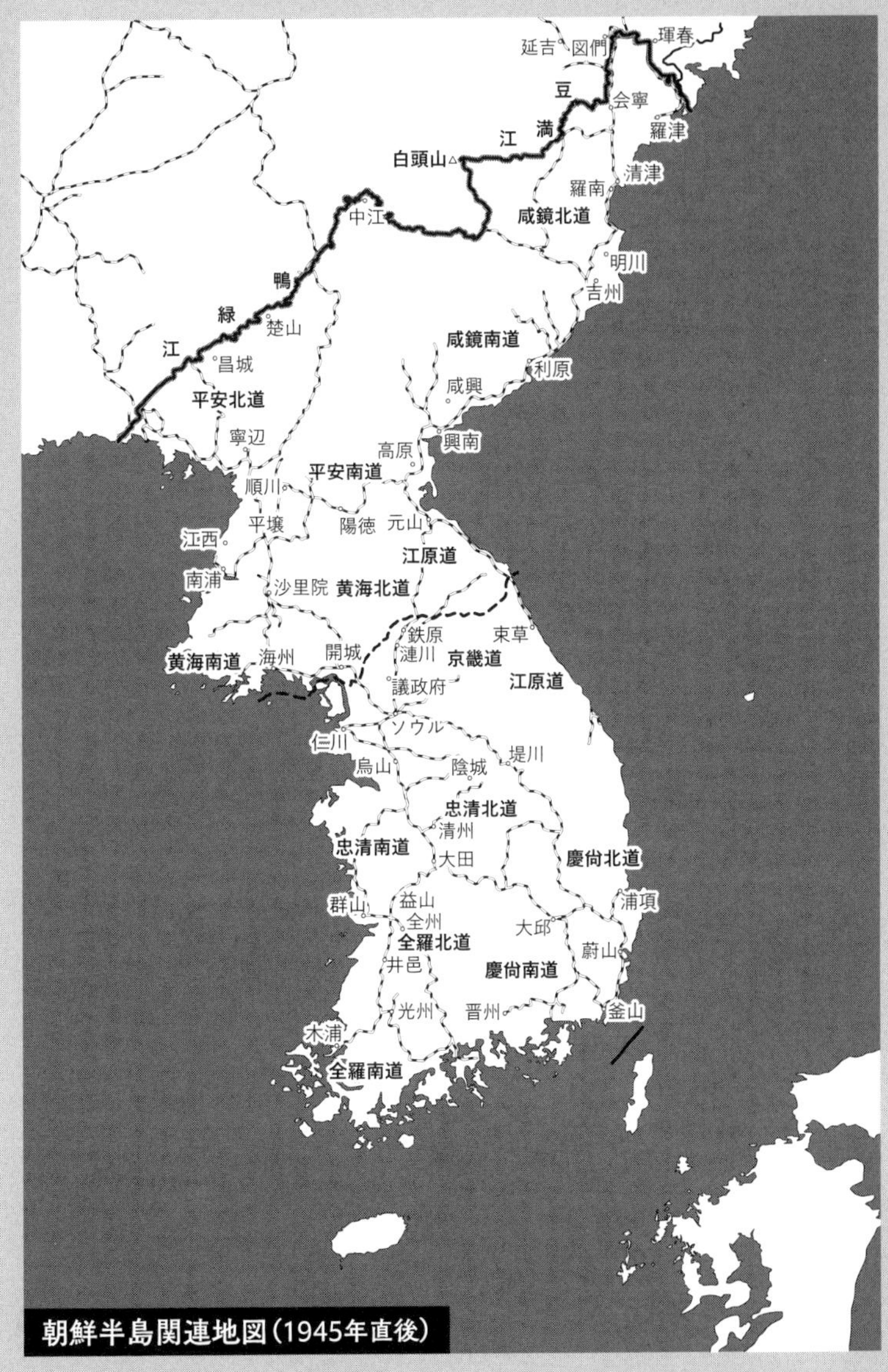

朝鮮半島関連地図（1945年直後）

日本語版序文

金孝淳（キムヒョスン）

私は大学生のころ、世界を見る目や社会問題、歴史問題などに関する素養を、日本語の書籍を通じて身につけることが少なくなかった。なので、自分がそれほどまでに「出版大国」と考えていた日本で、「嫌韓論」が断続的に猛威をふるい、関連書籍がベストセラーになるというニュースに接するたびに複雑な気持ちになっている。一九九六年に嫌韓論が噴出したときに、私は『閔妃暗殺』（一九八八）などを書いた作家の角田房子氏、岩波書店の安江良介社長（当時）など、九名の日本人をインタビューして「韓日関係、どう解くべきか」というタイトルで、ハンギョレ新聞に記事を連載した。

当時、出会った人々のなかに、朝日新聞の若宮啓文政治部長（当時）がいた。代表的な知韓派ジャーナリストの一人であった彼は、二〇〇二年に開催予定だったサッカーW杯を控えて、韓国と日本の間で誘致合戦が激しくなると、「韓日共同開催」というアイデアを提案して実現させた人物として知られている。どの組織でも、外部にあまり認識されない区分や序列があったり、脚光を浴びる出世コースがあったりする。活躍中の政治部記者だった彼は、一九八一年に、全斗煥の軍事独裁政権下にあった韓国に研修に行くのだと言ったところ、先輩たちから懸念まじりの忠告をずいぶん聞かされたという。当然、アメリカとかそれに準じる国に行くべきであって、韓国研修はキャリアにまったく役立たないという趣旨だったのだろう。インタビューの重要な内容とは関係なく、若宮氏から聞いた付随的な話のなかで、いまだに記憶に残ることがある。事前のアポイントもなく、韓国からの訪問者が朝日新聞社東京本社を訪れても、韓国語ができるスタッフが一〇名程度は随時招集可能だという。ソウル支局長、特派員、語学研修経験者といった形で数十年もの蓄積があるのだから当然かもしれないが、私としては、大新聞の悠久の伝統というか、年輪のようなものを感じた。

二〇〇〇年夏、朝日新聞国際部の伊藤千尋記者がハンギョレ新聞社を訪れ、取材を行った。当時、まだ誕生して間もなかったハンギョレでは、日本語でコミュニケーションが可能な人材がきわめて少なく、私がかなりの部分、取材に応じなければならなかった。伊藤記者は取材の成果を『週刊金曜日』に連載し（二〇〇〇年九月八日号―一〇月二七日号）、それらを一冊の書籍にまとめて『たたかう新聞――「ハンギョレ」の一二年』を刊行した（岩波ブックレット、岩波書店、二〇〇一年一月）。

私が新聞記者生活のほとんどを過ごしたハンギョレ新聞社で定年退職をしたのは二〇一二年一月である。その年、本書のテーマである「朝鮮人シベリア抑留」と関連して、生涯忘れられない二つの体験をした。一つは同年二月末に、ソウル・江南のとある日本料理の飲食店で、昼食を兼ねて行われた「朔風会」解散の集まりである。朔風会は韓国の現代史においてあらゆる風霜を経験した、朝鮮人のシベリア抑留者たちが結成した団体である。長年、互いに支え合いながら、日本政府に補償を求めてきた彼らは、日本の国会が自国のシベリア抑留者に対する特別給付金の支給などを規定した法案を通過させながら、韓国人・台湾人など旧植民地出身者を支給対象から除外すると（いわゆる「シベリア特措法」二〇一〇年六月）、最後の期待を断念することにしたのである。すでに八〇代半ばの高齢だった生存者たちは、すべてを諦めたうえに、集まりを続ける肉体的な力さえ尽きて、解散することにしたのである。十数人の参加者のなかには、遠く慶尚北道高靈（コリョン）郡雙林面から上京した鄭元九（チョンウォング）氏もいた。彼はソウルで朔風会の集まりがあると、早朝に自宅から自転車に乗ってバスターミナルに行き、高速バスで上京し、深夜にまた自宅のある高靈に戻った。大変な旅程でもあったが、集まりのたびにソウルにやってきて、久しぶりにメンバーたちの顔を見ると、大きな慰めにもなると言っていた。

私は朔風会の最後の集まりに招待された。数年前から彼らを取材して、本書を刊行した縁で、「同志」の一人とみなされたわけである。雰囲気はなんとも言えず憂鬱なものがあり、落ち込み沈んでいた。この集まりを持つのと前後して、生存者が相次いでこの世を去った。その後も解散がなんとも心惜しく、生存者数人がたまに集まったりしたが、長くは続かなかった。

もう一つは、その年の夏、とある女子高の一年生という学生からメールをもらった。著者インタビューをしたいという内容だった。メールを読んでやや当惑した。いたずらメールでないかと最初は思った。いたずらメールでなかったら、どう対応すべきだろうか迷った。本書の韓国語版が出たのは二〇〇九年八月のことである。出版直後、私はソウルの某名門私立大で国史学科の教員をしている旧友に会って、本書を寄贈した。彼はしばらく目次を見て、「ここに書いてあることは本当か？」と聞いてきた。彼は専攻が古代史だったが、国史学科の大学教員でさえ聞いたことがないほど、韓国においてシベリア抑留の問題、とくに朝鮮人抑留者がいたことを知っている人はきわめて珍しかった。私が本書の原稿を書きながら漠然と考えていた「潜在的な読者群」のなかに、高校生はまったく入っていなかった。かなり複雑な内容が論じられているので、歴史問題に関心があり、大卒以上の学歴を持つ人でなければ、本書を手に取ることはないだろうと考えていた。

私が現役の新聞記者だったら、おそらく仕事に追われていて、そのようなインタビューの依頼にも、ちょっと難しいと断っただろうが、すでに引退した身で断るのも少し気が引けた。しかし、高校一年生が本書を読んだこと自体が信じられなかった。だから悩んだ末に、「本当に本を読んだのかわからないので、まず簡単な読後感を送ってくれ、それを見てインタビューに応じるか判断したい」という返事を送った。その後一か月ほど何の反応もなかったので、面倒なことが自然と解決したと思っていたある日、読書感想文が六通、一度にメールで飛び込んできた。その女子高生たちからのものだった。読んでみると、インターネット上で検索できるような、新聞の書評やブログの記事を、そのままコピーしたものでは断じてなかった。彼女たちなりに本を入念に読んで理解しようと努力した誠実さが感じられた。なのでこの六人の女子高生と正式にインタビューを行った。その後、どうして私のところに訪ねてきたのか、気になっていたことを、私のほうから尋ねてみた。すると、学校の国語の授業で、担当の先生が一〇冊の本を指定し、班別に議論した後、著者にインタビューしてくるという課題を与えたのであった。そしてテーマが歴史の分野だから、他の本よりも「難しくないかもしれないと思い」、私と本書を選んだのだと言っていた。

同じような経験は、他の高校の生徒ともあった。彼らは私にインタビューを行うレベルでは終わらずに、抑留被害者である李在燮（イジェソプ）氏のところを訪ねて行って話を聞いた。そして「Tumblbug」というオンライン・クラウドファンディングサイトで、抑留生存者たちの人生を伝えるプロジェクトで募金を集め、パンフレットや電子ファイルを作成し、仲間の学生たちに配布する運動を行ったりもした。

アメリカで冷戦史の大家として知られる歴史学者ジョン・ルイス・ガディスは、二〇〇五年に『冷戦――その歴史と問題点』（*The Cold War: A New History*）を刊行した。一九七〇年代初頭から、数冊の専門的な冷戦研究書を出したガディスは、本書の序文で、冷戦時代の出来事をまったく現在のこととして記憶していない新世代のために、やや圧縮した冷戦通史を書いたのだと、著述の理由を明らかにした。彼が教室で出会う学生たちにとっては、冷戦初期の米ソの指導者だったトルーマン元大統領やスターリン大元帥は言うまでもなく、一九八〇年代の主役であるレーガン元大統領やゴルバチョフ元書記長も、ナポレオンやシーザー、アレキサンダー大王とあまり変わらないのであった。ガディスのたとえは、ある時期の主要な出来事を直接経験していない世代に対して、どのように歴史を教えるのか、いろいろなことを示唆している。歴史問題をめぐる韓日間の葛藤が悪化の一途を辿っているが、そのような悪循環に陥るほど、教育現場において弛まず、辛抱強く、歴史的事実を教える人々の役割が重要であることは、言うまでもないだろう。

最後に、本書の意義を認め、想像もしなかった日本語版が出るよう努力してくださった渡辺直紀先生、推薦辞を書いてくださった中野敏男先生、東京外国語大学出版会の大内宏信さんと小田原澪さんに心から感謝の言葉を申し上げたい。また、取材当時、献身的に支援してくれた朝日新聞の白井久也前編集委員、戦後補償運動ネットワークの有光健代表にも、ずいぶんと遅れることになったが、この場を借りて謝意を伝えたい。二人の支援がなかったら、本書は被害者の単純な証言集程度にとどまっていただろう。

本書の原著が出た二〇〇九年から、今回の日本語訳が刊行されるまでの間、朔風会を長年率いてこられた李炳柱会長が二〇一一年九月一三日に、献身的に支援活動をされてきた今野東・前民主党議員が二〇一三年四月二四日に、この世を去った。歴史の証言者たちが消えていく冷酷な現実の前で記憶の大切さを思う。本書が「朔風会」会員と旧・シベリア抑留犠牲者の遺族たちにとって小さな慰労になることを切に祈りたい。

本書を母に捧げる。

（付記1）二〇二一年の三月、コロナ禍ではあったが、九〇代半ばで元気にソウル郊外に暮らす李厚（イフ）寧（ニョン）氏のお宅を訪れ、本書の日本語訳の作業が進み始めたことを報告するとともに、あらためて関連の資料を拝見させていただいた。そのなかに「西伯利亜（シベリア）朔風会会員手帖一九九七」という青いビニールカバーの手帖があった。この手帖には、歴代会長をはじめ、会員らの住所や連絡先、経歴などが顔写真付きで掲載されていたが、李厚寧氏は、会員の逝去の報が伝えられるたびに、その会員欄に鉛筆で斜線を引き、「物故」とか「昇天」と書き込んでおられた。現在、個人情報管理が厳格で、このような物故者の情報を個人の資格で集めるのも困難をきわめる。ここに、李厚寧氏の了解を得て、本書と関連する方々の物故年の情報を順不同で列記しておく。謹んで故人のご冥福をお祈りしたい。

金圭泰（二〇〇四）　董玩（一九九七）　羅寛國（二〇一二）　金鎰用（二〇〇八）
李炳柱（二〇一一）　李柄洙（二〇〇九）　李在燮（二〇一四）　朴祥圭（二〇〇三）
孫澤洙（二〇〇〇）　元鳳載（二〇一七）　金光熙（二〇〇〇）　朴定毅（二〇二一）
李圭哲（二〇〇五）　柳學龜（二〇〇四）　朴道興（二〇一六）　金學範（二〇一六）
金光祚（没年未詳）

（付記2）李厚寧さんが亡くなられたようだ。二〇二一年の秋ごろ電話を差し上げたときには、電話は通じたが誰も出ず、二二年六月に日本語版編集が軌道に乗ったことを電話でお知らせしようとしたところ、番号が使われていないというメッセージが繰り返されるばかりだった。亡くなられただろうと思われるが、訃報を検索してもわからず、これ以上のことは、個人情報保護の指針のため、行政当局に問い合わせることもできなかった。これで朝鮮人シベリア抑留について証言できる最後の方が他界され、この問題も完全に歴史となってしまった。また、二〇二一年三月にお宅を訪ねたときに見せていただいた、氏の所持するさまざまな資料が陽の目を見ることもなくなってしまった。ここに最後のお一人のお名前と没年を掲げ、謹んで故人のご冥福をお祈りしたい。

李厚寧（二〇二二［推定］）

李在燮

李炳柱

金起龍

朴定毅

董玩

李厚寧

元鳳載

柳學龜

呉雄根

〔推薦辞〕

「シベリア抑留」の歴史と記憶を問い直すこと

――『朝鮮人シベリア抑留』日本語版によせて

中野敏男

戦後日本において〈戦争〉が語られるとき、「シベリア抑留」という歴史は、「広島・長崎」や「引揚げ」と並んで戦争により日本人が被った「被害」を想起させる事実として繰り返し持ち出される主題であった。その語りの起点は、決まって、日本敗戦の瀬戸際に「突然一方的に」中立条約を破棄し「満洲」に侵攻してきたソ連軍の暴虐である。それにより「満洲防衛」にあたっていた関東軍は総退却を強いられ、「満洲開拓」に従事してきた在住日本人たちは取り残されて、悲惨な逃避行のあげく虐殺や強かんの荒れ狂う暴力に遭い、ついには集団自決にまで追い詰められる者たちが出てくる。そして、やがて降伏し武装解除された日本軍兵士たちは、帰国と騙され貨物列車に乗せられて極寒の地シベリアに送られ、かの地で飢えと寒さに苦しみながら苛酷な労働を長期にわたり強いられた。多くの日本人兵士を死に追いやった「シベリア抑留」の悲劇は、これまでこんな形で戦争をもっぱら「被害」として語る日本人たちの国民的記憶となってきている。

それに対して本書『朝鮮人シベリア抑留』（原題『私は日本軍・人民軍・国軍だった』）が主題とする「朝鮮人のシベリア抑留」という事実の提示は、ひたすら日本人の自己憐憫に傾くそんな歴史の語りに塩をすり込んで、日本の内向きにだけ通用する記憶の都合のよい切り取りを突き崩してしまう契機になるものであるに違いない。そこでここでは、その歴史的意味の実相を知るべく、歴史への視野を少しだけ広く開いておくことにしたい。

日本人の「シベリア抑留」の前提としていつも最初に日ソ戦が語られるということだが、それを言うならその戦争の構図が少し以前の日露戦争から連続していると認めるのも、さほど飛躍した認識の拡張ではないはずだろう。一九〇四年に始まった日露戦争は、極東に南下の道を求めるロシア帝国に対して、朝鮮半島から満洲へと勢力圏を拡張しようとする日本帝国がぶつかった、朝鮮と満洲をめぐる植民地争奪戦争であった。この戦争によって朝鮮に対する覇権を確立した日本帝国は、やがて「韓国併合」へと進み、満洲におけるロシアの利権を横取りしていよいよ本格的に満洲支配に乗り出していく。

しかも注意したいのは、その日露戦争が日英同盟を基礎にして戦われ、アメリカの仲介によって講和に至ったことである。このアメリカの仲介は、日米が相互にフィリピンと朝鮮について相手の優先支配権を認め合った桂・タフト協定（一九〇五年七月）を伴っている。すなわち朝鮮に対する日本の覇権は、戦争の結果として諸帝国主義が一段階折り合い相互承認した植民地分配秩序の上に成立したのである。そう理解すると、関東軍が主導して一九三一年に始められた「満洲事変」は、満洲にさらに深い野心を抱いてこの秩序を武力によりもう一段有利に再編しようと目指したものであり、日ソ戦はそれが招いた帰結だったこともわかる。

しかもたしかに、まずは日露戦争がつくった帝国主義間のその秩序を基盤にして、日本の朝鮮植民地支配も実際に進行している。すでに日清戦争を戦って朝鮮に対する清の宗主権を排除していた日本は、その戦争のなかで日本の支配伸張に抗する朝鮮農民たちの戦い（甲午農民戦争）を近代国家の正規軍をもって苛酷に圧殺した。この武断支配の強硬姿勢は「併合」により本格的な植民地支配に進んでからも他の帝国主義諸国の干渉を受けることなく継続していて、一九一九年の三・一独立運動の際にはそれを鎮圧するのに七五〇〇名を超える死者と四万六〇〇〇名を超える逮捕者を出したし、翌一九二〇年にも、満洲の間島地域での独立運動を鎮圧する軍事行動（間島出兵）で少なくとも三〇〇〇名を超える死者を出している。一九二三年の関東大震災時に起こった日本国内での大虐殺（六〇〇〇名に及ぶとも?）を含めて、暴力は続いたのだ。

もっとも、植民地支配が朝鮮社会に与えた影響は、そのようにうち続く直接の暴力によるものよりも、土地調査事業に始まるその経済・社会・文化政策がもたらした構造的な社会変容（植民地化）に起因するものがもっと深刻だったと見なければならない。そのことを明示する指標の一つが、植民地化以降に顕著となる朝鮮半島外への朝鮮人の移動・移民の増加である。植民地支配による社会変容ゆえ朝鮮半島内では生活が成り立たなくなっての移動とか、その統治政策・人口政策により権力的に強いられての移動とかだが、主な移動先である満洲と日本内地の在留朝鮮人数を見ると、一九一〇年にそれぞれ一五万八〇〇〇人（満洲）と二六〇〇人（日本）ほどだったものが、一九三一年には六二万九〇〇〇人（満洲）と四二万七〇〇〇人（日本）に増加し、日本敗戦の一九四五年にはついに二一六万人（満洲）と二三六万人（日本）と合計で四五〇万を超えるまでに膨らんでいる。とりわけ一九三八年以降は戦時強制動員による移動の急増があり、ここに至るとそれは朝鮮人総人口の一割をはるかに超えていて、この事態が離散の悲哀が続く朝鮮民族のその後の運命を決定づけたことは明らかである。

朝鮮において一九三八年に始まる陸軍特別志願兵制度、そして一九四四年に始まる徴兵制は、そのような植民地における戦時動員の展開および最終局面として実施されたものだが、これにより生まれた朝鮮人兵士が関東軍などに編入されて、それが日ソ戦にあたり「朝鮮人のシベリア抑留」につながっている。一九九〇年代以降、日本軍「慰安婦」制度や「徴用工」などの問題がようやく社会的に提起されて、なお解決されていない戦時日本の植民地における強制動員による被害とその未補償の問題が公論化されるようになってきたわけだが、「朝鮮人のシベリア抑留」の問題もたしかにそれらにつながっている。しかもここでは、その植民地での強制動員の被害者が「加害兵士」として抑留されてさらなる苦難を強いられたという、ひどく理不尽な問題が加わるのである。

すると戦後の日本で、日本人兵士のシベリア抑留についてはたくさん語られるのに、このような朝鮮人兵士のシベリア抑留についてはあまり語られないというのは、このときの戦争への悔恨や反省に植民地主義の問題がすっぽり抜け落ちていたからだと気づかされよう。日本人の「被害」については語っても、「加害」については目を逸らしてきたのである。もちろん、ソ連の条約違反や苛酷な労働の強制が正当というわけではないが、それを言い募るだけでは問題の核心を逸らし、日本の責任は見逃されて、歴史から深い教訓は得られない。だから、いまからでも同じ問題を植民地支配の被害者の側から見つめ直し、歴史への悔恨を、自らも無関係ではありえない帝国主義と植民地主義への反省と批判に深めていくことが本当に不可欠なのだ。本書はそのため、とても懇切に確かな歴史的事実を示して、とびきり大切な問題をわれわれに投げかけている。

著者の金孝淳（キムヒョスン）氏は、既存のジャーナリズムの報道姿勢を批判して『ハンギョレ新聞』創刊に参加するなど、反骨精神の旺盛な活動で韓国では著名なジャーナリストである。東京特派員の経験もあって日本についての知見は深く、韓国と日本の現代史を批判的に問い直す著書を数多く出されている。筆者は第三回李泳禧賞を受賞した『祖国が棄てた人びと』（韓国語版・西海文集、二〇一五年／日本語版・明石書店、二〇一八年）の制作現場に多少の関わりをもったが、その作品も信頼できる周到な取材と細心でていねいな叙述をもって仕上げられており一般の評価は高い。著者のそのような著作態度は本書にも十二分に活かされていて、これもまた、歴史の真相に切り込んで痛切でありながらまことに味わい深い作品となっている。

はじめに

国道三号線は慶尚南道南海（ナメ）から平安北道楚山（チョサン）まで朝鮮半島を南北に貫通する長い道路である。朝鮮半島が南北に分断されているので、ソウルから議政府（ウィジョンブ）、漣川（ヨンチョン）を過ぎて、鉄原（チョルウォン）まで行くと、そこからは北上できない。議政府から三号線に沿ってずっと北上すると、全谷（チョンゴク）に入る手前の右に小さな公園があり、そのなかに「三八度線突進塔」がある。朝鮮戦争のとき、慶尚道の洛東江（ナクトンガン）流域まで後退した国軍が、米軍を含む国連軍の支援を受けて、一九五〇年一〇月、三八度境界線を越えて北進したことを記念する塔である。

二〇〇九年二月二八日、そこで「シベリア抑留者帰還六〇周年記念慰霊祭」が質素に開かれた。前日の二七日、ソウルの国会図書館の地下一階講堂では「シベリア抑留者帰還六〇周年記念式」が行われた。行事の主人公はみな八〇代後半の老人だった。

「シベリア抑留」という言葉は、私たち韓国人にはなじみの薄い言葉である。行事の名称だけを見て、どのような集まりかがわかる一般人はきわめて珍しいだろう。会の性格を理解するには説明がかなり必要である。侵略戦争の泥沼に陥った日本は、連合国の大反撃で戦況が不利になると、一九四四年に朝鮮に徴兵制を導入した。日本は足りない兵力資源を埋めるために、植民地朝鮮の青年たちに「聖戦」に参加できる光栄な機会であると喧伝したが、実際には弾よけに使うための強制動員だった。一九四四年と一九四五年に満二〇歳になる青年が徴兵の対象だった。

身体検査と軍事訓練を経て、朝鮮の兵士たちは日帝が闇雲に広げた広大な戦争地域に配置された[1]。一九四五年八月一五日、日本がついに降伏したとき、生き残った朝鮮の青年たちは、ようやく苦難が終わったとひたすら期待に舞い上がった。のちに連合軍の捕虜虐待などの容疑で裁判を受けることになる、何人かの青年たちを除いては、故国に直接戻り、夢に描いた家族と再会するのは、当然、時間の問題と思われた。

しかし、日帝の敗北が解放ではなく、新たな抑留生活の始まりになった人たちがいた。日帝末期、満洲（現在の東北三省）、千島列島、樺太（現在のサハリン）の日本軍部隊に従軍していた朝鮮人たちである。日本が降伏する直前の一九四五年八月九日、対日戦に突入したソ連は、かつて常勝を誇った関東軍を壊滅させ、満洲などで日本軍六〇万人を捕虜にとった。ソ連の独裁者スターリンは八月下旬、戦争で疲弊した国の経済を早急に再建するために、捕虜の労働力を最大限に活用する決定を行い、シベリア各地に移送するよう極秘指令を下した。日本でいわゆる「シベリア抑留」として知られる出来事である。まだ正確な統計はないが、一般的に六〇万人が連行され、そのうち一割に相当する約六万人が抑留中に死亡したという。

問題は日本軍にいた朝鮮の青年たちだった。彼らは日本の軍人とみなされ、酷寒のシベリアなどで重労働をして、三、四年後に故国に帰ってきた。やはり正確な統計はないが、朝鮮人抑留者が最も多く帰ってきたのは一九四八年一二月のことである。約二二〇〇人がソ連の貨物船に乗って三八度線の北側にある興南（フンナム）港に到着し、興南女子高に臨時収容された。審査手続が終わった後、縁故地への帰還が可能になった。満洲に家族や親戚がいる人たちがまず出発し、北朝鮮が地元の人も家族のもとに戻るために臨時収容所を去った。

南の韓国に故郷がある人々が最後に残った。一九四八年末に帰国した抑留者たちが縁故地別にどれくらいいたかは、証言や資料にばらつきがあるが、韓国が故郷の人は四八〇〜五〇〇人程度と推定される。すでに南北それぞれに政府が樹立され、三八度線を境に対峙していたときだった〔一九四八年八月一五日、大韓民国政府樹立（李承晩（イスンマン）大統領）、一九四八年九月九日、朝鮮民主主義人民共和国政府樹立（金日成（キムイルソン）首相）〕。朝鮮人兵士を受け入れる「国」がこのようにできたので、ソ連は北朝鮮への一括送還を決めたらしいとい

1　韓国語で「日帝」は日本ないし日本帝国、「日帝時代」は日本の植民地時代のことを指すが、「日帝強占期」という用語を使う論者のなかには、当時、朝鮮は日本と「合意」のもとで植民地になったのではなく、強制的に占領されただけで、大韓民国臨時政府のように海外に亡命政権をつくり、あるいは金日成らのように満洲などで抗日運動を繰り広げながら、独立運動をしていた（ものの、サンフランシスコ講和条約で連合国がそれを認めなかった）と主張する人たちが多数いる。彼らはあえて「植民地時代」という言葉は使わず、「日帝」ないし「日帝時代」という呼称を使用することが多い。よって、本書でもこれらの漢字語は意訳せず、そのまま「日帝」ないし「日帝時代」と訳すこととする。

う証言もある。本書第10章参照）。

北朝鮮当局は彼らの送還について南側と公式に協議せず、出身地域別に小集団に分け、一九四九年の一月から二月ごろ、夜中に三八度線を越えさせた。昼間に移動したら銃撃されて犠牲になるという懸念からであった。苛酷だった日本軍とソ連での捕虜生活を乗り越えて、ついに故郷に戻ってきた彼らを迎えたのは、温かい歓迎行事ではなかった。三八度線の警備部隊の発砲や対共捜査機関の厳格な尋問だった。しかも二か月間の調査を終えて故郷に戻っても、長い間、要視察人物とされて監視を受けた。一九九〇年九月に韓国とソ連が国交を結ぶまで、彼らは自分たちの苛酷な境遇を訴えたり、公開的に補償を要求したりすることもできなかった。

私たちの同胞が日本の植民地支配下で被った被害のうち、比較的遅く大衆に知られることになったのが軍慰安婦問題である。解放後、親日清算の作業が挫折したうえ、[2]国家権力による制度的な性暴力であるという問題の性質上、数十年間放置されてきた。一九八〇年代末から九〇年代の初めにかけて、被害者であるハルモニたちが自分の顔を出して証言し、初めて軍慰安婦の問題は国連の舞台でも「性奴隷」として取り上げられるほど国際的に余波が広がった。これと比較するとシベリア抑留問題は、いまだ韓国社会で本格的に取り上げられたことがない。

私は前述した二つの行事を前に、日刊紙『ハンギョレ』に「六〇年遅れの初の帰還行事」というコラム（二〇〇九年二月二五日）を書いた。以下は、コラムの末尾に書いた内容である。

> 彼らの人生のなかで、政府と権力機関からの慰労や配慮はなかった。戦争の死地に連行し

た日本や、シベリアで奴隷労働をさせたロシアは、これまで謝罪と補償の要求を無視した。韓国政府も彼らの訴えに真剣に耳を傾けたことがない。三八度線の通過時点である一九四九年二月を基準にして、「だしぬけに」開催される今回の行事に、韓国政府の存在は事実上ない。林鍾国(イムジョングク)先生の遺志を受け継いで、親日清算の問題の重要性を根強く提起してきた民族問題研究所の積極的な関与がなければ、六〇年も延期された集まりさえ成就することは難しかっただろう。[3]

シベリア抑留を経験した南側の被害者は、三〇人程度が生存するものと推定される〔原著の初版が出た二〇〇九年八月時点〕。実際の内容がどうであれ、ソウルの国会図書館で開かれた彼らの初めての記念行事の会場に、韓国国内の政治家では、前職・現職の国会議員が二人だけ参加した。日本側からは今(こん)

2 「親日」とは、日本の植民地支配に協力することを指し、「売国」と同様の語感を持つ。つまり、ここで「親日清算」とは、植民地時代に日本の支配に協力的であった人士らに対する調査や取締りのことを指す。韓国では一九四八年九月に、これら「親日派」を断罪するために制定された「反民族行為処罰法」に基づき、反民族行為特別調査委員会（反民特委）が発足した。反民特委は一九四九年一月から本格的な捜査を実施し、容疑者七〇〇〇人ほどを把握して、六八〇件ほどを取調べ、うち三〇〇件ほどは逮捕にまで至った。企業家の朴興植(パクフンシク)や作家の李光洙(イグァンス)、歴史家の崔南善(チェナムソン)らもこのとき取調べを受けた。だが、当時の李承晩政権は、政権維持のために旧朝鮮総督府の官僚などをそのまま起用するなどしたため、反民特委の活動の大きな障害となり、またその後の法改正などで反民特委の任期も短縮され、四九年八月には事実上、業務を終了した。

3 林鍾国（一九二九－八九）は韓国の在野運動家。植民地期の文学・文化史の研究とともに、同時代の親日派・親日行為野東(のあずま)参議院議員（民主党）や抑留被害者三人を含め、一〇人ほどの人士が来ていた。現場にはNHK放送局をはじめ、日本のメディアのソウル特派員がかなり来て取材していた。残念ながら韓国のメディアの姿は見えなかった。韓国現代史で最も暗い部分の一つであるこの問題が、また無視されるのがとても無念だった。

ならば、本書を読む読者は「おまえは何をしたのか」と問うかもしれない。妙に聞こえるかもしれないが、私はこの行事に「来賓」として参加した。長年の記者生活のなかで来賓の資格で会議や行事に出たのは、おそらく今回が初めてである。コラムでは明かさなかったが、実際に今回の行事は、NHKが特集番組を制作するために実現したような側面があった。

NHK放送は二〇〇八年下半期から取材チームを派遣して、韓国人シベリア抑留者の問題をドキュメンタリーとして制作していた。ドキュメンタリー制作の環境が韓国の放送局よりもはるかにいいNHKは、長年、資料を収集・検討して、関係者を広範にインタビューする。制作にかなり手間をかけるわけである。しかし、シベリア抑留に関する資料は韓国内にあまりない。とくにドキュメンタリー制作に欠かせない映像資料はさらに少ない。たとえば、朝鮮人抑留者がシベリアで強制労働をしたり、北朝鮮の興南港に帰還する場面、夜中に三八度線を越えたり、視察機関で調査を受ける場面を盛り込んだ映像フィルムがあるのかも疑問であり、もしあったとしても入手することはできなかった。だから「絵」の構成に役立つ、帰還六〇周年行事が企画されたのである。このような過程を経て制作された「もうひとつのシベリア抑留――韓国・朝鮮人捕虜の六〇年」というドキュメンタリーは、二〇〇九年四月五日、NHK教育放送のETV特集で放映された。

私が「来賓」という不自然な名目で行事に参加したのにはそれなりの理由がある。私は二〇〇八年六月から七月に、抑留被害者や遺族、関連団体の関係者、学者、国家記録院などの政府機関の官僚、政治家など、韓国や日本の人士数十人に会って取材した後、その年の八月一五日付の『ハンギョレ』に光復節の特集記事を掲載した。特集といっても新聞の二面を少し超える分量だが、総合日刊紙でこれほどシベリア抑留問題を取り上げたのは、おそらく初めてだっただろう。新聞に記事が出た後、内容がインターネットポータルに公開され、一部ではあるがかなり関心を集めた。半世紀以上前の出来事で、複雑で曲折の多い現代史についての事前知識がなければ、簡単に理解できない内容だが、「本当にこんなことがあったのか」という感想が数多く寄せられた。この記事をきっかけに、私は突如、シベリア抑留問題に関する専門家として扱われることになった。学界でもあまり知られておらず、専門的に研究する学者があまりいなかったせいであろう。

二月末の行事を控えて、実務準備の作業を主導していた民族問題研究所のほうから、来賓として参加してくれという要請がきた。日本のほうからも国会議員をはじめとする関連者たちが参加するが、韓国内で詳細を知る人を探すのが容易でないという。記者の身分に似合わない、ずいぶん照れくさいことだったが、私はそれを受け入れた。三八度線付近で開かれる慰霊祭で追悼の辞を読んでくれとい

を研究することに生涯を捧げた。『親日文学論』(一九六六／邦訳は大村益夫訳、高麗書林、一九七六)、『日帝侵略と親日派』(一九八二)、『韓国文学の社会史』(一九八六)などの主著がある。彼の死後、彼が残した資料を受け継いだ人たちが、一九九一年に親日派の問題を専門的に研究する「反民族問題研究所」を設立し、一九九五年にはこれが「民族問題研究所」と改称されて、現在まで研究や活動を続けている。

う依頼も受け入れた。私が何か言い訳をして断れば、代役を探すのは困難だろうという気がしたからだった。

しかし、被害者や家族、行事の実務者を除けば、日本の放送局の関係者くらいが見守るなかで読まねばならない短い追悼の辞に、どのような内容を盛り込むべきか悩んだ。儀礼的な慰労の言葉も何か妙だし、専門的な話も似合わないと思った。だから行事が開催されるこの場所に、三八度線ができた背景の話から始めた。三八度線が、降伏した日本軍の武装解除をどの国が担当するか決めるために引かれた線であり、徴兵で連行された朝鮮人青年たちも、どの国や勢力に武装解除されたかによって終戦後の運命が変わったという点を述べた。そして馬場嘉光（ばばよしみつ）という日本人が書いた『シベリアから永田町まで――情報将校の戦後史』（展転社、一九八七）という本のことに触れた。「永田町」は日本の国会議事堂のあるところで、中央政界を指す言葉として使われる。

一九一八年に平安南道鎮南浦（チンナムポ）（現在の南浦（ナムポ））で生まれ平壌中学校を卒業した馬場は、珍しい経歴を持っている。日帝時代に軍の特殊要員を養成する「陸軍中野学校」を卒業して、関東軍傘下の満洲・間島（カンド）（現在の延辺朝鮮族自治州）の特務機関で大尉として勤務、日本の敗戦を迎えた。戦後はシベリアに連行され、一一年四か月も抑留者として過ごした。日本人抑留者のうち最後に引き揚げるグループに入った彼は、一九五六年一二月二六日、舞鶴港に下り立った。帰国後は右翼青年運動に飛び込み、その後、日韓議員連盟、日韓親善協会の日本側事務局で事務局長など幹部として活動した。

私が彼の回顧録に興味を持ったのは、抗日運動の弾圧や親日派の朝鮮人についての新しい情報を得られないかという期待からだった。彼が、私たち同胞の集団居住地だった間島で、特務機関要員として働いていたからである。しかし回顧録ではその部分にまったく言及しておらず、ソ連で戦犯として起訴されて軍事裁判を受け、長期間収容された経験だけが詳しく書かれていた。

馬場は抑留されてほぼ一一年目になるころ、怒り心頭に達したことがあった。同じ抑留者の身分でソ連で強制労働していたドイツ軍捕虜が、みな釈放されて帰国するというニュースを聞いたからである。ソ連に侵攻して驚異的な打撃を与えたドイツの兵士が故郷に戻るのに、むしろ中立条約に違反したソ連に「侵攻」された被害国・日本の兵士を捕まえ続けておくということに憤慨したのである。私は、馬場の人生について簡単に説明しながら、朝鮮人抑留者の境遇について考えた。苛酷な植民地支配の被害者でありながら、日本の敗戦後は、日本帝国の軍隊の所属員とみなされ、無念のまま収容生活を過ごさねばならなかった朝鮮人青年たちの心境はどれほどのものだっただろうか。

そのうえ、韓国の現代史で恥ずべき部分だが、日帝が満洲国を統治していた時代に、新京軍官学校や奉天軍官学校を出て、日本軍や満洲国の軍隊に勤めていた将校出身のうち、大韓民国で大統領・首相・長官などとして栄誉に浴した人物が少なくない。朴正熙（パクチョンヒ）〔一九一七－七九、第五～九代韓国大統領〕、丁一権（チョンイルクォン）〔一九一七－九四、韓国陸軍参謀総長（大将）、第一一代・一三代外務部長官、第九代国務総理〕、白善燁（ペクソニョプ）〔一九二〇－二〇二〇、韓国陸軍参謀総長（大将）、駐カナダ大使、駐フランス大使〕のような人がこれにあたる。前後の事情はどうあれ、彼らはいち早く満洲などから脱出して帰ってきたのに対し、最も末端の兵士で北満などに連行された青年たちは、ソ連で途方もない苦労を経験しなければならなかった。残念ながら、朴正熙元大統領や丁一権元首相が在職期間中、抑留者の無念の事情を晴らすために努力したという話は聞いたことがない。

追悼の辞の末尾で、私は、失礼にあたるかもしれないが、と前置きした後、「運が悪ければ、仰向けにひっくり返っても鼻がつぶれる」ということわざを、会場に参加した抑留生存者の数奇な人生にたとえた。どうして一度でもなく三度も鼻がつぶれることがあるだろうかと問うた。日帝時代に徴兵に引っ張られ、第二次世界大戦が終わるとソ連で捕虜生活をして、故国に帰ってきて三八度線を越えるときは、弾丸の洗礼を受けて厳しい尋問を受けた人々。彼らは韓国現代史で最大の被害者であると言っても過言ではないだろう。しかし、被害を受けた悲しみと苦難に比べれば、彼らの人生は意外と言えるほど、私たちにほとんど知られていない。

韓国の現代史に大きな空白として残るシベリア抑留の問題を取材しながら、私は一〇人の生存者に会った。そのなかにはどうしてもインタビューを拒否する人もいた。「私の人生、滅茶苦茶だったのに、いまになってそんな話をしたところで、何の意味があるのか」と口を固く閉ざした。他の方に丁寧に紹介してもらい、何度か話を持ちかけたが、まったく聞く耳を持たなかった。ある人は壮絶な事情を語りながらも、名前や顔写真が公開されることを徹底して拒んだ。北朝鮮に残る家族・親戚に、もしかしたら被害が及ぶかもしれないと、とても敏感に反応した。

しかし、多くの人々は、誰かが自分の人生をきちんと整理してくれることを切実に望んだ。当事者たちは長い間、自分たちが歩んできた道を記録に残すことをあえてせず、いまは書きたくても気力が果てて書くことができないのであった。「朔風会」の副会長を務める李在燮(イ ジェソプ)のような方は、人権侵害の連続だった自分の人生をめぐって、「人間の人生ではない」と言いながら、「戦争がどれほど怖いか、戦争が終わってからもこんなに苦しんだ人間がいるということを、後世にかならず伝えてほしい」と訴えた。

私は悩んだ末に彼らの願いに応じることにした。『朝日新聞』のモスクワ特派員を務め、シベリア抑留問題の専門家とされる白井久也（しらいひさや）によると、日本では被害者の自費出版本を含めて約二〇〇〇種以上の関連書が出ている。専門家や研究者もすべて目を通せないほど多くの数である。残念ながら韓国にはこの問題を全体的に説明する書籍がなかった。

いざ本を書こうとすると、困難が一つや二つではなかった。まず被害者の証言が明確でなかった。平均年齢が八〇代半ばを超えた老人たちの証言なので、意を尽くせぬ部分が多かった。時には互いに矛盾する内容も少なくなかった。これまでジャーナリズムの基本である5W1Hの原則で記事を書いてきた私としては、淡泊で曖昧な被害者の証言を寄せ集めて整理するのは並大抵の苦労ではなかった。しかしその部分は諦めざるを得なかった。私でさえ数日経過すると記憶がぼやけるのに、六〇年も過ぎたことを、筋を通して話ができていないと老人に文句を言える状況ではなかった。

第二は、検証方法が脆弱なのが問題だった。抑留被害者の話を聞きながら、その内容を一つひとつ検証することは事実上不可能だった。当時の状況が主として朝鮮半島の外で起こったことであるうえに、証言内容の真偽を立証すべき資料を確保することが難しかった。被害者の証言も互いに矛盾する部分が少なくなかった。たとえばソ連のナホトカ港を出て興南港に到着した時点のような基礎的な事実についても、人によってかなりばらつきがあった。日本では捕虜として捕まっていた人々が帰還したとき、下船港で「引揚証明書」をいちいち作成したが、ここではそのような文書を見つけることはできなかった。抑留者は三八度線を越えて、みな軍警に逮捕され、仁川（インチョン）の戦災民収容所で集中訊問を受けた。もしかしたら警察庁保安局に当時の資料が残っているかもしれず、責任者に数回面談を要請したが、それこそまったくの音信不通だった。資料不足という限界のなかで被害者たちの証言を常識の線で判断して取捨選択するしかなかった。

第三は、現代史全般に関する筆者の素養不足である。抑留被害者の個々人の苦労話を単純に羅列する方法は回避したいと思った。何よりも、どのような歴史的文脈で、このように数奇な人生が展開したのか、読者に伝えたいと思った。そのためには韓国だけでなく、日本・ロシア・中国・満洲・アメリカを含む、二〇世紀の現代史に幅広い知識と見識を備えなければならなかった。しかし、私は誰が見てもただの新聞記者で、専門の学者や研究者ではない。にもかかわらず、分不相応にも蛮勇をふるったのは、自らの限界を知らないからではなく、このくらいのレベルであっても、関連の証言と資料を集めて整理しておくことが緊急の課題だと思ったからである。今後、この問題に関する資料が多く公開されて、研究者がはるかに体系的な著書を出すのに、本書が小さな手がかりになればこれ以上の僥倖はない。

最後に、本書のタイトル『私は日本軍・人民軍・国軍だった』〔原著のメインタイトル〕について少し説明が必要だろう。シベリア抑留から生きて帰ってきた人々は、まさに南北分断体制と朝鮮戦争に巻き込まれ、さまざまな軍隊経験をした。いくつかの組み合わせを聞いてみると「日本軍─韓国国軍」「日本軍─KATUSA（米陸軍韓国軍兵）─韓国国軍」「日本軍─朝鮮人民軍─韓国国軍」「日本軍─朝鮮人民軍─米軍軍属」「日本軍─パルチザン」「日本軍─韓国国軍情報局軍属」「日本軍─北派工作員」などがある。当事者たちの要請で一人ひとりの事情に深く入れず、匿名を使ったり、まったく伏せたりしてしまった部分が少なくない。彼らの波乱万丈な人生を全体的に表すタイトルをつけるのは容易ではない。一時代の悲劇を象徴する意味として、読者たちが理解してくれることを望みたい。

I

抑留、
試練が始まる

第1章

三八度線に現れた怪青年たち

捕虜のなかに工作隊？

日本の植民地支配において廃刊となった新聞『東亜日報』が、「重刊」という表現を使って再度発行を始めたのは一九四五年一二月一日である。[4]新聞用紙の入手が困難だったために、特別な日を除いて発行面数はおおむね二面にとどまっていた。一九四九年二月八日付の新聞を見ると、二面の真ん中に、見出しだけではピンとこない三段抜きの記事が出ている。「ソ連に抑留されていた青年一八〇人が大挙して南に渡る」という見出しの記事である。「北で朝銀券、違法に交付」という小見出しもついている。「朝銀券」とは、当時通用していた朝鮮銀行券の通貨を意味する。[5]本文をそのまま引用してみよう。

去る四日と五日の両日に、三八度線に突然ソ連の軍服を着た青年一八一人が隊列をつくって南に渡ってきたため、すぐに彼らを保護・収容して、さきほど京畿道警察・仁川（インチョン）戦災民収容所に収容して調査中である。彼らは日政〔日本の植民地時代〕当時、満洲から日本に徴兵され、解放後ソ連軍の捕虜になって、ソ連・ハバロフスクなどで強制労働をして送還され、北朝鮮を経て故郷に向かう途中だという。彼らは主として全羅南北道・慶尚南北道に本籍を置く者で、彼らの陳述によると、北朝鮮で韓国通貨を二〇〇〇ウォンずつもらい、三八度線まで保護・案内され、南に越えてきたところだと言ったという。そして、これから多くの青年が南に越えてくるだろうと言っており、警察当局の厳しい調査を受けているという。

延々と続く記事で、読むのにも息が切れるほどだが、要旨は次のとおりである。ソ連の軍服姿の青年一八一人が二日間にわたって三八度線を集団で越えて、警察が調査中であり、徴兵で連れて行かれ

4　東亜日報は、朝鮮日報とともに、一九一九年の三・一独立運動の影響で、総督府がそれ以前の「武断統治」ではなく「文化統治」に転換した時期に、総督府当局から刊行を認められた民族紙（それまでは総督府の機関紙格の『毎日申報』一紙しかなかった）。東亜日報は一九二〇年四月に、朝鮮日報は一九二〇年三月にそれぞれ創刊した。両紙ともに植民地末期の一九四〇年八月に、総督府の言論統廃合のあおりを受けて廃刊となったが、日本の敗戦と朝鮮の解放で、朝鮮日報は一九四五年一一月に、東亜日報は一九四五年一二月にそれぞれ復刊を果たした。

5　朝鮮銀行は、日韓併合直前の一九〇九年に設立された韓国銀行を引き継いで、一九一一年に植民地朝鮮における中央銀行として設立された。朝鮮銀行は日本政府から保護を受けて朝鮮銀行券を発行したが、朝鮮銀行券金貨・銀貨・日本銀行券との兌換が保障されていた。この朝鮮銀行券は、一九四五年の解放直後もしばらくの間、朝鮮半島の南北で流通していた。

て、終戦後にソ連で捕虜生活を終え、北朝鮮を経て、家に帰るところだと主張した。記事にあるように、三八度線を北から南に越えた青年たちの行列はさらに続いた。

翌日の新聞には二面トップ記事で関連の続報を掲載している。見出しは「恋しかった、自由祖国／地獄のようなソ連での生活／捕虜だった青年たち告白／今後さらに五〇〇人やってくる見込み」という肯定的な基調だった。記事の末尾には一〇〇人の名簿が出身地域とともに記載された。

しかし、三日後の二月一二日付の記事は、彼らを調査する警察当局の視点を反映したように、雰囲気がガラリと変わっている。やはり二面トップに載った続報の見出しは「ソ連に行った青年の南行き絶えず／捕虜のなかに工作隊？／仁川収容所で厳密調査」だった。ソ連に行って戻ってきた青年たちの南行きが止まらず、彼らのなかに北朝鮮の工作隊が紛れ込んでいるかもしれないという懸念や不安を示したものである。本文には捜査機関の視角がさらに露骨に示されている。

国際情勢が微妙なときで、また北朝鮮の破壊分子の蠢動がますますひどくなっているときだけに、彼らの帰国は治安当局の疑いを買わざるを得ない。また、ソ連が帰国させたとしても、北朝鮮の傀儡政権が彼らに二〇〇〇ウォンという韓国の通貨まで与えて南に行かせたことは過去に例のないことで、いっそう調査当局の謎になっている。（中略）

消息筋が伝えるところによると、今回ソ連で解放されたわが国の青年捕虜は約二〇〇〇人というが、そのうち韓国に本籍を置く者五〇〇人を分散させて南に向かわせているのも理解困難な事実で、昨今のように破壊分子の潜入が頻繁な時期に、いっそう調査当局は緊張した面持ちなのも事実である。（中略）

しかし、彼ら青年は、ほとんどみな、ソ連の言葉を話したり、当地の事情を語ったりするのを見ると、ソ連に行っていたことだけは事実のようだが、調査当局としては、あるいは彼らのなかには、ソ連である種の訓練を受けた破壊分子を国内に潜入させるために、彼らとともに南に送ったのではないかという疑いもなくはなく、彼らも各地から集めて送った者なので、ほとんどすべて互いに素性を知らないだけに、調査当局の手間もまた一様でないというが、果たして彼らのなかに破壊分子がいるのではないか、調査結果はきわめて注目すべきところが大きい。（以下略）

二月二〇日付の記事は表現がよりいっそう激しくなっている。「北朝鮮傀儡政権が四〇日間訓練させた後、南に送ったが、訓練というのが果たしてどんなものだったのか、背後にはどのような指令があったのか、彼らの正体は、徐々に関心と注目の的になっている」と書いている。

ソ連から戻ってくるという彼らが、群れをなして三八度線を越えた時期は、一九四九年一月末から二月中旬の間だった。すでに南北にそれぞれ政府が樹立されて正面から対峙しており、三八度線を境に頻繁に銃撃戦が起きていたときである。こうしたなか、社会主義の母国ソ連で三年以上生活した青年たちが、北朝鮮を経て南にやってくるのだから、捜査機関が神経を尖らせたのも無理はない。前後の事情を知るよしもない記者が、頭をかきかき記事を書きながら、妙な興味を感じたようでもある。しかし、あらゆる苦難を経験した末に祖国に帰ってきた彼らにとって、このような事態は、実に惨憺たる屈辱そのものだったのである。

坡州（パジュ）警察署などで基礎調査を受けた彼らは、みな仁川の松峴洞（ソンヒョンドン）にある戦災民収容所に移送された。

戦災民収容所には米軍の極東軍司令部の要員をはじめ、一〇以上の捜査査察機関の要員が常駐し、「適性国家」から戻ってきた帰還者を対象に徹底した訊問を行っていた。

米俵をかぶったまま過ごした初夜

生存者のうち、まず朴定毅（パクチョンイ）の証言から聞いてみよう。彼を簡単に紹介する。一九二四年に慶尚南道東莱（トンネ）郡機張（キジャン）面（現・釜山市機張郡）に生まれ、ソウルの培材中学校を出た。仕事を探して満洲に行き、そこで徴兵一期生として召集され関東軍に入った。日本が降伏し、ソ連軍の捕虜となってシベリアに移送された。主にクラスノヤルスク地域で抑留生活を過ごし、一九四八年一二月末に朝鮮人抑留者のほとんどが帰還するとき、ナホトカからソ連の貨物船に乗って北朝鮮の興南（フンナム）埠頭に到着した。興南女子高に設けられた臨時収容所に入って一か月ほど過ごしたとき、北朝鮮当局が本格的に南朝鮮出身者を送還する動きを見せ始めた。北朝鮮当局は帰還者を汽車で元山（ウォンサン）を経て鉄原（チョルウォン）・漣川（ヨンチョン）に移送した後、出身地域別に分けて三八度線を越えさせた。

朴定毅は三八度線を越えた時点がいつだったか忘れてしまって久しい。当時の新聞を見ると、釜山（プサン）出身のシン・ヒョンテクが二月一日、一行一六人とともに南に渡った記録がある。釜山や嶺南地方〔慶尚道〕の出身者らがともに行動したことからみて、三八度線を越えた期日をこの日としても無理はないようである。北朝鮮の引率者たちは、彼らを漢灘江（ハンタンガン）流域まで案内した後、安全のために夜中に渡れと助言した。南側の警備兵らの目にとまれば、銃で撃たれて犠牲になるという懸念からだった。誰かがやってきて、南側に何か事故が起きて警戒が厳重なので、今夜は難しいだろうと教えてくれた。一行は旅館に入って食事をした。朴定毅はきちんとした食事をとったのがあまりに久しぶりだったので、その日は食べ過ぎたことを覚えている。

翌日の早朝、旅館で用意してくれた弁当を持って漢灘江を渡った。ずいぶん行くと田んぼの端に哨所が見えた。近くに行くと緑のコートを着た人が一人でいた。朴定毅が近づいて行って、「同志、三八度線はどこだ」と尋ねると、「なにが同志だ。このやろう」と罵声がすぐに返ってきた。そのとき初めて三八度線を無事に越えたことを知った。いよいよ韓国の地に到着したと安堵のため息をつくのも束の間、哨所の要員は銃を突きつけて「みな手を挙げろ」と叫んだ。朴定毅は場の雰囲気に気づかず、「あなたは一人で、私たちのほうが多数だ。手を挙げろと言って、それでいいと思うのか」と丁寧に問い詰めた。そうして夢に描いた祖国に戻ることになった経緯を説明しようとした。

しかし、突然現れた奇妙な装いの青年たちを見て驚いた哨所の警備兵に、彼らの言葉がきちんと耳に入るはずがなかった。彼がより険しい形相で射撃の姿勢を取ると、みな手を挙げた。戦場という死地で生き残り、ソ連でも何度も死の淵を経験して故郷に戻ってきた初日は、こうして捕虜のように両手を挙げることで始まった。朴定毅は「ソ連軍に降伏したときにも手を挙げず、北朝鮮でも手を挙げなかったのに、自分の故郷の地に来て手を挙げろと言われた。これはいったいどういうことかと思った。結局、手を挙げた」と自嘲する表情で、当時を振り返った。

このような冷遇は一回のハプニングで終わらなかった。後で考えると、銃を構えた哨所の要員は軍人でなく警察だった。彼が坡州警察署に連絡するとＧＭＣ（General Motors Truck Company）のトラックが来た。一行はトラックに載せられて警察署内の柔道場に収容された。両手を頭の後ろに回して終日正座し、順番に呼び出されて南に来た経緯を調べられた。寝具には米俵を一つずつ支給された。夜中に警察署のどこからか聞こえてくる悲鳴を子守唄にして、米俵をかぶって眠らなければならなかった。

「私たちは何でもないのに」

朴定毅の一行はそれでもいいほうだった。南にやってくる過程で直接弾丸の洗礼を受けることはなかったからである。全羅北道全州（チョンジュ）出身の催其亨（チェギヒョン）は漣川にやってきた（「催」は稀姓。一部資料では「崔基亨」とも）。誰かが道案内すると言って、ある方向に行くように親切に教えてくれた。教えてもらったとおりに行くと、南のほうから銃声がけたたましく聞こえてきた。一行のうち一人が銃弾に当たって倒れた。状況が落ち着いた後、鉄帽をかぶりカービン銃を持った軍人姿の人間が現れ、どうやってソ連で捕虜生活をしたのかと尋ねた。そのような事実をどうして知ったのかと聞き返すと、支署に北朝鮮の工作隊が南下してくるという申告が入ったと言っていた。

催其亨は、道案内すると近づいてきた人が申告したのではないかと疑った。当時三八度線地域を行き来して、南北の双方に付いて無辜の人々を売り払う密告屋がいたというのである。自由な通行が遮断された悲劇の現場で、情報を売って食べる二重スパイが跋扈していたという主張である。催其亨も警察署に移され調査を受けた後、仁川の戦災民収容所に移送された。彼は捜査機関が一七か所あったと記憶している。「機関も多かった。ＣＩＣ（防諜隊）、ＣＩＤ（犯罪捜査隊）、韓国軍、米軍の奴ら、警察、もうみんないて調査ばかりするんだ。ソ連からやってきたやつらだと。私たちは何でもないのに」。

しかし、捜査機関の立場では決して何でもなくはなかった。全羅北道井邑（チョンウプ）出身の鄭龍煥（チョンヨンファン）はさらにひどいことをされたほうに属する。漢灘江を越える前に泊まった民宿の主人の言うことを聞いたのが仇となった。民宿の主人は、彼が着ていた分厚い「国際捕虜服」が欲しかったのか、「こんなにいい服を着て行くと何だから、服を着替えて行ったらどうだ」と勧めた。のちに坡州警察署に移送されて調査を受けたとき、彼は服を着替えたせいで電気拷問まで受けた。抑留帰還者たちが経験した苦痛は途方もないが、このような状況について政府の公式資料は公開されたことがほとんどない。

当時の新聞報道では、三八度線を越えて南下した人々の数は、四七三人とも四七七人とも出ている。北朝鮮当局が彼らに、故郷まで行く距離に応じて、旅費として五〇〇ウォンから三五〇〇ウォンを与えただけでなく、「どこどこに行けば支署があるから、そこに寄って事情を話して行けと教えてくれた」という証言も報道された。このような点から見て、北朝鮮当局が帰還者のなかに工作隊を忍ばせたという疑いは根拠が薄弱である。仁川収容所で約五〇日以上調査を受けた彼らは、三月二六日にほとんどが解放された。四五九人はやはり出身地域別に分けられて各道警や道庁の機関に引き継がれた。残りの一八人は「犯罪容疑者」として釈放対象から除外された。彼らの疑いが何だったのか、その後どうなったのかも明らかではない。

一九四九年初、まだ寒さが猛威をふるっているときに、突然三八度線を南下してきてソ連からやってきたと主張する人々は果たして何者なのか。いったいどのような事情があって、日本の敗戦後、ソ連に連れて行かれて奴隷労働をしたのか。日帝の植民地統治の被害者である朝鮮の青年が、なぜ終戦になったのに、むしろ加害者扱いをされなければならなかったのか。冷戦が激化し、朝鮮半島の南側には日帝の植民地統治に積極的に協力した反逆者たちが勢力を伸ばしていたが、当の侵略戦争の消耗品として動員された彼らはどのように棄てられたのだろうか。彼らの無念の事情がこれまで広く知られてこなかったのはなぜだろうか。

このような問いを投げかけずに、個人の被害事例だけを羅列すれば、野蛮の時代に踏みにじられた多くの人々が打ち明ける、ちょっと変わった不平くらいに見過ごされてしまう恐れがある。だから、少しくらいわからないことがあっても、新たな歴史の旅に出る必要がある。正規の教育課程でほとんど扱わない内容なので、その旅もやはりよくわからないことだらけかもしれない。もつれた糸を一つずつ解いてみたい。

第2章 父の足跡

「軍隊に二度も行ってきて……」

彼は頑強だ。もともと性格がそうだったのか、どこかにいるはずの父の行方を探すために、全身でぶつかって変わったのかもしれないが、とても粘り強い。韓国内外の数多くの機関、行政官庁と延々とやり合った。しかし彼が喧嘩をしかけたわけではない。自国民を保護できずに放置していた政府のほうが挑発したと考えるのが妥当である。政府が何をやったのか。いや、やったことよりもやってない責任のほうがはるかに大きい。

自国民が強制的に戦場に連行され、捕虜として捕まって長期抑留されたのに、釈放のために何の努力もしなかった。千辛万苦の末、祖国に戻ってきたときも、苦しみを和らげたり定着させたりする努力がまったくなかった。のちに子孫たちが、どのような経緯で父親がこうなったのか調べようとしても、政府は積極的に手助けすることはなかった。むしろ、その子孫たちに自分たちで資料を持ってきて証明するよう要求した。

このような状況だから、どうして官に言われるままでいられるだろうか。彼は執拗に戦った。そのようなつらい過程を経て、存在すらわからなかった父に関する文書を一つずつ手に入れることができた。あまり学校に通えず、社会的地位もさほどよくなかった彼は、自分の力では到底不可能と思ったことをやり遂げたとき、喜びの涙を流した。

彼とは誰か。文龍植（ムンヨンシク）、一九六〇年生まれである。彼が中学二年時の一九七四年、父・文順南（ムンスンナム）は五〇歳という働き盛りの歳で突然痩せ細り、急病で世を去った。家の大黒柱が突然消えると、長男の龍植は若くして戸主になった。自分で生計を立てるべき境遇になったが、学業を放棄することもできなかった。警察署付設の職業少年学校に通い、検定試験を受けて高校入学資格を得た。卒業後すぐに仕事を得るために工業高校に転校した。軍服務を終えて、とある電子会社に入って夢中で職場生活を送った。家族を扶養することが何よりも急務だった。二〇年間身を置いた職場から出て、自営業を始めたころ、心の余裕ができると、父のことが思い出された。彼にとって、父は、近づきにくい厳しい存在だった。

父・文順南はもともと、故郷が京畿道開豊（ケプン）郡青郊（チョンギョ）面の失郷民〔朝鮮戦争時に故郷を離れて南に移り住んだ人々〕だった。日本敗戦後、アメリカが日本軍の武装解除の担当地域を分割するために三八度線を引いたとき、開豊は三八度線の南にあった。しかし朝鮮戦争が終わるころ、国軍と国連軍が東部戦線では北上し、西部戦線では少し南に後退した。新たに休戦ラインが引かれて開豊はその北側になった。比較的遅く結婚した父は、根を失った苦しみと人生の虚しさを焼酎で癒した。文龍植は子供のころ、父のために夜道を二キロも歩いて酒をもらってきた記憶がある。父は酒に酔っても、自らの人生流転を口にすることはほとんどなかった。たまに「軍隊に二度も行ってきた」と愚痴をこぼす程度だった。

地方新聞の名簿が唯一の手がかり

文龍植は一九九五年ごろ釜山（プサン）に出張したとき、父親と親しかった親戚に会ったことがある。その親戚は、新聞の切れ端を取り出して見せながら、父親の話をしてくれた。日帝時代に徴兵で連れて行かれ、戦争が終わるとソ連軍の捕虜になって苦労して戻ってきたと言っていた。彼としては初めて聞く話だった。釜山で発行される地方新聞に、ソ連で抑留された韓国人たちの名簿が載ったのを見て、切り取っておいたのを渡したのである。その親戚は、日本政府に補償を要求する資料になりうるから、父親の名前を見つけるようにと言った。文龍植はその新聞資料をもらってソウルに戻ったが、理解できる内容があまりなかった。新聞に掲載された名簿には、日本式の創氏名が多く、父の名前はどこにも見当たらなかった。[6]彼は自分の能力を超えることだと思って気に留めないことにした。彼が再びそ

6 創氏改名は、朝鮮人に日本式の氏名を名乗らせる政策。一九三九年の朝鮮総督府制令で政策として定められ実施された。朝鮮半島においては、末端の行政組織などを通じて勧奨されたことが、実質的な改名圧力となり、著名人らがまず日本式に氏名を名乗るなどした。また、伝統的な家系図である「族譜」の維持をめぐって、さまざまな混乱が起きた。他方、朝鮮人の著名人であっても、朝鮮半島以外の日本や満洲に活動の拠点をおいていた人たち、たとえば陸軍中将の洪思翊（ホンサイク）、満洲国軍中尉の白善燁（ペクソニョプ）、舞踏家の崔承喜（チェスンヒ）、衆議院議員を務めた朴春琴（パクチュングム）などは創氏改名をしなかった。解放後、米軍軍政下の韓国では一九四六年一〇月の朝鮮姓名復旧令により、またソ連軍軍

の気持ちを取り戻したのは、紆余曲折の末に発足した「日帝強占下強制動員被害真相糾明委員会」（以下「糾明委」）が二〇〇五年二月に被害申請の受け付けを始めたのを知ってからである。[7]

彼は、書類を受理させるには、保証人を立てなければならないという話を聞いて、親戚を探しまわった。しかし、父の「過去」を具体的に証言してくれる知人がいなかった。以前、新聞資料をくれた親戚も病気になって記憶力がかなり減退していた。徴兵で連れて行かれた父は、戦争が終わった後も何の連絡もなく、みな死んだのだろうと思っていたが、一九四九年初に奇跡的に故郷に現れたくらいのことはわかった。彼は捕虜名簿が掲載された古新聞の切れ端をじっくり読んでみたが、父の名と似たような名前すら見当たらなかった。手がかりになりそうな遺品は何もなかった。どこに問い合わせればいいのか、どこに行けばいいのか、呆然としてしまった。暇があったら政府機関に陳情書を出し、電話攻勢を展開した。日本の厚生省には父の軍服務記録を照会してほしいという要請を、数回、書留郵便で送ったが、見つからないという返事だけが返ってきた。

朔風会の生存者たちと会う

行政機関の実務者が、被害を立証する資料を提出するよう要求すると、彼の忍耐も爆発した。糾明委の委員長に書留で手紙を送った。生活も楽でない庶民がいったいどこに行って資料を探すのか。植民地の民として戦争に連れて行かれ、無念にも捕虜として過ごしたのだから、国家が関連記録を探すのが筋ではないかと問い詰めた。ロシア国立公文書館に関連資料があるという報道を韓国のメディアで聞いたが、政府機関が先頭に立って探すべきではないかと要求した。彼は糾明委だけでなく、外交通商部、兵務庁、国家記録院、さらに京畿道警保安局にも問い合わせた。二、三年の捕虜生活を終えて帰還すると仁川（インチョン）収容所に収監され、ソ連での足跡などを綿密に調査されたという話を聞き、もしかして記録が残っていないかと思ったからである。

あちこち調べていたところ、シベリアに連行されて帰ってきた生存者たちの集まりがあるという話を聞いた。「朔風会」という団体だった。この団体の連絡先を見つけるためにまた行ったり来たりした。電話番号案内の一一四に問い合わせたが、団体名が登録されていないため何もわからなかった。噂をたよりに朔風会の李炳柱（イビョンジュ）会長とつながった。李会長から、生存者が外交ルートを通じて、ロシア当局の労働証明書を発行してもらったという情報を聞いた。一九九〇年代に外務部の協力を得て、労働証明書を受け取った韓国国内の抑留生存者が五五人に達していた。

複数の機関に陳情を出して反応を見ながら、少しずつ追跡の方向が見えてきた。彼は二〇〇七年二月に、韓国外務部ロシアＣＩＳ課（現在「ユーラシア課」に改称）に父親の労働証明書の発行が受けられ

政下の北朝鮮でもその前後に同様の措置がとられて廃止されたが、シベリアに抑留された朝鮮人たちのほとんども創氏名（日本名）で登録されており、現地で彼らが朝鮮人であると認識されるのが遅れたり、あるいは、ロシア側の資料が日本名で登録されていたりすることで、確認に困難をきたすなどの原因となった。

7 日帝強占下強制動員被害真相糾明委員会は、盧武鉉（ノムヒョン）政権下で設置された国務総理直属の機関。二〇〇四年三月に制定された「日帝強占下強制動員被害真相糾明等に関する特別法」に基づいて設置、二〇一〇年三月に任務を終えて廃止された。委員会は大統領の任命する九人の委員で構成され、満洲事変から太平洋戦争の間に強制動員（強制連行・強制労働、軍人軍属徴用、従軍慰安婦など）によって被害を受けた韓国人（在日韓国人などの在外国民も含む）の被害実態の真相糾明、および被害者、遺族の認定などを行った。

るよう協力してほしいという手紙を送った。外務部はモスクワ駐在の大使館に文龍植の陳情内容を知らせ、ロシアの関連機関と交渉して、彼の父と関連した資料を見つけるよう指示した。二〇〇七年七月末、ロシア外務省から韓国大使館に返信が来たが、内容はがっかりさせるものだった。ロシアの国立公文書館の名簿に「文順南」という名前はなく、収監された収容所番号と正確な所在地がわからなければ、見つけられないということだった。

手にした朝鮮人捕虜カードと労働証明書

糾明委から重要な情報を入手した。父の韓国名ではなく創氏名「南平順南」で記載されたようだというのである。父の本貫は南平（ナムピョン）文氏である[8]。日本式の名前に変えろと強要された末に、おそらく「南平」を日本語の発音にして読むことにしたらしい。日本語で漢字を訓読するとき、「南」は「みなみ」、「平」は「ひら」と読む場合が多い。実際に日帝時に創氏改名の圧力が激しくなると、本貫を姓にした人が少なくなかった。文龍植は外務部を通じてロシア側にまた照会を要請したが、二〇〇七年一一月、やはり関連記録がないという返信が来た。ロシア当局が六〇年前の膨大な文書綴をいちいちかき回して資料を探してくれるほど誠意があるはずもなかった。

突破口は過去の歴史清算のための韓国の政府機関の努力だった。国家記録院は二〇〇七年六月にロシア国立軍事公文書館と、ソ連に抑留された朝鮮人捕虜のカードをマイクロフィルムに撮って引き渡してもらう契約を締結した。当初の意図は関東軍などに志願した将校出身を探すことにあった。これによって約三七〇〇人分のカードを入手した。以前、図書館で使用していた所蔵本の分類カードと似たこのカードには、氏名、出生年度、軍隊召集前の住所、国籍、職業、兵種、服務部隊、階級、捕虜になった日付と場所、移送内訳などが記載されている。名簿の整理と分類の作業をしていると、文順南のものと思われる記録カードが出てきた。国籍は日本、名前も日本式の「南平」だが、生年と地域が「一九二四年」「京畿道開豊郡青郊面」だった。

文龍植は二〇〇八年六月に国家記録院から、父の身上明細や収容状況などが書かれたカードの写しをもらった。何も知らずにパズル合わせのようにあれこれやってきたが、ついにやり遂げたという思いで胸が一杯になった。同時に父が生前に、ひとり自分の胸にしまっていた若いころの事情を、一部ではあるが知ることとなり、とてもつらかった。

父の足跡を探そうという彼の作業はこれで終わらなかった。二〇〇八年七月初め、韓国外交部を通じてロシア側に、父の強制労働の事実を確認する労働証明書を発給するよう要請書を送った。ロシア

8　本貫とは、発祥を同じくする同一父系氏族集団の発祥地、あるいは宗族そのものを表す概念。韓国・朝鮮の姓は二五〇ほどあると言われるが、五大姓と呼ばれる金、李、朴、崔、鄭などは人口が多いため、「本貫と姓」の組み合わせによって一つの宗族が呼称される。たとえば、最も人口が多いと言われる「金海(キメ)金氏」の「金海」は、もともと金官伽耶（駕洛国）王族系であることを示し、新羅王族系である「慶州(キョンジュ)金氏」と起源が区別される。「金海金氏」の本貫は金海、「慶州金氏」の本貫は慶州で、他もすべての宗族において、本貫+姓の名称が使用され、この同一の本貫のもとで、同一父系氏族集団の家系図「族譜」が作成される。朝鮮王朝の王族は「全州(チョンジュ)李氏」で、植民地時代の創氏改名も、この本貫を共通とする一族で創氏および創氏名が決められた。また、北朝鮮の金日成(キムイルソン)が、本貫はどこかと聞かれ、「朝鮮金氏だ」と答えたというエピソードもある。もちろん朝鮮金氏という宗族呼称はなく、自分も一族であるという人間が多数出てくることを避けようとしてそう答えたのだろう。彼とその一族もおそらくは金海金氏か慶州金氏であろうと考えられている。

国立軍事公文書館にあるカードをもとに申請しただけに、ことが簡単に進捗するだろうと思われた。しかし誤算だった。一年経ってもまったく連絡がなかった。再び関連機関に手紙を送ったり電話をかけたりして関心を持ってくれるよう訴えた。在モスクワ韓国大使館が積極的に動いた。参事官がロシア外交部の韓国課長に会って、早急な解決を促した。

二〇〇九年二月に文順南のソ連滞在と労働を認める文書が、ついにロシア外交部から韓国大使館に伝達された。文龍植は外交パウチで送付されたこの文書を受け取った。父親が一九四五年八月から一九四八年一〇月までソ連でさまざまな労働に従事し、帰国前に三八〇収容所に移転したということが書かれていた。しかし、この文書は彼が期待していた労働証明書ではなかった。一九九〇年代に韓国国内の抑留生存者がロシア政府から受け取った労働証明書には、未払い賃金額が記載されているが、この文書にはそのような内容がなかった。ロシア当局がすでに発行した労働証明書と異なる文書を送ったことが、単に事務処理の方式が変わったからか、他の意味があるのかわからない。ただ、労働証明書を継続して発行するのであれば、未払い賃金を支払う責任をめぐって議論が拡散するのを抑えようという意図があるのではないかと推測するだけである。

文龍植は四月下旬、国家記録院を通じて、父親の個人的なファイル全体を入手した。国家記録院はロシア国立公文書館と協定を結び、朝鮮人捕虜と抑留者の個人ファイルをマイクロフィルムに収めて順番に受け入れている。文龍植が引き続き進展状況を問い合わせると、国家記録院が第一次入手対象として文順南のファイルをリストに挙げたのである。ソ連内務省傘下の戦争捕虜および抑留者管理総局が作成したこのファイルは、調査項目が四一項目に達するほどに詳細である。ソ連が当時の捕虜管理をどのように緻密に行ったかを示す部分である。出生地、最終居住地、母国語、駆使可能言語、党籍、教育水準、社会的地位、財産状態など、すべてが明らかにされていた。親・兄弟などの家族事項はもちろんのこと、父親の身分・階級・財産状態を尋ねたり、入隊前のすべての活動を具体的に記述しろという項目もある。最後の部分には、調査項目とは別に、捕虜の体格、顔の形、髪と目の色、身体の特異事項などを記入させた。

文順南のファイルは表紙を含めて五枚である。末端の兵士だったのでこの程度だったが、将校出身だったり特異事項がある人々のファイルははるかに分厚かった。文龍植は文書を見ながら、祖国が解放されたにもかかわらず、遠い異国で捕虜として過ごした若いころの父と対面した。ファイルの末尾に父親が自筆で書いた漢字の名前を見て自然と嗚咽した。まったく知らなかったことも数多く知ることとなった。

父親が酒を飲むと、「軍隊に二回も行ってきて……」と言っていた愚痴は、兵籍確認書を見るとすぐに確認できた。一九五四年一月二八日に入隊して一九五八年一月五日に除隊したものと記載されている。朝鮮戦争が終わった翌年、父はなぜ兵士としては決して楽でない年齢で入隊し、四年間軍生活を過ごしたのだろうか。息子には理由がわからない。ただ単身、南に渡った父が、生活が苦しく糊口の策として入隊したのではないかと推測するだけである。文龍植は日本の外務省や厚生労働省にも何度も陳情書を出した。しかし、ずいぶん待って受け取った返信は失望するものだった。文順南の軍隊での経歴や供託金の記録資料がないとか、捕虜労働に対する賃金も「ソ連で起こったことで、日本としては関知するところではない」といった体である。

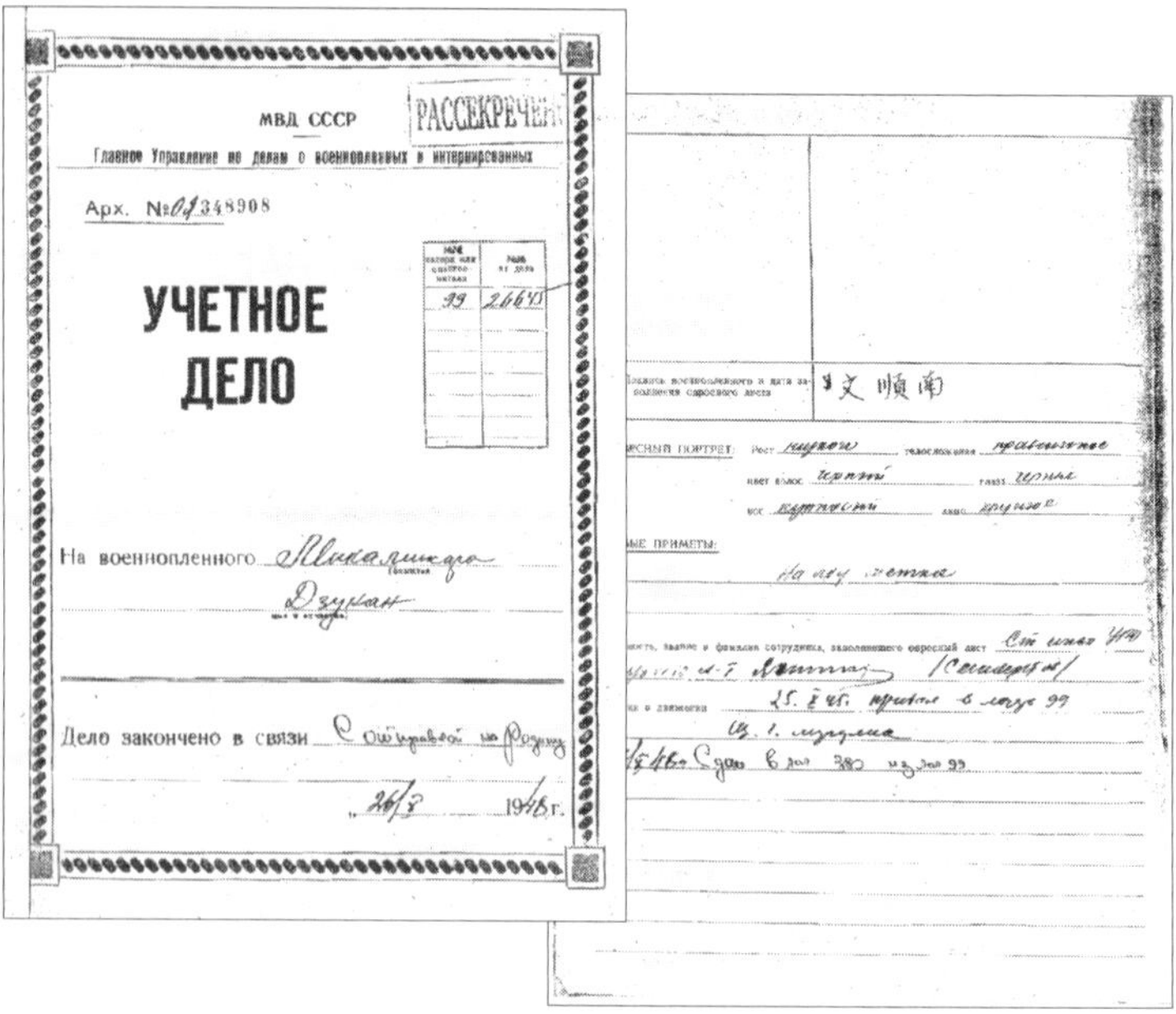

МВД СССР

РАССЕКРЕЧЕН

Главное Управление по делам о военнопленных и интернированных

Арх. №01348908

УЧЕТНОЕ ДЕЛО

На военнопленного

Дело закончено в связи с отправкой на Родину

26/8 1948 г.

文順南

Рост

цвет волос

нос

ОСОБЫЕ ПРИМЕТЫ:

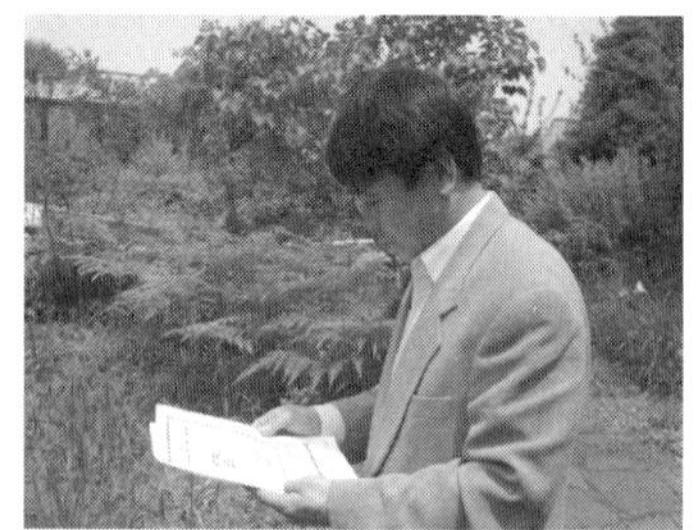

父の痕跡を探そうとする息子の奮闘——粘り強い努力の末、ロシア国立公文書館に保管された父親の個人用ファイルを入手した文龍植。合計5ページからなる文順南の個人ファイルには、漢字で書かれた手書きの署名が見える。

日本に責任を問い続けたい

文龍植は執拗な追跡の末にここまでやってきた。何もない状態から出発し、父の痕跡が感じられる資料をかなり手に入れた。これまで無駄なことと冷ややかに見ていた妻も、彼の努力を認め始めた。夢にも見られなかった文書が、遠い国から一つずつ手中に入ってきたからである。

いまや得られる文書は一とおり入手した。ならば、ここからどこに進むべきだろうか。次の目標は何だろうか。文龍植自身も困難は多々あると言った。まずここまで来るのも大変だった。国を日本に奪われ、数多くの人々が徴兵・徴用などで連れて行かれ、計り知れない苦難を経験した。とくにシベリア抑留者は他の被害者よりも苦痛が大きかった。にもかかわらず、亡くなった父に代わって糾明委に被害者申請をするために、立証書類を自ら提出しなければならなかった。彼は理解できなかった。多くの被害者が似たような時期に連れて行かれ、似たような時期に戻ってきたのに、なぜ政府が先頭に立って資料を収集しないのか。一個人がやるにはあまりにも困難な仕事を、政府が傍観しているのではないか、疑問が後を絶たなかった。

そのような過程を通じて彼自身多くのことを学んだ。生計を維持するために汲々として、世の中のことに無関心だったが、これを契機に、日帝の植民地統治の被害が依然として放置されている理由について苦悩することになった。日本がドイツと違って過去の歴史の問題の解決にきわめて消極的で、韓国政府も口では関心があるようなことを言いながら、日本の姿勢と別段変わらないことを痛感した。文龍植は今後も見通しが明るくないことはわかっている。しかし、ここで諦めることはできない。シベリア抑留生存者はみな八〇代中後半の年齢なので、肉体的・精神的にも長く持ちこたえるのは難しい。彼はいま、二世たちの運動を考えている。戦後責任はわれ関せずを決め込む日本の右派勢力の期待どおりに、生存者がみなこの世を去って、運動の代が途切れる状況が来ることは許せない。彼の決意が実を結ぶか見守りたい。

第3章 千島列島からソ満国境まで

花嫁を置いて連行される道

李在燮（イジェソプ）は故郷の村である京畿道始興（シフン）市去毛洞（コモドン）で静かに余生を送っている。一九二五年生まれで八〇代半ばの彼の机には、古い白黒写真が入った小さな額が置かれている。制服を着たあどけない顔の坊主頭の少年が見える。人生の晩年にある彼は七〇年以上前の自分の姿を見て、どのような思いに浸るのだろうか？

彼の家は代々、始興郡君子面去毛里（コモリ）一帯で暮らした。暮らし向きがあまり裕福ではなかったが、かといって貧しいほうでもなかった。写真の中の彼は仁川商業専修学校に通っていた。六〇〜七〇年代の韓国の野球スターたちを数多く輩出した野球の名門・東山高等学校がまさに商業専修学校の後身である。彼は東山高校野球団を支援する後援金を出しているという。否応なく諦めた若いころの夢が、胸に迫ったためかもしれない。

「シベリアに連行されて、戻ってきて、私のすべての夢が消えた。だからとても無念だ」。彼は自分の人生を一言でこう表現した。言葉の意味を理解するためには、暗鬱だった植民地朝鮮に戻らなければならない。日帝の混乱期に学業を終えられず、郷里で働いていた彼に、「赤紙」と呼ばれる召集令状が来た。日帝が敗戦を控えた一九四五年八月一日に平壌訓練所に入所するよう書いてあった。一九四四年九月にチョン・チャンスクと結婚し、まだ新婚生活の最中だった。彼は新婦を置いて気の向かない歩を進めた。三日目に満洲（現在の中国・東北三省）に移動して、六日夕方、ハイラル（現在の内モンゴル自治区に位置）に駐留していた関東軍二〇四九五部隊に到着した。部隊長の名前を取って「村上大隊」と呼ばれるところだった。

新妻を置いて、日本の侵略戦争の弾除けとして動員されたのは、一人や二人ではなかった。一九二四年に全羅北道益山（イクサン）郡王宮面（ワングンミョン）で生まれた金哲周（キムチョルジュ）は、全州工業学校を出て、卒業後は面事務所で働いていて入営令状を受けた。彼もやはり一九四五年三月に新婦を家に残して不安な気持ちで入営の道を進んだ。咸鏡北道の会寧（フェリョン）から豆満江（トゥマンガン）を渡り、満洲の黒河（ヘイホー）にある四八四〇野戦道路部隊に配属された。黒河はソ連と傀儡・満洲国の境界をなすアムール川沿岸にある国境都市である。

甲子（一九二四）年生まれは無条件で戦場に

植民地朝鮮の各所で起こった若い夫婦の生き別れは、いったいどのように起こったのか。暴走していた日本の帝国主義が無謀な欲を出して苦境に追い詰められると、植民地を人材の動員先として収奪したからである。儒教文化圏の辺境だった日本は、一八六八年の明治維新以降、富国強兵策を推進しながら、武力こそ正義を意味する帝国主義の秩序にいち早く適応した。日本は日清戦争で旧帝国・清を制圧し、不凍港を確保するために南進政策を続けていた帝政ロシアと衝突した。一九〇五年に結んだポーツマス条約で、日本は朝鮮半島で優越的地位を占め、満洲でロシアの租借地や南満洲鉄道の利権など、帝国主義的な権益の譲渡を受けた。

領土膨張に向けた野心に一度味をしめれば、自らを制御することは難しい。台湾や大韓帝国を強制占領した日本は、一九三一年に満洲を侵略して満洲全域に勢力圏を拡げ、一九三七年には盧溝橋事件（七月七日、北京の西南郊外の盧溝橋で起きた発砲事件。日本軍の自作劇で日中戦争の発端となった）を起こし、中国との全面戦争に突入した。蔣介石率いる国民党政府が首都を内陸奥深く重慶に移して抵抗を続けると、日帝はますます日中戦争の泥沼にはまった。日本は兵力の大部分が膨大な中国戦線に取られてしまうと、足りない労働力と兵力資源を植民地で埋めようと乗り出した。徴用と徴兵という強制動員制度を全面実施したのである。

徴兵制の導入に先立ち、日帝は一九三八年二月、朝鮮の青年を対象に陸軍特別志願兵令を天皇の名で公布した。天皇の軍隊の一員として、誇らしく死ねる栄誉を与えると宣伝した。一九四三年七月には特別志願兵制度が海軍に拡大された。志願兵だけで兵力の需給が円滑でなくなると、一九四三年八月に朝鮮に徴兵制を実施すると発表した。一九四四年四月に徴兵のための身体検査が初めて実施された。日帝の敗北まで徴兵で連れて行かれた朝鮮の青年の数は、約一七万から二〇万九二七九人までさまざまな推算値がある。

日本の軍部では朝鮮の徴兵制実施をめぐって否定的な意見も少なくなかったという。「皇国臣民」としての朝鮮人の忠誠心が信じられないうえに、被植民地人に兵役の義務を強要すれば、参政権などの反対給付を与えざるを得ないと懸念したからである。実際に朝鮮人たちは戦闘要員というよりは、土木・労務・補給などの使役業務に主として従事した。台湾では徴兵制が朝鮮より遅い一九四五年に実施された。

徴兵制は朝鮮社会に大きな衝撃をもたらした。赤紙をもらって山奥に逃げる人もいたが、日帝が官憲・面事務所などの統治行政機関を通じて、家族や親戚を執拗に苦しめるために、長い間避けることも困難だった。前出の金哲周は徴兵一期生、李在燮は徴兵二期生である。彼らの誕生年は一九二四年と一九二五年で、干支ではそれぞれ甲子年と乙丑年に相当する。だから徴兵制の最初の適用対象となった「甲子（一九二四）年生まれは無条件で戦場に連れて行かれる」とも言われた。

半袖なら南方に、長袖なら北方戦線に

一九四四年八月に徴集された朴道興（パクトフン）はいくつかの点で特異である。まず、日帝が強圧的に実施した創氏改名制度の下で日本の名前を持つことはなかった。本人が積極的に拒否したというよりは、脅威を感じるほど直接的な圧力がなかったためである。極貧のなかで育ち、日本の末端官憲が気を遣う必要がないと考えるほど、顧みられることのない人間だったと自らを語る。しかしながら、朝鮮の青年を戦場に連行する徴兵制は、むしろ「取るに足りない存在」にまず接近していった。コネもなく力もないのでまず選抜されたのである。だから徴兵一期生のなかでも早期入隊した部類に属する。

彼の故郷は平安南道順川（スンチョン）郡内南面閣巖里（リ）である。誰もが貧しく暮らしていた時代、彼の家はとくに

貧困ではなかった。しかし六歳のとき、父が長い病の末に世を去ると暮らし向きが急に悪くなった。母は頼れるところがなくなると、幼い二人の息子を連れて朴氏の同族たちが暮らす閣巌里に戻った。しかし、夫の故郷で実質的に助けてくれる人は誰もいなかった。母は山奥の片田舎で暮らすこの子供たちが、後日、炭焼き屋くらいしかできないだろうと将来を心配した。二年後、母は二人の子供を連れて何も考えずに平壌（ピョンヤン）に行った。

朴道興は八歳という幼い年で他人の家で暮らし始めた。家の主人が国民学校〔小学校〕の先生をしている金持ちの家に住み込み、子供たちの面倒を見たり、あらゆる雑用や掃除などをした。その家には子供が五、六人いて、子供をおぶって外に出かけたが、おそらく平壌市内のだいたいのところはほとんどすべて歩き回ったものと記憶する。五歳年下の弟は平壌孤児院に預けられた。母も家政婦として他人の家で住み込みだったので、家族全員がバラバラになった。

主人の家の子供たちの子守をしていた時代、自分が彼らと同じ人間だと思ったことはなかった。服も乞食のようにボロボロで外見も見すぼらしかった。子供たちが食べ終わった食事が台所まで運ばれると、そこに残った飯とおかずが彼の分だった。子供たちが食事をきれいに平らげれば彼の分はなか

9　朴道興については日本でドキュメンタリーが制作され公開されたことがある。監督の久保田桂子は、シベリア抑留経験者であった自分の祖父のことをビデオに収め、それを『祖父の日記帳と私のビデオノート』（二〇一三年、四〇分）にまとめたが、その制作の過程で出会った朴道興についても、別途、取材と撮影を重ね、『海へ——朴さんの手紙』（二〇一六年、七〇分）として公開された。また、両作品は二〇一六年一〇月に『記憶の中のシベリア——祖父の想い出、ソウルからの手紙』として新宿K's cinemaなどで劇場公開され、同時に、関連の取材内容などを記した書籍も刊行された（久保田桂子『記憶の中のシベリア』垣内出版、二〇一七）。

った。一日中仕事に疲れて、夜、布団を出して部屋に敷き、自分は布団や敷布団を入れる押入れのようなところで寝ていた。横になるとどうしてこんなに涙がポロポロと流れるのか。それでも一日のうちで最も快適な時間だった。

数年後に子守をしていた家から出て、手紙の封筒を作る仕事をしたが、一〇歳を過ぎたころ、母とともにまた故郷に戻った。小さな商店の店員として就職し、ショーケースの管理をしたりしたが、隣の家具店の社長が彼の手先の器用さを見て、一緒に働こうと彼を引き抜いた。少しずつ技術が身について一定の収入を上げるようになると、苦労だらけの彼の人生にも陽が射し始めた。家具技術者として採用され、一七歳のときにある女性と出会って結婚し、息子も一人もうけた。ようやくつかんだ幸せに浸っていたころ、彼に徴集令状が来た。

出征の日、駅前で盛大な儀式が行われた。京釜線の列車に乗って釜山（プサン）まで行き、輸送船に乗って海を渡った。山口県に置かれた船舶部隊「暁（あかつき）部隊」に入った。どうせ戦線に連れて行かれるのなら、いっそのこと遠い南洋諸島に行って新しい経験をしたかった。軍服のスタイルを見て兵士たちは行き先を推測した。半袖の軍服を着れば南方に、長袖ならば北方に行くという風だった。

ある日、着ていた服を脱げと言われて冬服が出された。夜、汽車に乗って、日本の本土をずっと北上して、北海道の交通の要衝・余市（よいち）に行った。そこにある水産試験場で新兵訓練を受けた。東海〔日本海〕に面した余市一帯は、日本で有名なリンゴの産地だった。周辺の山にはリンゴ畑が続いていたが、空腹でまだ熟していない青リンゴをとって食べたりもした。九月ごろだったがもう寒かった。稲を収穫して木製の物干しの上で乾燥していた。

朴道興は朝鮮であまりに蔑視されて育ったので、日本軍での生活に適応できるかとても心配だった。

そのうえ彼は正規の教育を受けたことがなく日本語も下手だった。配置された部隊で朝鮮人は一人しかおらず、創氏改名もしていなかったので、彼が朝鮮人であることはすぐにわかった。申告したり命令を受けたりするとき「ニトーヘイ、ボクドーコー（二等兵・朴道興）」と大声で叫んだからである。命令を正しく聞き取れず、突拍子もないことをするので、部隊のなかで完全にいじめられることになった。日本人の入隊同期生らは、彼があまりにも適応できないので助けてくれることもあった。

新兵訓練を終えて乗念寺という寺院の部隊に配置された。けっこう大きな寺だったが、僧侶はおらず軍人ばかりがたくさんいた。そこからまたはるか遠く色丹島に部隊が移動した。北海道の北から北東方向に約七三キロ離れた島である。島全体の面積が二五五平方キロ、長さは北東南西方向に約二七キロ、幅一〇～一二キロの地勢だった。高速艇の機関銃の射手になった朴道興は、射撃術に優れていると上官たちからよく褒められた。家具を作っていた腕があり、機関室で働きたかったが、思いどおりにならなかった。高速艇に装着された機関銃は空冷式でとても重く、移動時に射手が砲身を担ぎ、副射手は脚部を担当した。高速艇が出港すると機関銃に海水がかかって錆びてしまう。その錆を頻繁に拭き取ることが、彼が軍で経験した最もつらい仕事の一つだった。

朝鮮は息が詰まり満洲に行く

仕事がなく生業を見つけ満洲に行った人々は、現地で入営に応じなければならなかった。シベリア抑留者の集まり「朔風会」の会長を務める李炳柱（イビョンジュ）は満洲で入隊した。平壌の箕林里（キリムリ）で一九二五年に生まれたので徴兵二期にあたる。箕林普通学校を出て、平壌・崇仁商業学校を一九四三年に卒業した。

崇仁商業は曺晩植（チョマンシク）先生が設立した学校で、民族意識を強調する校風があった[10]。卒業後ほとんどの生徒は銀行や金融組合に入ったが、李炳柱はその道に進みたくなかった。ある日、満洲国経済部で官吏を選抜するという通知が来た。朝鮮にいると少しずつ息が詰まるようで試験を受けたが、幸い合格通知が来た。

一九四四年一月に親元を離れて満洲に渡った。教育を受けて「委任官試補」という職責で赴任したところが図們（トゥーメン）税関だった。図們は豆満江を境に朝鮮と接した国境都市で、列車で移動する旅行者が多いところである。当時、列車の二等寝台は日本人官吏だけが乗車できた。彼らは日本人旅行客の荷物は検査しなかった。そのような隙を利用して、満洲で一旗揚げようという日本人のなかで、アヘンの密貿易に手を出す人間がけっこういた。李炳柱はある日、夜勤のときに日本人職員がいない隙に乗じて寝台車に入り、日本人の密輸売人を摘発した。これまで図們税関で摘発されたアヘン密売者はみな中国人か朝鮮人だったが、日本人が逮捕されたのである。

李炳柱は、日本人課長が出勤したら釈放してしまいそうなので、すぐ調書を作成して検察庁に書類を送った。案の定、剣道四段の日本人課長は報告を受けるとすぐに、勝手に日本人を捕まえようとしたと激怒し、アヘンの密売人を摘発した李炳柱を宿直室に連れて行って殴り始めた。そして彼は国境の人道橋を担当する閑職に左遷された。

一九四五年八月初に入隊しろという令状が出た。家に連絡したら父が平壌からわざわざ訪ねてきた。父は最前方に行っても前に出ず、何としてでも生きて帰れと何度も言った。ついに悲痛な感情を持て余して泣き始めた父は、一晩寝てからまた平壌に戻って行った。それが最後の対面になるとは李炳柱も思わなかった。八月九日、北満洲のハイラルにある三六二部隊に入った。ソ連が満洲駐屯関東軍に対して総攻撃を開始したまさにその日だった。

手記『シベリア恨の歌』を残す

日帝末期に関東軍に連れて行かれ、シベリア抑留を終えて戻り、完全な形の手記を残したのは李圭哲(イギュチョル)が唯一である。彼は国民学校の教諭として一生を子供の教育に捧げた。そのためか彼の手記には温かい心遣いと思いやりの情が随所ににじみ出ている。

彼は二つの手記を残した。一つは日本語で書かれた『朝鮮人元日本兵シベリア捕虜記』、もう一つは韓国語で書かれた『シベリア恨(ハン)の歌』である。ともに筆写本の形で出された。日本の国会図書館の所蔵資料を検索すると、李圭哲が書いた日本語版手記の書誌が出てくる。「(出版地) 大分、(出版者) 陳謝と賠償裁判をすすめる会、(出版年) 一九九一、(形態) 六九頁一九センチ、(入手条件) 非売品」と記録

10 曺晩植(一八八三―一九五〇)は独立運動家・教育者・政治家。平安南道江西(カンソ)郡生まれ。平壌崇実学校に在学中にキリスト教に入信。一九〇八年に日本留学、正則英語学校を経て明治大学法学部へ進学。ガンジーの非暴力・不服従に共感。帰国後、五山学校の校長を務めるが、一九一九年の三・一独立運動に参加して逮捕され、平壌監獄に一年間服役。出獄後、平壌の長老派教会の重鎮的な存在となる。一九二〇年代には、朝鮮物産奨励会会長、朝鮮民立大学期成会を結成したほか、新幹会結成で平壌支部会長に就任し、一九三二年には朝鮮日報社長に就任、教育や言論文化の事業運動を展開した。太平洋戦争中は、キリスト教民族主義の立場から、神社参拝と志願兵制度への協調を拒否し、一九四三年には朝鮮軍司令官・板垣征四郎(いたがきせいしろう)との面談を拒否、志願兵制度に対する反対運動を行って逮捕されたが、すぐに釈放された。一九四五年、日本の敗戦で朝鮮が解放されると、平壌でプロテスタ

されている。大分は九州の大分県にある都市である。日本の戦後賠償訴訟を支援する市民団体が出した本のように思われる。この小冊子の形の手記は六〇〇部限定で出版された。李圭哲は、ビルマ（現・ミャンマー）戦線に連れて行かれ、右腕を失った友人・金成壽（キムソンス）の勧めでペンを取ったと、手記を書いた経緯を明らかにしている。

彼は自分の手記に、日本の新聞・雑誌に掲載された日本人捕虜たちの体験談を入れて、あらためて『シベリア恨の歌』を書いた。もともと音楽を専攻した彼は感受性が鋭く、芸術的な素養に優れていた。自分が直接描いた挿画も手記に載せた。釜山の水美初等学校の教頭を最後に教職から引退した彼は、二〇〇五年一月にこの世を去った。彼は自分の手記を筆写本で作り、周りの友人に回したが、正式の出版は思いもつかなかったようである。なので、日本の国会図書館に登録された手記は、韓国の国会図書館では見つけることができない。残念なことだが、シベリア抑留の問題が韓国社会でそれだけ放置されてきた反証でもある。

『シベリア恨の歌』には、子供のころから日本軍入隊、抑留生活から帰還に至るまでの経過が淡々と記録されている。彼の入隊過程から見てみよう。慶尚南道蔚山（ウルサン）郡下廂面（ハサンミョン）で一九二五年に六人兄弟の末っ子として生まれ、一九三一年四月に郷里の鶴成普通学校に入学した。六年生のとき、父親が友人の保証人になったのが災いし、家の事情がかなり厳しくなった。中学進学を諦めて失意に陥っているときに、五年制の蔚山農業学校がちょうど開校して門をたたいた。

蔚山農業学校の時代は、日本軍国主義の狂風で激しく揺れたときだった。入学した一九三七年に日中戦争が勃発し、最終学年の一九四一年には日本の真珠湾奇襲攻撃で太平洋戦争が始まった。非常時局になると、一九四二年春に予定されていた卒業式が三か月早まって一九四一年一二月末に行われた。

卒業後すぐに蔚山無尽会社に入った彼は、徴兵制が実施されると、一兵卒として連れて行かれて苦労するよりも、少尉として任官できる幹部候補生として行こうと、大学進学の道を模索した。一九四三年九月に関釜連絡船に乗って玄海灘を越えて東京に渡った。新聞配達で金を貯めて東洋音楽学校に入った。一九〇七年創立の日本の私立の音楽大学で最も古いところで、現在の東京音楽大学である。

李圭哲が入学したとき、学校は徴兵制で慌ただしく、食糧事情も悪化して学業を続けることが困難だった。飯を食べるとき甲・乙・丙と等級が分かれた食券を使用しなければならなかった。重労働をする労働者に割り当てられた丙券は一日の配給量が五五〇グラム、一般労働者が使う乙券は四四〇グラムだった。学生が使用する甲券は三三〇グラムで、量が少なすぎて空腹を満たすことができなかった。彼は当時、学校の教職員に付与された兵役免除を受けようと、日本を離れて満洲に行った。一九四四年二月に豆満江を渡って、林口（リンコウ）警察署で国境線乗車許可証の発給を受けて東安（トンアン）に行った。教員採用試験を経て東安培材国民優級学校に勤務することになった。この学校は、朴定毅（パクチョンイ）の父親がその地域の有志とともに立てた同胞対象の学校である。

ント民族主義者を中心とした平安道治安維持会を結成し委員長に就任、その後、平安南道建国準備委員会に移行するが、ソ連軍が北部朝鮮に進駐すると、新たに民族主義者と共産主義者からなる平安南道人民政治委員会が樹立され、委員長に就任。朝鮮北部を占領したソ連軍当局にとっては、平壌で活動していた曺晩植が金日成（キムイルソン）に代わり得る人物だった。一九四五年一一月、朝鮮民主党を結成して党委員長。一九四五年一二月、米英ソ外相によるモスクワ三国外相会議で朝鮮半島の信託統治案が提示されると、ソ連は一九四六年一月に曺晩植に大統領のポストを提示して支持を要請したが、これに反対したため、ソ連軍当局および共産主義者たちと対立した。一九四六年一月五日から軟禁状態に置かれ、朝鮮戦争で平壌の陥落が目前に迫った一九五〇年一〇月一八日に処刑された。

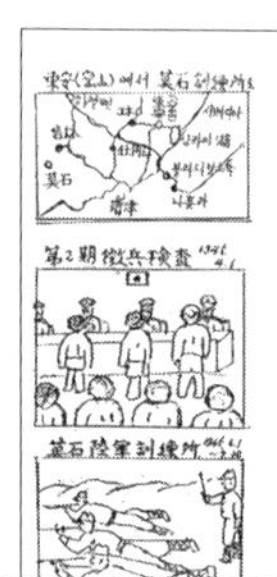

韓国語版『シベリア恨の歌』——シベリア帰還者のなかで唯一記録を残した李圭哲の筆写本手記。芸術的な素養にあふれていた彼は、直接、挿画も描いて入れた。

一九四五年四月に第二期徴兵検査が実施された。一年前の第一期の徴兵検査のときは、教員であればみな乙種と判定されて兵役が免除されたが、第二期は不具者を除いて全員、甲種判定を受けた。五月末に吉林省舒蘭（スーラン）県莫石（モーシー）陸軍訓練所で二か月間、軍事訓練を受けた。入所した兵士も教官もすべて朝鮮人だった。七月末に訓練を終えて、幼い弟子たちの顔を見てまたすぐに別れた。八月一日に赤紙が来た。八月九日に北安（ベイアン）部隊に入隊しろという通知だった。その年の三月に卒業した女子生徒たちが「武運長久」と縫い付けた「千人針」をくれた。千人針は布一切れに女性一〇〇〇人が一針ずつ赤い糸で刺繍したもので、一種のお守りだった。体に付けると銃弾がよけていくと言われるものである。日清戦争のときから太平洋戦争終戦まで、戦場に出る兵士たちにこれを送ることが当時の慣習だった。

八月七日未明、服装を整え、両親のいる蔚山に向かって「ご挨拶もできず、親不孝者は出征します」と別れの挨拶をして東安駅に向かった。汽車に乗って夜に牡丹江（ムーダンジャン）に到着し、他の地域から来た青年たちとともに駅前の広場で夜を明かした。翌朝再び徴兵列車に乗って、夜遅くハルビン駅に到着して近くの中学校で寝た。

九日未明、引率官がみなを講堂の前に集合させ、ソ連機の爆撃でハルビン駅の線路が破壊されたと伝えた。朝早く汽車に乗れるところまで、徒歩で行進しなければならなかった。松花江（ソンファジャン）の対岸で待機している汽車に乗り、夜に目的地の北安に到着して「安部部隊」に入隊した。翌日早朝から起床ラッパの音とともに日本軍での生活が始まった。練兵場に集まって天皇のいる東京に向かって「宮城遥拝」を行い、「軍人勅諭」を斉唱し、軍事訓練を受けた。

咸鏡北道・羅南から満洲・孫呉に

朔風会の初期に結成を主導し、旅行社「トップ航空」の会長を務めた金起龍も、ソ連軍の対日参戦直前に満洲の孫呉駐屯部隊に入った。徴兵第二期生である彼は、一九二五年に咸鏡南道利原郡遮湖で生まれた。人口八〇〇〇人程度の小さな村・遮湖は天恵の漁港で有数のところである。冬にはスケトウダラ、夏にはイワシが山のように捕れる。海のほうから港の中が見えず、金日成の政権が北朝鮮に樹立されてから、小型潜水艦基地が建設されたと言われている。

金起龍の本名はキム・ジュンで五人兄弟の次男である。父親の金漢雄はキリスト教の長老で村の名士だった。数隻の漁船と土地を所有し、家は豊かなほうだった。そのおかげで当時としては珍しく京城〔現・ソウル〕の学校に進学することができた。遮湖で国民学校を終えた彼は、普成中学校を受験して、一二倍の競争率を突破して合格した。普成学校で利原出身の教師が英語を教えるという話を聞いて志願したのである。

一人で京城に来た彼は下宿した。最大の困難は空腹だった。食糧事情がますます困難になるときで、下宿で出る食事はまったくダメだった。普成は徽文、中央、培材、養正とともに五大私立校と呼ばれたが、これらの学校は甲種学校に分類され、高等普通学校から中学校として認められた。その前に中学校として認可されたのは、日本人学生のみ入学が許可された京城中学校〔現・ソウル高〕、龍山中学校などだった。当時は配給制が実施されていたときで、中学校の生徒には「三升券」が支給された。穀物三升の配給券という意味である。だから、同じ学生でも下宿の主人は、中学校の在学生のほうを好んだ。

甲種学校の中学校には一九四三年から将校が配置され、軍事訓練の教練が開始された。朝鮮人が主に通う学校で、日本語をいつも使っているか監視することも配属将校たちの業務だった。金起龍は遮湖邑の年齢で九歳のときに国民学校に入ったので、一九四五年に中学校を卒業した。学徒志願兵制の実施で上級学校に進学する道がまったく閉ざされると、彼は故郷に戻った。田舎で中学校課程を終えた人は珍しかったので、邑長は彼をすぐに邑書記として採用した。

七月末に赤紙が来た。まず日本軍第一九師団の駐屯地だった羅南（ナナム）部隊に入った。羅南は日本が日露戦争で勝利後、兵営を設置したところである。もともとは僻地の村だったが、植民地統治のとき、咸鏡北道の道庁が鏡城（キョンソン）に移ったために発展した。日帝は朝鮮を強占した後、二個師団を新設し、朝鮮で二個師団の体制を維持しようとした。三・一運動が起こる前、一九一八年末に編成作業が終わった。

日本は朝鮮駐屯の日本の部隊を「朝鮮軍」と呼んだ。朝鮮軍は二個師団のほか、永興（ヨンフン）湾要塞司令部〔元山（ウォンサン）近郊〕、鎮海（チネ）湾要塞司令部〔馬山（マサン）近郊〕、朝鮮憲兵隊などで構成された。朝鮮軍司令部は、当初、京城の城内にあったが龍山（ヨンサン）に移った。龍山駐屯第二〇師団は朝鮮半島南部を担当し、羅南駐屯第一九師団は朝鮮半島北部が管轄だった。朝鮮軍司令部傘下のこの師団は、満洲侵略や日中戦争のときに一時動員され、太平洋戦争が長期化すると、それぞれ南方戦線に移動した。第二〇師団は一九四三年にニューギニア戦線に投入されてほとんど全滅した。師団兵力二万五〇〇〇人のうち、終戦後に生きて帰ってきた者は一七〇〇人に過ぎなかった。第一九師団は一九四四年一二月にフィリピンのルソンに移動し、山岳地帯で戦闘を繰り広げていたところ終戦を迎えた。

金起龍が羅南兵営に入所したのは、第一九師団の本体がフィリピンに移動した後である。咸鏡道の各地から集まった朝鮮青年は、羅南から牡丹江・ハルビン・北安を経て、孫呉に到着した。孫呉は巨大な軍事都市で巨大な兵力が駐留していた。山岳地帯のあちこちに掘った洞窟には、膨大な量の武器と食糧が備蓄されていた。彼が入所した部隊は一五二〇六部隊だった。

日本を制圧したという誇りで生きて

徴兵一期生である朴定毅は慶尚南道東萊郡機張面（現・釜山市機張郡）出身で、甲子年の生まれである。父親が教職にありながら金融組合の理事をしていて、遠隔地で生活することが多く、主に佐川里の母方の実家で育った。子供のころ、最も大きな影響を受けたのは、曾祖母の李五切だった。

一九一九年の三・一運動のとき、釜山では亀浦・東萊・佐川の三か所で万歳事件が起きた。かつてキリスト教に入門した李五切は、当時、万歳事件の主役だった。朝鮮人巡査がデモの先頭に立った祖母を捕まえて縄にかけると、「おまえは朝鮮人ではないのか。私はこの場に神の教会を建てる」と落雷のように叫んだ。彼女の力で建てられた教会が、現在、機張郡長安邑佐川里の長安第一教会である。

機張で国民学校を終えた朴定毅は、東萊高普に進学しようとしたが試験に落ちた。ソウルに行って、当時、桂洞にあった大東商業に敷設された高等小学校に通って、培材中学校に入学した。培材中学校の近くには日本人学生だけが通っていた京城中学校があり、学生同士の衝突が絶えなかった。日本の学生が殴られて帰ると、京城中学校に配属された日本軍将校が培材学校にやってきて威嚇することもあったという。当時、培材学校の教師のうち、記憶に残る人が朝鮮語学会事件に関与したが、それが解放後、北朝鮮に行った金炳濟先生である[11]。

彼は学校で文学に傾倒した。卒業したら日本の早稲田大学のようなところに留学して英文学を学びたいと思ったが、彼が中学を出た一九四四年三月には、学徒志願兵制度のために文科などほとんどの課程でまったく新入生を選抜しなかった。大学に進学できる道が完全に閉ざされたのである。ただ医学部と工学部だけが兵役猶予の専攻として残った。彼は中学校に上がる過程で二度試験に落ちたが、そのことを天恵として受け止めている。順調に進学していたら学徒兵に連れて行かれ、南太平洋のどこかの群島で死を迎えたかもしれなかったからである。

彼の父親は子供の教育費を稼ぐために満洲に渡り、営口（インコウ）、牡丹江などを転々として東安に印刷所を設立した。そして同胞の子弟を教育するために、地域の有志とともに東安培材国民優級学校を建てた。校長を含めて教師が七人ほどの学校だった。

彼も卒業して父のいる満洲に渡った。満洲国の農産公社に書類を出して就職した。一年ほど勤務すると、一九四五年三月二一日に入隊しろという令状が来た。一週間ほど前、父の友人たちが出征祝いの宴を準備してくれて慟哭した。すっかり酔って学校の宿直室で寝たが、出発日を早めるという通知が来た。胸焼けがして目を覚ましたら、まさにその日の夕方に東安駅に集まって列車で出発することになっていた。

11　金炳濟（一九〇五–九一）国語学者。慶尚北道慶州（キョンジュ）生まれ。東京帝大あるいは延禧（ヨニ）専門の出身という説があるが未詳。一九三〇年代後半に培材高普の「朝鮮語」教師を務め、朝鮮語学会会員として標準語査定委員および「標準語」講師を務めた。解放後、北朝鮮に渡るまで『朝鮮語大辞典』編纂員や国語科指導者、教員講習会講師など、朝鮮語学会の活動を続けた。一九四八年七月に北朝鮮に渡り、北朝鮮の金日成総合大学の言語学教授および社会科学院言語学研究所所長などを歴任。主著に『朝鮮語文法――語音論・形態論』（一九五九）、『朝鮮語学史』（一九八四）などがある。

彼とともに入営する青年たちは、牡丹江、ハルビン、チチハルを経て富拉爾基（フラルキ）に行った。そこで一か月間の軍事基礎教育を受けた。間島地方から来た朝鮮人同胞は中国語が流暢なので、機会を見て逃げる人間もいた。基礎訓練を終えてハイラルの三六二歩兵部隊に配置された。軽機関銃の銃手が彼の職務だった。

弟が面会に来て、部隊内の「酒保」（軍の売店）に行ったら、ノモンハンの戦いで死んだ兵士たちが最後に残した言葉を書いた額がかかっていた。ノモンハンの戦いとは一九三九年に関東軍とソ連・モンゴル連合軍が正面衝突した事件をいう。おかしなことに「天皇陛下万歳」と書かれた額は一つしかなく、残りは「のど渇いた、母さん、水ください」のような文句が書かれていた。これ以上、ソ連の赤軍に負けてはならないと、恥辱を想起させるために、わざとそのように展示したという。

彼の部隊には一緒に入隊したパク・トングン、オ・ドンモク、キム・ドゥマンなどの朝鮮人がいて、よく一緒にいた。みな間島地方の出身だった。食事の時間になると、自分の名前が刻まれた飯碗を持って配食を待つ。本名ではなく、創氏改名した日本式の名前である。それでも満洲で関東軍に召集された日本人は、誰が朝鮮人なのかみなわかった。一九四五年五月のある日の午前に訓練に行って、昼食のために戻ってきたが、「朝鮮人は汚い」とこそこそ話す声が聞こえた。突然、怒りがこみ上げた。しばらくして同じ声がまた聞こえるので、周りを見回してみると、一緒に入隊した新兵の「アクザワ・マコト」だった。

朴定毅は入隊前に父から、「自重しろ」と何度も言われた。それでも陰鬱に響く不気味な小声に彼は自制心を失った。軍隊の飯を三か月しか食っていない新兵が、それも三等国民である朝鮮人が中隊の真ん中に飛び込んで大声を上げた。「アクザワ、出てこい。おまえの無礼を叩き直してやる。朝鮮人のどこが汚いんだ」。部隊のなかにネズミが死んだような寒々しいムードが漂った。大事を犯したという気がして、彼は正気を取り戻し始めた。

中隊全体に沈黙が漂った。彼は日本人兵士たちに囲まれて袋叩きになって死ぬかもしれないと思った。両親をはじめ家族の顔が空っぽの頭中に浮かんだ。ただ泉がわくように涙が流れて頬を濡らした。その後のことを朴定毅は一言で「奇跡」だと語った。それ以外に他に表現できる言葉が見つからないほどだった。日本人の教育上等兵がやってきて、「きて座れ」と言った。その後は嘘のように何もなかった。

夕方に中隊のなかをよく見ると、アクザワの姿が見えなかった。他の中隊に配属されたのである。数日後、中隊長が朴定毅を呼んで、幹部候補生になぜ志望しないのかと尋ねた。五年制の中学校を出たために志願する資格があった。しかし、彼は日本軍に忠誠を誓うつもりがなく、一兵卒がいいと伝えた。当時を振り返って、彼は「自分の小さな体が日本帝国を制圧した」と言った。人生の一つの峠を越えたという自負心で、その後のあらゆる困難に耐えられた。

日本軍の指導部は、一九四五年五月にナチスドイツが連合軍に無条件降伏した後、ソ連が参戦するかどうかに神経を尖らせていた。朴定毅の属する部隊は、一部の兵力を除いてすべての山間部に移動しろという命令を受けた。ソ連と満洲の国境地帯で山岳地では、そのような指示が下りた。朴定毅の中隊が山に入ったのは六月初めごろだった。中隊の兵力が入れるほど大きな洞窟を掘った。戦闘に備えた個人壕も掘った。興安嶺の山脈に沿って、六月初めから八月初めまで塹壕を掘る作業が続けられた。

そのようなある日、おそらく七月初めだっただろう。武装したソ連軍のスパイが中国人の案内人とともにラバを連れて現れたという情報が入った。全部隊が非常事態になり、一晩中、捜索作業が行われたが、ソ連軍のスパイ一行は跡形もなく消えていなくなっていた。戦雲が徐々に色濃くなっていく兆候だった。

第4章

解放の喜びは消えて

ソ連、参戦する

一九四五年八月九日午前零時、ソ連極東軍は一七〇万の兵力を三面に分けて一斉に満洲に進撃した。日本はナチスドイツが三か月前に連合国に無条件降伏すると、孤立無援の状態に陥った。イタリアのムッソリーニ、ドイツのヒトラーと三国軍事同盟を勢いよく結成して五年足らず、ファシストイタリアに続き、ドイツも戦列から離脱したのである。日帝指導部は表面では「本土決戦」「徹底抗戦」を叫んだが、内ではソ連軍の動向に神経を尖らせていた。

日本は満四五歳以上の予備役まで、「一斉動員」では足りない関東軍部隊を補充する一方、ソ連が迂闊に奇襲攻撃などしないだろうと楽観的に展望していた。もしソ連軍が参戦しても、一九四五年の年末ぐらいだろうと推定した。しかし、期待が大きければ失望も大きいものである。強大な火力を備えたソ連赤軍の奇襲に、日本陸軍の最精鋭を自任していた関東軍は相手にならなかった。防衛線で持ちこたえるどころか、秩序ある撤退すらできなかった。

九日午前一〇時、東京の皇居で最高戦争指導会議が急遽開かれた。その日の朝、鈴木貫太郎首相は「いよいよ来るべきものが来た」とつぶやいた。鈴木首相が会議で戦争を終わらせるべきと切り出したが、阿南惟幾陸相は徹底抗戦を強く主張した。降伏をめぐる議論はまた空回りだった。しかし、一部強硬派の抵抗に関係なく、日帝の敗北はすでに秒読みに入っていた。軍部の抗戦派を代表する阿南陸相は最後の御前会議で、昭和天皇がポツダム宣言を受諾することを決定すると、八月一五日、陸相官邸で「一死以て大罪を謝し奉る」と遺書を残して自殺した（NHK取材班編『外交なき戦争の結末』）。

日本の最後の賭け

一九四五年に入ると戦況は日本にますます不利になっていた。三月九日夜、マリアナ基地から出発したB29爆撃機が群れをなして東京に飛来した。のちに「東京大空襲」と歴史に記録されたこの作戦にはB29が三二五機参加した。警視庁の集計では、二時間半にわたる空襲で死傷者約一二万人、被災者約一〇〇万人が発生した。航続距離五三〇〇～七三〇〇キロで、九トンの爆弾を搭載できる新型爆撃機が、絨毯爆撃を本格的に始めたのである。平和運動家たちは、非武装の民間人に加えられた無差別空襲という点で、東京大空襲をドレスデン空襲などとともに戦争犯罪として起訴すべきだと主張する。

米空軍が太平洋の島から発進したB29機で東京地域を初めて空襲したのは一九四四年一一月である。マリアナ諸島を占領して飛行場を確保したためである。それ以前は、中国・四川省の成都基地から出発して日本本土を空襲した。往復の飛行距離を考慮すると最大射程圏は九州程度だった。マリアナ諸島の飛行場を発進基地とすれば、日本全土が射程に入ってくる。一九四五年三月一七日には硫黄島の守備隊が全滅し、四月一日には沖縄に米軍が上陸した。

日本軍部の策士・有末精三（ありすえせいぞう）参謀本部二部長が動き始めた。参謀本部二部は軍事情報を総括する部署であり、米軍編制のG２にあたる。二部長はその責任者である。有末はソ連を通じて連合国と講和協議を進める方策を軍上層部に上げた。日ソ中立条約の当事者であるソ連が、中立条約を破って対日戦に参加しないように牽制する駆け引きだった。しかし、彼の提案は受け入れられなかった。軍部首脳部が連合国と講和を打診する方案を公論化するには、条件が熟していなかったためだった。有末は一九四二年に参謀本部二部長を務め、一九四五年三月には中将に昇進し、終戦時に米軍と停戦を交渉、米軍の進駐過程の決定などに重要な役割を果たした。

一九四一年四月一三日、日本とソ連との間に締結された中立条約は、徹底して戦略的に計算された結果だった。相手を仮想敵国とみなす両国が、一時的に「敵との同床」を選択したのである。日中戦争の泥沼に陥った日本は、蔣介石の国民党政府を支援するアメリカ・イギリスと決戦を行うには、ソ連との関係を改善する必要があった。ヨーロッパのファシスト国家の動きに神経を尖らせていたソ連の指導者スターリンとしては、国の東西両側で戦争が起きる事態を何としても回避したかった。

スターリンは、中立条約を結んで帰国する松岡洋右（まつおかようすけ）外相を見送るために、モスクワ駅まで行った。松岡は一九三三年二月に国際連盟で満洲国を否定するリットン報告書が採用されると、会場を蹴って出て行った人物である。絶対的な支配者だったスターリンが、国家元首でもない外相を直接見送ったのは、これが最初で最後だった。彼が日ソ中立条約に特別な意味を見出していた端的な事例でもある。

日本がハワイの真珠湾を奇襲攻撃した翌日、フランクリン・ルーズベルト米大統領はスターリンに対日戦争への参加を促した。スターリンは婉曲的にこれを拒否した。ナチスドイツの侵攻を防ぐのも大変なのに、別の戦線を形成することは困難だったからである。

しかし、いまや状況は大きく変わった。ソ連は一九四五年四月、中立条約の効力を延長しないと日本側に通報した。中立条約はもともと有効期間が五年だった。どちらか一方が満了一年前に破棄通告をしなければ、また五年間自動延長されることになっていた。一方が条約の延長に反対しても、通知時点から一年間は効力が持続する。

沖縄が一九四五年六月二三日に米軍に完全に占領されると、日本は七月一三日、戦争指導会議を開いた。特使をソ連に派遣して、和平の仲裁を依頼する天皇の親書を伝達することを決めたのである。特使は太平洋戦争が起きる前に三度も首相を務めた近衛文麿に決まった。公爵の爵位を持つ彼は、ソ連の社会主義体制に不信をいだき、イギリス・アメリカと直接交渉することを望んだが、天皇の指示に逆らえなかった。しかし、ソ連は、日本のいまさらながらの仲裁要請に、回答を今日、明日と先延ばしにした。モロトフ外務人民委員（外相）がポツダム会談への出席準備で忙しいというのが、モスクワ側の説明だった（白井久也「日本人にとってのシベリア抑留」）。

ポツダム宣言とヤルタ密約

七月二六日、日本の無条件降伏を要求するポツダム宣言が発表された。

吾等合衆国大統領、中華民国政府主席及「グレート・ブリテン」国総理大臣ハ吾等ノ数億ノ国民ヲ代表シ協議ノ上日本国ニ対シ今次ノ戦争ヲ終結スルノ機会ヲ与フルコトニ意見一致セリ。

これが全一三項で構成されたポツダム宣言の第一項である。ここで「吾等」とはトルーマン米大統領、蒋介石中華民国主席、チャーチル英首相だった。チャーチルがイギリス首相として行った最後の公式の国際行事でもあった。チャーチルは宣言の発表後にすぐ帰国し、その翌日に辞職した。第二次世界大戦勃発後、初めて行われた総選挙で労働党に敗れたからである。イギリス代表は挙国内閣の副総理であるアトリー労働党党首がすぐに引き継ぎ、八月二日まで続けられた会談に出席した。蒋介石は会談に直接参加しなかった。スターリンは会談に出席したが、ソ連が日本との戦争に参加していない状態だったために、宣言から除外された。

ポツダムから戻ったモロトフは、最終的に佐藤尚武（さとうなおたけ）モスクワ駐在日本大使と会見すると通知した。面会日時は八月八日午後八時（日本時間九日午前二時）に決まったが、その日の午後五時（日本時間八日午後一一時）に繰り上げた。佐藤大使は日本政府の仲裁要求に対する回答が聞けるものと期待してクレムリン宮殿に入ったが、予想とは正反対に展開した。モロトフは厳粛な面持ちで「ソ連政府は八月九日から日本と戦争状態に入る」と通知した。中立条約の効力が一九四六年四月まで続くだろうと信じていた日本にとっては致命的な一撃だった。

佐藤大使はクレムリン宮殿を急いで出て、本国政府に早急に通知しようとした。しかし、大使館の電話回線は切れていた。佐藤大使はソ連の宣戦布告を知らせる電文をモスクワ中央電信局から東京に急遽送った。しかし、この電文はどういうわけか外務省に届かなかった。日本政府は、同盟通信社の夜勤スタッフが九日午前四時、タス通信の発表を受信して連絡したことでソ連参戦を知ることとなった。

ソ連が宣戦布告で明らかにした参戦の理由は三つに要約される。

第一に、アメリカ・イギリス・中国が七月二六日、日本軍の無条件降伏を要求したこと（ポツダム宣言）を日本が拒否したことで、ソ連に対して極東の平和仲裁を要求した日本の提案は、すべての基盤を失った。

第二に、連合国は日本が降伏を拒否したことによって、日本の侵略に対する戦争に参加し、戦争期間を短縮し、犠牲者を減らし、普遍的平和を早く復元するようソ連政府に提案した。

第三に、ソ連は連合国の義務を忠実に履行するために、連合国の提案を受け入れ、七月二六日に宣言場には出席し、対日参戦が平和を早める唯一の手段とみなした。

ソ連は、日本がポツダム宣言を拒否することで対日戦に参加することになったと発表したが、実質的な参加決定は、それよりも六か月前のヤルタ会談で下されていた。ナチスドイツの敗北が可視圏に入ってきた一九四五年二月四日から一一日まで、黒海沿岸のリゾート地であるヤルタで連合国の三巨頭が集まった。ルーズベルト米大統領、チャーチル英首相、スターリンソ連元帥が対面し、ドイツの分割占領、ポーランドなど一部国家の国境線画定、ラトビアなどバルト三国の処遇を含めた戦後の国際秩序再編を議論した。

会談五日目の二月八日午後三時三〇分、本会議場の隣にある小さな部屋でルーズベルトとスターリンの会談が開かれた。ハリマン駐ソ米大使、モロトフソ連外務委員と双方の通訳など四人が同席した。

スターリンはソ連が対日戦争に参加するために必要な「政治的条件」を話したいとし、すでにハリマン大使と話をしたと付け加えた。ルーズベルトはハリマン大使から面談に関する報告を受けており、終戦の際、樺太（現・サハリン）南半部と千島列島がソ連に引き渡されることに何らの問題もないだろうと述べた。

スターリンは樺太南半部の返還、千島列島の引き渡し、満洲における帝政ロシアの旧権益の獲得に言及し、「もしこのような条件が満たされない場合、私とモロトフは、ソ連が日本を敵として参戦する理由を、ソビエト国民に説明することは困難になるだろう」と釘を刺そうとした。ソビエト国民は、ソ連の存在を脅かしたドイツとの戦争は明確に理解しているが、大きな問題のない国を相手に戦争を行うのは、理解できないだろうということだった。ルーズベルトは、満洲における帝政ロシアの権益については、まだ蒋介石と話していないという条件をつけておおむね合意した。会談は三〇分もせずに終わった。

会談最終日の二月一一日、ヤルタ協定に三巨頭が調印し、内容は秘密に付された。一年後の一九四六年二月に文書の存在が明らかになったため、一般的に「ヤルタ密約」と呼ばれる。協定の一章は、国際機関である国際連合の構成を扱っている。まず、機構設立のための国際連合会議を、一九四五年四月二五日にアメリカで開催するように規定した。安全保障理事会での拒否権、ドイツの分割、賠償・戦犯処理、ポーランドなどとの国境画定が続いた。そして最後に日本に関する部分が出てくる。ドイツが降伏し、ヨーロッパで戦争が終わった後、二、三か月以内にソ連が対日戦争に参加して、ソ連が参戦の代価として得る権益を明記した。権益を指すために「一九〇四年、日本の背信的な攻撃で破壊された、ロシアの以前の諸権利」という表現が使用された（NHK取材班編『外交なき戦争の結末』）。

入営初日に起きた戦争

日帝末期に徴兵で連れて行かれた朝鮮青年たちにとって、強大国の戦後処理の駆け引きやソ連参戦の経緯は、知るよしもない話だった。日本の指揮部も事態を正確に探知する能力がなかったのだから、戦場にそのまま連れてこられた植民地の青年たちが何も知らなかったのは当然だった。どっと押し寄せるソ連軍の攻勢の前に、朝鮮の青年はひたすら運命と考えて命を預ける以外に他に方法がなかった。

ハルビンからシベリア鉄道の接続点である満洲里（マンチョウリ）に向かって西北方向に行くと、チチハルを経てハイラルに至る。ハイラルは関東軍が満洲西部方面の戦略拠点として、一九三四年から三年にわたって巨大な要塞を建設した軍事都市である。周辺の興安嶺山岳地帯とつながったこの要塞は、最大兵力三万人を収容したという。もともとは清の雍正帝のときに開発された都市で、この一帯が牧畜と交易の中心地であり、現在の内モンゴル自治区に属している。

李炳柱（イビョンジュ）が新兵二〇〇人とともに列車便でここに到着したのは、一九四五年八月九日だった。きちんとした軍事訓練を一度も受けていない李炳柱一行を歓迎したのは、他でもない、ソ連空軍機の空襲だった。夕食を終えてすぐ軍服に着替えると、ソ連軍の攻撃が始まったのか、砲声と飛行機の空襲の音が聞こえた。ハイラル市内では爆弾が爆発して、あちこちで火の手が上がっていた。当時ハイラル駐屯部隊の主力は、すでにソ連軍の侵攻に備えて山岳地帯に構築した陣地に入っていた。残りの二〇〇〇人余りの兵士たちは、練兵場に集まって武装点検した後、高地に陣取った本隊に合流しろという命令を受けた。

李炳柱は入隊する直前、臀部に大きな腫物ができて歩行が困難だった。上官に事情を話したところ、ハイラルに残って列車輸送便があれば乗ってこいと配慮してくれた。ハイラル駅構内には軍需品・弾薬・被服などを満載した貨車が待機していた。ソ連軍に捕られる前に後方に輸送するためだった。

駅周辺は騒然としていた。負傷した軍人だけでなく、軍人の家族数十人も駅から汽車が動くのを待っていた。当時、将校や下士官たちは部隊近隣の官舎で家族とともに暮らすことができた。兵士たちが所属部隊について移動すると、婦女子たちは行くあてもなく取り残されたのである。李炳柱は汽車が出発すれば貨車に乗ろうと機会をうかがっていた。しかし、いくら待っても貨車は動く気配を見せなかった。牽引する機関車がなかったのである。

駅の周りで待機しながら、李炳柱は一生忘れられない惨劇を見た。どれほど時間が流れただろうか、中尉の階級章をつけた引率将校が現れて、「鉄橋が破壊され、機関車がこちらに来れない」と発表した。彼は、歩ける人は南に避難しろと言ったが、婦女子が子供を抱いて包みを背負ったまま歩いて行くのはほとんど不可能だった。将校は、ソ連軍がすぐに入ってきて、強姦してみな殺しにするだろうから、天皇陛下のために一緒に死のうと言って、銃と刀をみなに配った。

婦女子たちは「海行かば」を歌い始めた。日帝が戦時に国民を総動員するために作った、国粋主義の宣伝歌謡である。「海行かば、水漬く屍／山行かば、草生す屍／大君の辺にこそ死なめ／かへりみはせじ」。戦争終盤に神風特攻隊員たちが、出撃に先立って歌った歌が、まさに「海行かば」だった。日帝末期の公式行事は、天皇の統治を称賛する「君が代」に始まり「海行かば」で終わったという。婦女子が集団自決をすると、兵士たちが貨車の軍用物資にガソリンをまいて火をつけた。駅構内は爆薬が爆発して修羅場に変わった。

李炳柱は間島近隣の汪清で入隊した朝鮮族の青年と行動をともにした。彼も足を痛めて歩けなかったが、中国語がとてもうまかった。火の海になったハイラル市内で、とある中国人が馬車を引いて出てくるのを見た李炳柱は、道の真ん中に立って馬車を止めた。二人を乗せた馬車は、一晩中、南に移動した。ソ連軍の戦車がすぐにでも現れるかのように轟音が聞こえるので、立ち止まることができなかった。夜明けになると激しい喉の渇きが襲った。緊張が少し解けると感覚が戻ってきたのである。道端に沼地が見えたので馬車を止めて降りた。水の色は真っ赤で虫がわいていたが、喉が渇いていたので仕方なく飲んだ。

汽車の駅が見えた。突然の後退に出遅れた関東軍の敗残兵たちが集まっていた。ハイラル駅と同様に貨物を積載した貨車が並んでいたが、やはり南に行く機関車がなかった。ソ連軍のヤク戦闘機が二機ずつ編隊を組んで飛来し、雨のように機関銃を撃つと、貨車の上に座っていた兵士たちは、鉄道の周りに、大人の背よりも高く育ったキビやトウモロコシの畑の中に一斉に散った。ソ連の戦闘機が飛来するたびに、かくれんぼが繰り返された。

ついに南から機関車が来て貨車を引き始めた。中国人の避難民たちも貨車に乗ろうと一斉に集まったが、日本の軍人らが蹴り落として離れていった。ようやく動き出した列車は、ソ連軍の戦闘機が見えたらすぐに止まった。進んだり止まったりを繰り返して、三日もかかって博克図(ボグト)に達し、李炳柱は所属部隊を見つけて山岳地帯に入って行った。

きなこ汁を分け、水筒の水で舌を潤し

このとき李炳柱を迎えたのが朴定毅(パクチョンイ)である。李炳柱より五か月前に日本軍で飯を食べていた朴定毅

は、当時の状況を昨日のことのように覚えていた。八月一一日ごろ、興安嶺の山地で轟音が聞こえ始めた。所属連隊の三大隊は平地でソ連軍と接戦を繰り広げたが、彼が所属する二大隊はすでに高地で防御戦を準備していたので、山上で戦闘状況を見ていたのである。下から日本軍の敗残兵たちが群れをなして上ってきた。ソ連軍に追われて急いで撤退して、銃や剣などの武器を失った兵士もいた。天皇を象徴する紋章が刻まれた小銃を命よりも大切に扱うように教育されてきても、それを置いて逃げてきたのだから、それだけ状況が差し迫っていたということである。それでも非常食糧である乾パンはみなが持っていた。

ある日本兵が、朝鮮人の新兵一人が生きて帰ってきたと、朴定毅に引き継いだ。李炳柱だった。木銃に銃剣を結びつけていた。彼は腫物がさらにひどくなり、歩けないほどに悪化していた。医務兵がズボンを脱いで芝生の上に横になれと言うと、ナイフで腫物を切り取った。麻酔薬があるわけがないから、歯を食いしばって苦しみにこらえた。膿を搾り取ってガーゼで覆った。朴定毅には、実家から小包で送ってきたきなこ汁が残っていた。彼は李炳柱を片隅に連れて行って、貴重なきなこ汁を分けてやった。

徴兵二期の李在燮（イジェソプ）は、ソ連が総攻撃を開始する前日にハイラルに到着した。配属された部隊は二〇四九五部隊、一名「村上大隊」だった。兵站部隊なので補給品はかなりあった。朝起きて飯をもらいにいこうとしたら、すぐ兵舎の前に爆弾が落ちた。指揮官たちはソ連軍に軍需物資をそのまま渡せないので、被服倉庫を開けて、持って行けるものはすべて持って行くように指示した。しかし、命令系統が麻痺して統率がとれない状況で、重い荷物を背負って行く兵士はいなかった。銃と銃弾一〇〇発を入れた背嚢を背負いながら南に後退した。

李在燮は銃を撃つ訓練を一度も受けたことのない新兵だった。彼が最初に経験した戦場で生き残ったのは、三か月先に入隊した先任兵の経験のおかげだった。彼の名前は忘れてしまったが、黄海道信川出身ということだけは記憶に残っている。後退する道程はゴビ砂漠に続く地域で、陽射しが強く、地表の温度が四〇度を超えた。喉がすぐに渇いた。先任兵は水筒を腰につけていたが、水を飲めと分けてくれることはなかった。水筒の水に舌を当てて濡らせと言うだけだった。そうすれば砂漠で生き残れると。水がそれほど貴重だということをそのとき初めて痛感した。

砂漠に村があった。水たまりがあって行ってみると、ボウフラがせわしく動いていて、馬糞がコロコロと浮かんでいた。喉の渇きに我慢できずそのまま飲んだ。しばらく歩いていくと白系ロシア人の農家が見えた。彼らは家の前に牛乳一杯のバケツを出して飲めと言った。白系ロシア人たちはソ連軍の進撃に身動きできないというジレンマの境遇にあった。李在燮はこれまで牛乳を飲んだことがなく、飲むこともできなかった。

さらにいくと中国人農家があった。家の近くに深い井戸があり、つるべで水を汲んで飲んだ。喉の渇きが解消されるとようやく腹がすいてきて、畑で取ったキュウリで腹を満たした。ハイラルから二〇キロほど来ただろうか、小さな駅があった。そこは、満洲に定着したものの、これから避難しようとする日本人たちで混み合っていた。李在燮は大混雑の中でも逃げることは考えていなかった。戦時中の逃亡兵は、即決処刑するという話を耳にタコができるほど聞いていたので、元来の所属部隊の集結地に入っていった。

日本の軍人たちは山の中で洞窟を掘り、防御陣地をつくっていた。岩に鑿のようなもので穴をあけ、ダイナマイトを爆発させて岩盤を崩した。山の上でソ連軍の陣地を見下ろすと、夕方には焚き火を焚いて踊りを踊っていた。最前方の戦場の兵士とは思えないほど、彼らは余裕を見せていた。

自殺特攻隊、戦車を通すな

沖縄戦は九〇日で幕を下ろした。日本軍の守備隊は、婦女子はもちろんのこと、全住民を動員し、米軍の進撃に命がけで抵抗した。弾薬がなくなり退路がない絶望的な状況になると、住民たちに大剣と手榴弾を配り、集団自決しろと命令した。沖縄の老人は集団自決の悪夢をいまでも鮮明に覚えている。彼らはそのような悲劇が繰り返されてはならないという切実な願いを込めて、二世、三世はもちろん、四世やその後代にも体験談を伝えている。保守的な日本の文科省の官僚が教科書検定の過程で、日本軍が集団自決を強要した証拠がないと修正を指示したとき、沖縄の住民の怒りが天を突き刺すようにあがったのには、このような背景がある。生きた証人たちの声を否定するのは無謀なことである。

沖縄戦の記録でよく登場する言葉が「急造爆雷」である。敵の戦車を通さないために、文字どおり急造した武器のことをいう。爆弾を箱に入れて背負ったり、または腰に巻いたりして、突進するタンクの前に飛び込んで破壊させるのである。沖縄住民の証言録を見ると、急造爆雷を背負って戦死するよう命令を受けたのは、兵士たちだけではなかった。男性労働者は言うまでもなく、婦女子たちさえも人間爆弾の道具になるように強制されたという。

ソ連軍が進撃を開始した八月九日、入所部隊の駐屯地である北安（ベイアン）に到着した李圭哲（イギュチョル）は、自分の手記に急造爆雷の訓練過程を詳しく記述した。李圭哲が配属された安部部隊は、ソ連軍に対抗するために最前方の孫呉（ソンウー）に出発した。朝鮮人の新兵らは鉄兜も小銃も支給されなかった。ただ弾薬箱を交互に担いで、四時間行軍して、孫呉に到着した。分隊別に分かれて塹壕を掘った。

明け方早く、乾パンで腹を満たして、突進する戦車を阻むための自殺攻撃訓練が開始された。二つの方式があった。一つは小さなみかん箱ほどの急造爆雷を抱えて、戦車を破壊するものである。急造爆雷の安全ピンと軍服の上着のボタンを短い紐で結び、一人用の塹壕の中に隠れて待つ。敵の戦車が接近したら飛び込んで、両手で抱えていた爆雷をキャタピラの下に押し込む。その後、安全ピンが取れて爆雷が爆発する。もう一つは長さ二メートルほどの竿の先に円盤の形をした爆弾を固定して対処するやり方である。竿を持って林のようなところに隠れ、戦車が現れたら、やはりキャタピラの下に押し込んで動けなくする。朝鮮人の新兵だけに自殺特攻隊攻撃を強要したが、李圭哲は文句を言えなかったという。当時のソ連と満洲国の国境は、四〇〇〇キロに達するほどに広範な地域にわたっていた。

自殺特攻を強制されたり目撃したりした朝鮮人青年たちの体験談には少しずつ違いがある。ソ連軍の進撃をハイラルで迎えた金光祚(キムクァンジョ)は、平安北道寧辺(ヨンビョン)出身で徴兵二期生である。寧辺農業学校二年生のころ、先輩たちが主導した万歳事件に加担して退学処分を受けた。一九四五年八月一日に平壌補充隊に入り、列車に乗って北上してハイラル部隊に配属された。八月一三日ごろ、彼の所属中隊で一人が特攻隊に選ばれた。

一六人程度で構成された特攻隊は、急造爆雷を抱え、生い茂る林をかき分けて、四キロほど行軍した。そのとき日本軍の大尉が現れ、停止させて、朝鮮人が何人いるかと聞いた。朝鮮人と日本人が半分ずつ混ざっていた。大尉は朝鮮人兵士に爆雷を置いて戻れと言った。今日は日本人だけが行って、明日は朝鮮人だけを送り、戦果を比較するというのである。金光祚は爆弾を背負って行くとき、親兄弟の顔と故郷が脳裏に浮かんで道が見えなかったが、部隊に戻るときは道が見えたと回顧した。死地に赴くと考えたときと、そこから脱したと考えるときの気持ちは、天と地のような違いがあるものである。

李炳柱は、日本軍指揮官が、まず志願者を選ぶから手を挙げろと言ったと記憶していた。しかし、誰が正気で手を挙げるだろうか。当時、関東軍は、精鋭部隊の一部が南方戦線に続けて移動するために、兵力が深刻に不足していた。司令部はこの足りない兵力を埋めるために、予備役を四五歳まですべて再召集した。一度、現役で働いて除隊した三〇代、四〇代の日本人が再び軍服を着たのだから、士気が高いはずがなかった。

一方、朝鮮人兵士は大部分、徴兵制の実施で入隊した二〇歳ぐらいの若者だった。日本軍将校は朝鮮人新兵に目を向けた。一人ずつ呼び出してダイナマイト六個の束に雷管を差し込んで胸に縛らせた。五、六人ずつ組を組んで前進させ、後ろから下士官たちが拳銃を持って追いかけながら、自殺特攻任務を遂行しているか監視したという。李炳柱は医務室に横になって、朝鮮人の新兵が死地に赴く姿を見た。自殺特攻隊に選ばれて犠牲になった朝鮮人たちが誰なのか、どのくらいになるのかは、いまも明らかにされていない。

関東軍の虚と実

日本軍は二〇世紀初め、日露戦争で帝政ロシアを制圧した後、ロシアとその後身であるソ連の軍隊を見下す風潮があった。しかし、ソ連軍は以前の帝政ロシア軍ではなかった。一九三八年とその翌年、日本とソ連両国の軍隊は張鼓峰とノモンハンで衝突した。満洲国の建設を主導すべく北方に続けて勢力を拡大しようとした関東軍は、少なからぬ打撃を受けた。ソ連軍の装備や士気がかなりのものであることを痛感した。しかし、関東軍指導部は、張鼓峰やノモンハンの戦闘で得た教訓を真摯に省察する意思がなかった。その結果はソ連が参戦したとき、日本軍の壊滅につながった。

まず、装備や兵力のレベルで、関東軍は極東ソ連軍と格段の差があった。ソ連はナチスドイツや日本とそれぞれ不可侵条約と中立条約を締結し、自己救済策を模索しながらも、東西両側から挟み撃ちにされる事態を警戒した。ドイツ軍は一九四一年六月に不可侵条約を破り、ソ連領内に破竹の勢いで侵入し、一時はモスクワの数十キロ手前まで進撃した。ソ連は国家存亡がかかった緊急事態でも、極東地域から兵力を引き上げることができなかった。日本が対ソ戦に加担して攻撃してくる事態を大きく懸念したからである。

ソ連は、ドイツの新聞『フランクフルター・ツァイトゥング』の特派員に偽装して、東京に赴任したスパイのリヒャルト・ゾルゲ（Richard Sorge）から、日本がソ連に侵攻する可能性がないという情報を入手後に、極東地域に配置した精鋭部隊の一部を西に移動させて急場をしのいだ。ゾルゲは当時、オット東京駐在ナチスドイツ大使と懇意の仲で、日本政府の高官らとも篤い親交関係を維持した。一九四一年一〇月、警視庁の特別高等警察に逮捕されたゾルゲは、一九四四年一一月に巣鴨拘置所で絞首刑に処された。彼の最後の言葉は「ソビエト赤軍、国際共産主義万歳」だったという。

日本が北方進撃と南方進撃の両方を天秤にかけて、アメリカやイギリスとの戦争を選択した後も、ソ連は警戒を怠っていない。極東地域に兵力一一〇万、戦車・自走砲二〇〇〇両以上、飛行機三〇〇〇〜四〇〇〇機の戦力を維持した。ヨーロッパ戦線でドイツが完全に守勢に追い込まれた一九四四年一二月からは、対日戦に参戦することに備えて、兵器・弾薬・燃料・食糧を運び出した。一九四五年五月のドイツ降伏後は、本格的に兵力と軍需物資を大挙移動した。兵力約四〇万、戦車・自走砲約二〇〇〇両、飛行機一四〇〇機、貨物自動車約一万七〇〇〇台、他に膨大な量の武器、弾薬が極東に輸送された。日本に宣戦布告したときに、極東ソ連軍の戦力は、兵力一七四万、火砲・迫撃砲約三万台、戦車・自走砲約五二五〇両、航空機五一七一機と大きく増えていた。

一方、関東軍の戦力は、兵力七〇万、火砲約一〇〇〇台、戦車約二〇〇両、実戦用飛行機約二〇〇機だった。ざっと比較しても、ソ連軍が兵力で約二・五倍、火砲で三〇倍、戦車や飛行機で二六倍と圧倒的に優勢だった。一九四五年八月、関東軍の編制は二四個師団で九つの独立混成旅団だった。しかし、冷静に評価すれば、実際の戦力は八・五個師団に過ぎなかったという分析もある。戦争末期に予備役、開拓団の青少年をむやみに動員し、形式上の兵力数は満たしたが、戦闘能力は大幅に弱体化していたというのである。実際にソ連と日本の短い戦争が終わったとき、双方の死傷者の格差は大きかった。ソ連軍の戦死者が八二一九人なのに対し、日本軍の戦死者は約八万三七三七人と集計された。

関東軍指導部は戦力の劣勢を認識していた。有事の際の対ソ作戦計画を修正したことにもそのことが表れている。満洲を掌握した関東軍は、ソ連と戦争することになった場合、沿海州の航空基地を無力化させることに優先目標を置いた。ソ連の飛行機が日本本土を空襲することを防ぐためである。しかし、一九四五年五月末から、南満洲一帯の拠点地域の確保に主眼点が変わった。ソ連軍の侵攻の可能性に備えて、一九四五年七月五日に最終確定した「対ソ作戦計画」の要旨は、満洲の広い地域を利用して敵の侵攻作戦を粉砕すべく努力し、やむを得ない場合は南満洲の重要な地域を確保して持久戦を展開することである。

関東軍が死守すべき範囲は、大連と新京（現・長春）を結ぶ連京線と、新京と図們を結ぶ京図線以南の三角形の地である。ここを根拠地に持久戦を繰り広げて、天皇の地である皇土・朝鮮を守り、大東亜戦争を有利に進めていくというものである。持久戦の中心地には通化を選び、巨大な要塞を建設する作業を進めた。

ソ連が満洲全域で攻撃を始めて三日後の八月一二日、山田乙三司令官など関東軍の指揮部は通化に向かった。事前に用意された作戦計画に基づいて持久戦を指揮するためである。一四日、山田司令官に、東京から大きな指示があるようだから新京に戻ってほしいという連絡がきた。山田は参謀たちとともにその日の午後五時の飛行機に乗って新京に向かった（ＮＨＫ取材班編『外交なき戦争の結末』）。

日本の敗戦に流した涙

天皇裕仁の降伏詔書は、一九四五年八月一五日正午、ラジオを通じて発表された。一部の国粋主義的青年将校たちが天皇の録音レコードを奪取して、降伏詔書の発表を阻もうとしたが成功しなかった。東京の参謀本部をはじめ、各地の軍機関は機密文書を焼却するために奔走した。

大本営の停戦命令は満洲地域ですぐに実施されなかった。ソ連軍の奇襲攻撃のために通信網が途絶え、孤立した部隊がかなりあった。満洲にいた朝鮮人兵士たちも日本降伏の知らせをすぐには聞いていない。興安嶺の山岳地帯にいた朴定 毅は、ソ連軍との戦闘を直接経験しなかった。戦車を進めたソ連軍は、高地に布陣した日本軍を無視し、新京などの大都市に疾走した。興安嶺以南はほとんど平原地帯なので地形的な障害物がなかった。彼の部隊は博克図駅に下がって貨物車に乗っていた。ソ連軍の姿が見えなかった。日本人の先任兵に聞いてみると汽車の方向は南だった。ようやく助かったという気がした。

大隊長は富拉爾基（フラルキ）駅広場に全員を集めて、天皇の放送を聞かせた。録音したものをかけたのかよく聞こえなかった。駅に日本人の婦女子を一杯に乗せた列車が入ってきた。貨物車に積まれた乾パンや缶詰など、食べ物を投げてくれるので、歓声を上げて歓迎した。

駅に集まった兵士たちは、本当に戦争に負けたんだと嘆いた。朴定毅は駅の片隅から南方を見て泣いた。ようやく両親や家族に会えるという思いで胸が一杯になった。日本人兵士が近づいてきて、戦争に負けるときもあるのだから悲しまないようにと慰めてくれた。日本の敗戦をおおっぴらに喜ぶこともできなかった。

朴定毅が属する部隊には満洲・間島から連れてこられた同胞の青年たちがいた。キム・ドゥマンとオ・ドンムクは古くから親しい仲なので、いつも一緒にいた。富拉爾基で武装解除された日にひどい事故が起きた。中隊別に小銃を指定された場所に集めるようにというのである。日本がついに負けたうえに、銃を捨てて故郷に帰ることになったのだから、朝鮮の新兵たちが舞い上がるのも無理はなかった。キム・ドゥマンは「ようやく家に帰れるんだ」と思いながら、銃の山の上に自分の銃を投げた。決してあってはならないことが起こった。瞬間、引き金が引かれて、弾丸が彼の顎の下を貫通したのである。小銃に装塡されていた銃弾を抜いておかねばならなかったが、一つ残っていたようである。キム・ドゥマンは即死だった。

オ・ドンムクは横で見ていられないほど号泣した。彼は火葬した遺骨を白い箱に入れて大切に保管した。寝るときも自分の枕元に置いた。シベリアに連れて行かれて、戻ってくるときも彼は友人の遺骨を忘れなかった。朴定毅はキム・ドゥマンの遺骨が間島の龍井(ヨンジョン)の日当たりのいい地にきちんと埋まっているものと固く信じている。

色丹島にいた朴道興(パクトフン)は、ずっと米軍上陸に備えた訓練をしていた。米軍のタンクの装備が堅固で、普通の武器では阻止できないので、塹壕を深く掘れという指示が続けて下りた。ある日、通信兵がやってきて、みな集まれと言った。礼服をきちんと着た小隊長が、天皇陛下が降伏を宣言したが、戦争はこれからだと泣き始めた。しかし、一般の兵士たちは、家族との再会を期待して密かに喜んだ。米軍はすぐに上陸するだろうという噂も出回った。しかし、予想とは裏腹にソ連軍が入ってきた。ソ連軍の先発隊の軍服はかなり垢まみれで、テカテカに光っていた。

武装解除してから、李炳柱は部隊員とともにチチハルまで徒歩で行進した。行進途中に落伍した兵士たちは、中国人の報復対象になったという話を聞いた。石を投げつけられて死んだのである。チチハルには日本軍が使用していた大きな兵舎があった。入るときにはソ連軍がいるかどうかさえわからなかったが、捕虜生活が始まったのである。

李在燮は大きな無蓋車に乗って昂昂溪(アンアンシー)に移動して武装解除された。やはりチチハルに集結するように命令を受けた。ソ連軍は、収容所の外に出たら満洲人や中国人に報復されることがあると警告した。

日本軍が降伏し、ソ連軍が入ってきて、中国の国民党勢力と共産党勢力の内戦が再燃し、満洲には治安の空白地帯が多数できた。李炳柱にはそのとき、日本軍から逃げなかったことが千秋の恨(ハン)として残った。中国語ができず、あの広い満洲の大地を、朝鮮人の身分を明かさないまま縦断するのは不可能だと思った。彼は日本軍の単位部隊の指揮官のうち、朝鮮の兵士たちに帰国を許可した将校たちもいたという話を聞いた。天皇が無条件降伏し、日本軍が解体されたのだから、半島出身は家に帰っていいと言ったらしいのである。運良く良識ある日本人将校に出会って、ソ連に連れて行かれず、すぐに帰国できた人のなかに彼の友人もいた。しかし、そのような将校はいたとしてもきわめてまれだった。

日帝時代に満洲に行った朝鮮人を見つめる満洲人や中国人の感情は、決して好意的ではなかった。日本が満洲を支配し、中国を侵略し、朝鮮人を手先として活用したからである。日本がつくった満洲国は「五族協和」の「王道楽土」を目指すと喧伝した。有色人種を虐待して差別する白人の植民地主義者とは異なり、満洲国は、日本・朝鮮、中国・満洲・モンゴル人が互いに協力して理想郷を建設することに、その建立の名分を置いた。

しかし、それは口先に過ぎなかった。食糧事情が悪化すると、満洲国で食糧配給制が実施された。所属民族別に支給される通帳の色が違っていた。日本人は赤通帳、朝鮮人は白通帳、満洲人と中国人は黄通帳をもらったが、この色は配給品の違いを意味した。日本人には米や砂糖などが比較的豊かに支給されたのに対し、満洲人・中国人のものは、主にキビ、大豆などの雑穀だった。朝鮮人たちは中間にあたる物品をもらった。中国人や満洲人たちが朝鮮人を第二の日本人として嫌うだけの根拠があった。

第5章 スターリンの抑留決定

誰が日本軍を武装解除するのか

太平洋戦争が終わったとき、「大東亜共栄圏」建設のために各地に駐屯していた日本軍の兵力は数百万に達していた。日本の厚生省の資料によると、無条件降伏を受け入れた後、連合国の管理下に入った日本の軍人は、本土駐屯の兵力を除いても三五三万四〇〇〇人に達していた。アメリカにとって最も緊急の課題は、東アジア、東南アジア、南太平洋諸島に散った日本の兵力を、誰が接収して武装解除すべきかを決めることだった。アメリカは他の連合国と接触して役割を分担した。戦後秩序の主導権の行方と直結した問題だった。

武装解除の地域責任者として、日本本土と朝鮮はマッカーサー元帥、中国では蔣介石主席、東南アジアはマウントバッテン卿（L. Mountbatten／英インド総督）、台湾は蔣介石と協力してウェデマイヤー将軍（A. Wedmeyer／米）と決められた。対日戦に一歩遅れて参戦したソ連は、作戦終了時に支配する地域で日本軍を接収することとなった。イギリスのマウントバッテン卿はビクトリア女王の曽孫で、連合軍東南アジア全域最高司令官であり、アメリカのウェデマイヤー将軍は主として中国戦線を担当した。

これによって、中国軍の管轄が一三五万人と最も多く、ソ連軍の管轄が六七万九七七六人とその次となった。蒋介石の国民党軍と毛沢東の共産党軍は、中国を侵略した日本軍が自らに対して降伏するように熾烈な競合を繰り広げた。日本軍の膨大な武器が誰の手に入るかによって、国共内戦の行方が変わる可能性もあったからである。日本軍の指揮部は蒋介石の軍隊に降伏することに決め、蒋介石は日本の軍人のほとんどを迅速に本国に送ると応えた。日本の右派陣営では、ソ連軍によるシベリア抑留と比較して、蒋介石の「恩恵」を決して忘れてはならないという声がいまだ根強く残っている（吉田裕『アジア・太平洋戦争』）。

天皇の軍隊に捕虜はいない

日本の敗戦まで続いた明治憲法の第一章は天皇に関する部分である。二章が臣民の権利・義務、三章が帝国議会、四章が国務大臣および枢密顧問、五章が司法の順となっている。一章の一条には大日本帝国は「万世一系」の天皇が統治するとある。一章の他の条文には、天皇は神聖不可侵であり、軍の統帥権を持つ絶対君主として規定される。日本の軍隊はまさに天皇の軍隊だった。

戦争が起きると戦時大本営が設置された。天皇直属の軍最高統帥機関である。日清戦争のとき、広島に大本営が設置された。明治天皇・睦仁が広島に行って「督戦」（戦争の監督と士気の高揚）をしたのである。太平洋戦争末期、広島に原子爆弾が落ちたのは、このような歴史的な背景と無関係ではない。広島が大陸進出のための軍事都市の役割を果たしていたからである。一九三七年に戦時大本営の制度を変え、戦争でない「事変」（戦争には至らなかったが、兵力を動員せざるを得ない国家的事態や騒擾、または宣戦布告なしで行われた国家間の武力衝突）でも大本営が置けるようになった。日本は中国との全面戦争を「戦争」と呼ばずに必死に「支那事変」であるとした。いまも靖国神社のような右翼の国粋主義的施設では、「日中戦争」ではなく「支那事変」を公式用語として使用する。

平常時、日本の帝国陸軍の指揮部は参謀本部、海軍は軍令部だった。大本営が設置されると、参謀本部は大本営陸軍部、軍令部は大本営海軍部に変わる。天皇が大元帥として陸軍に下す命令は「大陸命」となり、海軍に下す命令は「大海令」と言われた。

天皇が降伏を宣言した三日後の八月一八日、梅津美治郎（うめづよしじろう）参謀総長は、天皇の指示を仰いで「奇妙な」命令を下す。「詔書渙発以後敵軍ノ勢力下ニ入リタル帝国陸軍軍人軍属ヲ俘虜ト認メス」（天皇の詔書発表後に敵の勢力下に入る帝国軍人・軍属は捕虜として認めない）という内容だった。大陸命第一三八五号である。梅津は日本帝国陸軍の最後の参謀総長で、終戦後、米戦艦ミズーリ艦上で開かれた降伏文書の調印式に重光葵（しげみつまもる）外相とともに全権代表として出席した。彼は全権代表に委任されると、本土徹底抗戦を主張していた自分に米艦艇での調印式に行けというのは、死ねというのと同じだと反発したが、天皇裕仁の指示で最終的に重光とともに出席した。彼は東京軍事裁判で戦犯として起訴され、終身刑を宣告されて服役中の一九四九年に獄死した。

大陸命第一三八五号が特異だというのは、「捕虜は恥」とする日本帝国の伝統的観念を否定したからである。明治維新以降、天皇の軍隊は快進撃を続けた。日清戦争と日露戦争で伝統的な大国を破ったのに続き、第一次世界大戦でも戦勝国になった。太平洋戦争で致命的な敗北を喫するまで大きな戦争で負けたことがなかった。日本の軍隊は常勝不敗という神話を作って自ら陶酔した。戦争で勝敗が分かれるのは古今東西の真理である。負ける側の兵士は死なない限り、逃げるか、捕虜になるか、どちらかを選択するしかない。

しかし、日帝の軍国主義の世界では、捕虜という概念は存在しない。一九二九年に捕虜待遇に関する初の国際標準であるジュネーブ条約が成立したとき、日本は参加しなかった。当初、日本政府は条約に調印したが、軍部と枢密院の反対で批准しなかった。条約を認めれば日本には何らの実益もなく、一方的に責任だけを負うだろうというのが反対の理由だった。天皇の軍隊は捕虜にならないように訓練を受け、絶望の状況に追い込まれたら自決するのだから、捕虜が出ることはないという論理である。

日本の軍部のこのような捕虜観がいかに虚構に満ちたものか、ノモンハンの戦いを通じて見てみよう。日本の関東軍とソ連赤軍・外蒙古連合軍は一九三九年、満洲国と外蒙古の国境地域であるノモンハンで約四か月にわたって激戦を繰り広げた。満洲北部、シベリアに向かって勢力を拡大しようとした関東軍の野望は、装備・機動力で優勢だったソ連軍の強力な抵抗を受けて急制動がかかった。武力衝突が拡大することを望まなかった両国は、停戦協定を結んで捕虜を交換し始めた。

交換した捕虜の数は記録によって多少の違いがある。『日本憲兵正史』では、第一回の捕虜交換は一九三九年九月二七日に行われ、日本側から九七人、ソ連側から八八人を送った。一九四〇年四月二七日には、日本が二人を送り、二〇四人を受けたと記録されている。帰ってきた日本の兵士たちは、ほとんど負傷した状態で病院に収容された。将校は軍の名誉を汚したとして、病室で略式の軍法会議を受けた。軍法会議が終わったら将校はほとんどが拳銃で自殺した。要員らはベッドの下に拳銃を置いて自決を強要したという。下士官以下の兵士は軍法会議に回されて、重営倉（懲罰房隔離）一週間などの厳しい処分を受けて、他の激戦地に移動・配置された。送還されれば死が待つのみと考えた一部の日本軍捕虜は、送還を拒否してソ連に残ることを希望した。国境侵犯の疑いで裁判を受けて、服役後に出所してソ連に帰化した日本兵は約五〇〇人と推定される（全国憲友会連合会編纂委員会編纂『日本憲兵正史』）。

天皇の軍隊に捕虜はいないという精神を集大成した文書が有名な『戦陣訓』である。陸軍省が一九四一年一月に帝国軍人の行動規範として発表すると、日本の新聞は大々的に報道して、軍国主義の精神を高揚させるために先頭に立った。当時の陸軍大臣は、真珠湾の奇襲で太平洋戦争を起こした開戦時の内閣の首相・東条英機(とうじょうひでき)だった。だから俗にこれを東条の作品であるともいう。戦陣訓は導入部・本文・結論に分かれていて、本文は三部で構成された。皇国・皇軍・団結・協同・攻撃精神・戦友道・死生観などが言及されているが、そのなかでも最も広く知られたのが本文第二部第八項である。

「名を惜しむ」というタイトルの下に「恥を知るもの強し。常に郷党家門の面目を思ひ、愈々奮励して其の期待に答ふべし。生きて虜囚の辱を受けず、死して罪禍の汚名を残すこと勿れ」（恥を知る者は強い。常に郷里の家の面目を考え、さらに頑張って、その期待に応えなければならない。生きて捕虜の恥辱を受けず、死んで罪禍の汚名を残すことなきよう）と書かれている。日本の軍隊は長文の戦陣訓を暗唱する教育を受けた。捕虜とは恥辱であり、罪人の汚名を残すだろうと脳裏に刻印させた。

戦陣訓と密接に関連する用語が「玉砕」である。太平洋戦争の初期、日本軍は怒涛の勢いで欧米列強の植民地に侵攻した。フィリピンを占領し、大英帝国の東アジアの砦だったシンガポールでイギリス軍の降伏を勝ち取ったときには、雪だるま式に増える連合国の捕虜をどう処理するかに腐心した。自国の軍隊が逆に大挙捕虜になる状況は想像すらしていなかった。

しかし、連合国の反撃が本格化し、まず孤島に配置された日本軍から孤立無援の状態に陥った。「玉砕」という表現が最初に公式に使用されたのは、一九四三年五月にアリューシャン列島のアッツ島の陥落のときだった。日本軍の守備隊約二五〇〇人は、上陸した米軍戦闘部隊に「最後の突撃」をした後、通信が途絶えた。大本営は全員玉砕したものと認めると発表した。「玉砕」とは、玉が美しく砕けることに例えて、名誉の死や忠誠を指す言葉である。日本は自国の軍隊の全滅を美化するために使用した。アッツ島陥落以来、「玉砕」という表現が流行したが、長くもたなかった。常勝の日本軍が連戦連敗するという印象を与える恐れがあると、使用を統制したからである。

捕虜は恥であるという認識を脳裏に深く刻んだ日本の軍隊にとって、天皇の降伏宣言は大きな混乱を引き起こした。自決する軍幹部や将校たちが後を絶たず、一部の部隊は停戦の命令を無視して戦闘を行った。南方軍の総司令官・寺内壽一（てらうちひさいち）はポツダム宣言の受諾を拒否する電文を送った。彼は、初代朝鮮総督を務め武断統治で悪名高い寺内正毅（てらうちまさたけ）の長男で、イギリス軍に逮捕され、抑留中にマラヤで病死した。

大本営は天皇家の皇族士官たちを各方面の軍司令官として送り、天皇の命令であることを周知させなければならなかった。梅津参謀総長が、敵軍の下に入る兵士や軍属は捕虜とみなさないという命令を下さなければならなかったのも、日本軍国主義が自家撞着に陥った結果であった。

関東軍の将校たちは、自らが捕虜になったことを認めようとしなかった。天皇の命令に基づいて戦闘を「停止」しただけで、降伏したわけではないと主張した。しかし、このような主張は、日本のなかでは通用するが、ソ連側に受け入れられるはずがなかった。

ソ連極東軍総司令官ワシレフスキー元帥は、停戦の交渉で、関東軍司令官以下、全員が捕虜であるという点を明らかにした。日本軍将校が捕虜を否定的に考えたため、のちにソ連での抑留生活がいっそうつらいものとなった。捕虜の処遇に関するジュネーブ協定について、平素、教育を受けたことがなく、捕虜の権利を主張することは考えもしなかった（白井久也「日本人にとってのシベリア抑留」）。

スターリンの極秘指令九八九八号

日本軍捕虜のシベリア抑留は、スターリンが国家防衛委員会の議長として、一九四五年八月二三日に内務人民委員ベリヤ、極東ソ連軍司令官などに送った国家防衛委員会決議九八九八号において公式化された。俗に「スターリン極秘指令」と呼ばれるこの決議は、日本人捕虜五〇万人をソ連内の捕虜収容所に送って使役（抑留中の労働・作業）に従事させるなど、具体的な実施計画を部門別に指示している。捕虜の宿泊施設や輸送手段の確保、食糧供給基準表の作成、病院用のベッド準備など、細部の事項が言及されていた（エレーナ・カタソノワ『関東軍兵士はなぜシベリアに抑留されたか』）。

指令は、捕虜一〇〇〇人単位で作業大隊を編成し、戦利品から冬季・夏季の着衣、寝具、下着などの個人の物品を支給させた。宿泊施設は、一九四五年九月一五日までに五〇パーセントを、一〇月一日までに残りの部分を準備させた。また、各地域でどの産業現場に何人を送るかも細かく記録されている。

スターリンの指令に基づいて、軍、内務省などの関連機関が一糸乱れず動き始めた。内務省捕虜抑留者管理総局の一九五六年一〇月一三日の報告によると、一九四五年九月の段階で日本軍の捕虜抑留者は合計六三万九七七六人であり、ここから中国人・朝鮮人を除いた日本人は六〇万九四四八人である。他の調査では、現地で釈放された者、戦線の臨時収容所で死亡した者、モンゴル政府に引き渡された者を除き、ソ連領内に連れて行かれた日本人が五四万六〇八六人で、このうち民間人抑留者が六六五八人であると集計された。連行された日本軍捕虜のうち約一割が死亡したというシベリア抑留はこのように始まった。

ソ連指導部はそれより一週間前の一六日、スターリンの極秘指令と矛盾する命令を極東軍指揮部に送った。内務人民委員ベリヤ、国防人民委員代理ブルガーニン、参謀総長アントノフ三名の名義からなる暗号の電文には、日本軍の捕虜をソ連領内に入れないようにという指示があった。研究者たちは、シベリア抑留を決定した要因を説明するために、日本の敗戦後一週間に何が起こったのか、なぜ相反する指示が下されたのかについて注目してきた。

ソ連は対日宣戦布告で「ソビエト政府は連合国としての任務に忠実であるために、対日戦に参加せよという連合国の提案を受け入れ、七月二六日の連合国の宣言に賛同する」と明らかにした。また、日本の無条件降伏を求めたポツダム宣言には、戦犯処罰とは別に、日本軍の処理方向が言及されている。とくに第九項は、日本軍が「完全に武装解除された後、家庭に戻って平和で生産的な生活を営むことが許容されるだろう」とした。

日本軍のシベリア移送と抑留決定はポツダム宣言の規定とそぐわない。スターリンが抑留を決めた背景には何があったのだろうか。大きく分けて、米ソの戦後の主導権掌握のための対立、日本の自発的労働力賠償の提案、ソ連における強制労働の活用という三つの視点がある。一つずつ主張の論拠を見てみよう。

米ソ、戦後主導権をめぐって争う

第一は、第二次世界大戦中に続いた米ソの協調体制が崩壊し、主導権争いが本格化したというものである。ポツダムでアメリカ・イギリス・ソ連の首脳が集まり、大戦の処理方案を議論する際にも雲行きはあやしかった。一九四五年七月二六日、ポツダム宣言がアメリカ・イギリス・中国の共同宣言の形式で発表されたとき、ソ連側には事前に通知されていなかった。宣言の内容は、記者団に発表されてから一五分後にスターリンに伝えられた。

ソ連が抗議すると、アメリカは日本との中立条約に縛られているモスクワの立場を困惑させないためだったと説明した。合計一三項で構成されたポツダム宣言は、アメリカが作成した草案にイギリスの一部修正案が合わさったものである。

ポツダム宣言は無条件降伏を要求したが、実際には日本が受け入れるべき降伏条件を提示したものである。日本の外務省も予想より苛酷でない条件だと分析していた。まず、日本の指導部が最後までこだわった「国体護持」、すなわち天皇制の維持を拒否していない。天皇制を廃止しない代わりに、一二項では、日本国民が自由に表明した意思をもとに、平和指向の責任ある政府が樹立されれば、連合国占領軍はすぐに日本から撤退するとしている。また一〇項では、日本人を民族として奴隷化したり、国家として破壊したりしないことを明らかにしていた。

アメリカが日本に提示する降伏条件を緩和したのは、終戦後、ソ連の影響力が東アジアに拡大することを阻止しようという意図が大きく作用したからである。一九四五年二月のヤルタ会談のときとは状況が大きく変わっていた。まず、米ソ協力を重視していたルーズベルト大統領が死去し、ソ連の意図に疑問を抱いたトルーマン副大統領が大統領になった。また、ナチスドイツの敗北で、日本を屈服させるために予想される米軍の被害予測値が減少した。何よりも原子爆弾という恐るべき新兵器がアメリカの手中に入ったのである。

トルーマン政権はアジアの大国日本を単独で占領する方針を固めた。そのためには、他の連合国が対日戦を終えるために大きく貢献していないほうが望ましかった。トルーマンはソ連が参戦する前に日本が降伏することを期待した。日本の指導部が降伏を受け入れやすくするために、条件を寛大に緩和する必要があったのである。ポツダム宣言はこのような背景から生まれた。

ソ連はヤルタ密約で、ナチスドイツの降伏後、二、三か月以内に参戦することに合意した。ドイツが一九四五年五月七日に無条件降伏したので、遅くとも八月初旬までには対日攻撃を開始しなければならなかった。ドイツの敗北直後から兵力と軍需物資を一杯に積んで、ソ連の西方から東方へ向かう列車の行列が急増した。

六月二七日に招集されたソ連国家防衛委員会で、北海道をソ連の作戦地域に含めるかをめぐって激論が起こった。軍部の一部とフルシチョフは北海道占拠を主張し、外務人民委員モロトフは強力に反対した。モロトフは、作戦強行がヤルタ密約にそぐわず、アメリカと全面衝突が懸念されると対抗した。この場でスターリンは、「私たちは戦争の準備ができている」とだけ発言して、北海道作戦には意見を明らかにしなかった。アメリカが原子爆弾を開発したという情報を事前に入手したソ連指導部は、むしろ米軍が満洲に入ってくる事態を懸念した。

日本内の連合国最高司令官マッカーサーは八月三〇日、愛用するバターン機に乗って厚木空軍基地に到着した。彼は進駐に先立って一般命令一号を発表した。日本軍の降伏条件を明示した内容である。これによって満洲、三八度線以北の朝鮮、南樺太の日本軍の現地司令官と、すべての陸・海・空の補助部隊は、極東ソ連軍最高司令官に降伏しなければならないとされた。

スターリンは一般命令一号で、千島列島に関する部分がないことに神経を尖らせた。スターリンは一六日、トルーマンに二つの修正を提案した。第一に、ヤルタ会談参加三大国の決定に基づき、すべての千島列島の日本軍はソ連に降伏する地域に編入される。千島列島はソ連の領土にならなければならない。第二に、北海道北半部の日本軍はソ連軍に降伏するものとする。北海道南北間の境界線は、東部沿岸の釧路西部から西部沿岸の留萌を結ぶ線であり、両都市も北海道北部に含まれる。

スターリンは、ヤルタ密約でソ連に譲渡されることになった千島列島以外に、北海道を分割占領しようという意思を明らかにしていたのである。彼はこの提案で「周知のとおり一九一九―二一年に、日本は全ソ連極東を占領した。ロシアの世論は、もし日本本土の一部でも占領することがなかったならば、非常に立腹するだろう」と述べた。ロシア革命のとき、日本軍がシベリアに進駐して武力干渉したことを想起させた。

トルーマンは一八日、極秘に返信を送って、スターリンの提案の一部だけを受け入れた。千島列島全体をソ連軍に降伏する地域に組み込むことに同意しながらも、北海道北半部の占領には断固として拒否した。極東ソ連軍は北海道上陸作戦を八月一八日に敢行するとして準備を進めた。作戦計画のとおりならば、北海道北半部の占領は九月一日までに完了しなければならなかった。ワシレフスキー元帥はスターリンに作戦の実施を裁可してほしいという電文を数回送ったが、承認が下りなかった。

スターリンは八月二二日、北海道上陸を断念する電文をトルーマンに送った。彼は、自分と同僚たちは「あなたからこのような回答を期待していなかった」と不快感を隠さなかった。極東軍は二三日午前〇時五五分、北海道上陸作戦の準備を停止した。まさにその日、日本軍の捕虜五〇万のシベリア移送を指示した、スターリンの極秘指令が下りたのである（エレーナ・カタソノワ『関東軍兵士はなぜシベリアに抑留されたか』）。

日本が労働力提供をまず提案

第二は、日本がソ連に賠償する方案の一つとして、労働力の提供を先に提案したというものである。シベリア抑留問題と関連して、謝罪と補償を要求する日本の代表的団体として「全国抑留者補償協議会」（全抑協）がある。一九七九年に創設されたこの団体は、長い間、実態が明らかにされていないシベリア抑留に関する資料公開、犠牲者追悼と墓参の許容、未払い賃金の支払いと謝罪を要求し、日本とソ連政府を圧迫してきた。

全抑協は一九九〇年代初頭、ゴルバチョフのペレストロイカの風が吹いた時期に、ロシア国立公文書館でいくつかの衝撃的な文書を見つけた。一つは、関東軍司令部が一九四五年八月二六日にワシレフスキー元帥に送った報告である。文書には「軍人の処置でありますす。満洲に生業を有し家庭を有する者並びに希望者は、満洲に留まって貴軍の経営に協力せしめ、その他は逐次内地に帰還せしめられ度い」という文句がある。ここで貴軍とはソ連軍であり、内地は日本本土を指す。ソ連軍に対して、軍人または満洲居住者の労働力を提供する用意があることを明らかにしていたのである。

同日、大本営参謀の朝枝繁春中佐が作成してソ連側に提出した「関東軍方面停戦状況ニ関スル実視報告」にも同様の趣旨の記述が見られる。「大陸方面ニ於テハ在留邦人及武装解除後ノ軍人ハ、ソ連庇護下ニ満鮮ニ土着セシメテ生活ヲ営ム如ク、ソ連側ニ依頼スルヲ可トス」というものである。

朝枝参謀は、公開された文書が大きな議論を呼び起こすと、「戦争に負けた日本の本土四島に全員を戻すと、経済を再建させることができない。日本が再起するには、資源のある大陸にい続けて、もし国籍が変わっても、残っていることが重要だと考えた」と釈明した。

軍人と満洲に定着した民間人たちの一部を満洲に残留させて、後日を期そうという発想を、当時、日本軍の指導部がしていたのである。朝枝参謀の文書には関東軍参謀長だった秦彦三郎中将の「全般的同意」という「所見」がついている。朝枝は、彼自身もソ連軍に逮捕され、四年間抑留されたが、一九四九年八月に日本に引き揚げた。

自国の兵士や民間人を賠償の手段として使うという発想は、日本軍部だけでなく、政府レベルでも議論された。戦争が終盤戦に入り敗戦の兆候が濃厚になると、日本の指導部はソ連を通じて連合国と和平を仲裁する方案を推進した。天皇裕仁は六月二二日、御前会議で、戦争終結工作を推進すべきと述べた。ソ連に天皇の特使を送ることとして、首相を三回務めた近衛文麿を特使に指名した。

これに先立って近衛は、一九四五年二月に敗戦は避けられないと予想し、敗戦後に起きる共産革命を阻止するために、終戦の交渉を急ぐべきと主張する上奏文を裕仁に提出した。共産革命が起これば、天皇制が崩壊する最悪の事態が起こりうると判断したからである。彼の上奏はすぐには受け入れられなかった。そうするうちに戦況が決定的に傾き、裕仁が決心したのである。

近衛はモスクワに持参する荷物の準備のために、側近たちに「和平交渉の要綱」を作成するように言った。要綱には、帝国主義戦争を通じて拡大した領土をほとんど放棄し、日本軍の兵力を労働力として提供する案が含まれている。ソ連はポツダム会談の準備などの理由で、近衛特使の訪ソ計画に積極的に応じなかった。ソ連の仲裁に最後の期待をかけていた日本の和平打診は失敗に終わった。近衛の和平交渉要綱の内容がソ連側に伝えられたという証拠はない。

しかし、日本政府と軍部が、労働力賠償を終戦交渉のカードとして共有していたのは明らかである。日本の抑留経験者は、このような文書の存在を「棄民・棄兵政策」の明白な証拠であると批判する。ひたすら天皇制の維持のために、兵士や民間人を保護するどころか見捨てたのである。文書の内容を見ると、日本がシベリア抑留の端緒を提供したという点も、否定することは困難である（白井久也「日本人捕虜とシベリア抑留」）。

強制労働はソ連計画経済の根幹

第三は、囚人労働が一九三〇年代からソ連における国家計画経済の柱であり、シベリア抑留は疲弊した経済を再建するために事前に綿密に準備された政策の産物だという見方である。ソ連における囚人労働の歴史は、帝政ロシアの時代にまでさかのぼる。ロシアは東方進出を図りつつ、シベリア流刑地に囚人や政治犯を移送して強制的に使役させた。

スターリンはとくに一九三〇年代に、急いで工業化を推進するために、強制労役の成果を評価して、ソ連全域に強制収容所を拡大した。一九四一年六月にドイツとの総力戦が始まると、ソ連では労働力不足が深刻となった。成人男性の大半が徴集され、産業現場に投入できる労働力が絶対的に不足していた。
ソ連は、ドイツをはじめ枢軸国（第二次世界大戦時に日本、ドイツ、イタリアが結んだ三国同盟を支持し、アメリカ、イギリス、フランスなどの連合国と対立したいくつかの国）陣営に加わった東欧諸国の捕虜労働に代案を見出した。この軍事捕虜の労働は戦時のソ連経済を支える主要な原動力になった。一九四五年五月、ナチスドイツが無条件降伏をしたとき、ソ連の領土で使役をしたドイツ軍捕虜は約三一五万人だった。終戦のとき、ソ連に抑留された捕虜は、ハンガリー、ルーマニア、イタリア、オーストリア、チェコ、ポーランド、日本、朝鮮などを含めて二四か国、約四一七万人だった。

彼らのほとんどが強制使役に処されたのだから、関東軍のシベリア抑留も別の次元で見る必要はないということである。ソ連は一九四五年二月のヤルタ会談で、対日戦への参加を約束した後、四月から関東軍の捕虜をどう活用するかを準備していた。イワン・コワレンコ旧ソ連共産党国際部副部長は、日本のメディアとのインタビューで、「シベリアで捕虜を労働させるのはスターリンのアイデアだった」と断言した。スターリンの頭の中には、荒廃したソ連経済を復興させるために捕虜の労働力を使うという考えが早くからあったのである（エレーナ・カタソノワ『関東軍兵士はなぜシベリアに抑留されたか』）。

第6章

すれちがった運命——董玩、姜英勳、白善燁

ロシア文学の大家

一九九七年八月、新聞に大韓民国学術院会員の董玩(トンワン)が持病で亡くなったという訃報が短く掲載された。韓国外大と高麗大の教授を務めたという経歴が簡略に紹介されていた。訃報の記事だけでは、享年七五歳の人生を終えた彼の生涯を正しく把握することはできない。

董玩はロシア文学を韓国に広く紹介した学者である。トルストイ、ドストエフスキー、プーシキンなど、ロシア文豪の有名な作品は、彼の手を経て私たちになじみのものとなった。韓国露語露文学会は、一九八七年九月に「董玩教授定年退職記念論文集」を出版した。金鶴秀(キムハクス)露語露文学会会長は挨拶を兼ねた文で、「一九五四年に韓国外大に露語科が新設された後、三三年間、弟子の養成に献身してきた先生は、露語露文学界の先駆者であり、生き証人であるに相違ない」と褒め称えた。彼の人生をよ

く見れば、褒めすぎとは言えない評価だろう。
韓国外大露語科の創設作業に関与した彼は、一九七五年まで在職した後、高麗大に移り、一九八七年まで後学養成のために努力した。一九八九年に学術院会員になっているので、学者としての栄誉を十分に享受したと見ることができる。論文集の冒頭に学歴と経歴が年度ごとに簡単に紹介されている。一九二二年五月に咸鏡北道明川（ミョンチョン）で生まれ、一九三九年三月に咸鏡北道羅南中学校四年を修了した。一九三九年四月に満洲建国大学前期（予科）に入学し、一九四三年一二月に後期（学部）政治科を卒業した。一九七五年九月に高麗大露語科に移り、一九八七年八月まで務め、高麗大ロシア研究所長を三年間兼任した。生涯にわたって学校に携わった教授であれば、ありそうな経歴の間に、次のように特異な履歴も散見できる。

一九四四・一～四五・八　学徒兵として日本軍に服務
一九四五・九～四九・一二　ソ連で抑留生活
一九五〇・五～五〇・一〇　朝ソ海運清津（チョンジン）港事務所勤務
一九五一・四～五一・五　北傀軍（朝鮮人民軍）服務
一九五一・九～五二・一二　南に渡って帰順、米軍軍属
一九五三・四～五三・一〇　空軍士官学校文官教授

董玩は日帝末期、学徒兵として日本軍に連れて行かれ、終戦のとき、ソ連軍の捕虜となってシベリアで抑留生活を過ごした。シベリアの凍土で四年も過ごしたのだから、収容期間も長いほうに属する。

ソ連から北朝鮮に戻って、朝鮮戦争のとき、人民軍として召集され、南に帰順して米軍の軍属として働き、空軍士官学校の教授になった。

韓国外大の露語科創設に関与する前、彼が生きてきた道は苛酷なものだった。民族が現代史で経験した悲劇の渦中に、否応なく放り込まれたと言っても過言ではないだろう。董玩は生前にシベリア抑留生活など、自身が若いころに経験したひどい経験を、長い間、口にすることはなかったという。個人的要素の他にも冷戦と分断体制が圧力として作用したのだろう。

満洲建国大の同窓生たち

彼が通っていた建国大は満洲国の国策大学だった。清国の最後の皇帝で、日本が満洲国をつくり、再び皇帝として擁立した溥儀の勅令によって、一九三五年、満洲国の首都・新京（シンジン）に創設された。大学総長は満洲国国務総理が兼任し、実質的な運営は日本人副総長が担当した。学制は日本の大学と同様で、前期（予科）三年と後期（本科）三年の六年制だった。

当時四年制だった満洲の一般的な大学に比べると、設立趣旨はどうあれ、格の違いは相当なものだった。学費は完全に国庫負担で全額免除であり、学生はすべて寮で生活した。日本人と中国人学生が圧倒的に多く、朝鮮人・モンゴル人・白系ロシア人の学生もいた。満洲国は建国理念としていわゆる「五族協和」を掲げた。日本人・朝鮮人・漢人・満洲人・モンゴル人など五民族の協力と調和を目指すというものである。学生構成は五族協和の精神を反映して配分されたという。満洲国の全面的な支援で、大学の蔵書は設立二、三年で五〇万冊を超えた。建国大が積極的に蔵書を購入したため、東京の書店街の中古本の取引価格が急騰したという話もある。
この大学出身の有名人士に閔機植元陸軍大将を挙げることができる。忠清北道清原〔現在の清州の一部〕出身で、陸軍参謀総長、国会議員、国会国防委員長などを務めた。経済学を教えて淑明女子大の大学院長を務めた金三守教授も建国大を出ている。

広く知られている人を挙げるなら、断然、姜英勳元首相である。解放後、軍の要職を経て、中将で予備役に編入された後、外交安保研究院院長、駐英大使、国会議員（民主正義党）、首相、赤十字社総裁などを務めた人物である。一九六一年九月に軍服を脱ぐときの逸話がある。五・一六軍事政変〔一九六一年五月の朴正熙陸軍少将らの軍事クーデタ〕が発生したとき、彼は陸軍士官学校の校長だった。クーデタの主動勢力が陸軍士官学校の士官候補生を「革命支持」デモに動員しようとすると、それに反対して「反革命」の疑いでしばらく収監された。

二〇〇八年に出た彼の回顧録『国を愛した碧昌牛』には建国大への入学過程が詳細に記述されている。一九二二年に平安北道昌城で生まれた彼は、寧辺農業学校に通い、広島県の高田中学校に転校した。卒業後、簡単に就職が保証された道を行く代わりに、日本の大学に進学しようと決心したからである。中学校五年生のとき、彼は模擬試験を一度受けるつもりで建国大を受験した。当時、建国大の試験は二度に分けて行われた。筆記と身体検査の一次試験は東京、広島、京城〔現・ソウル〕で、一次合格者の面接試験の二次試験は東京と新京〔現・長春〕で行った。試験に通過した彼は、建国大に少数民族の教授がいて、朝鮮人としては「己未独立宣言」を書いた崔南善がいるという話を聞いて入学を決めた。[12]

彼が伝える入学式はなかなか派手なものだった。日本の帝国主義の先鋒として、満洲国を経営する人材に選ばれたという意識を、堅く植えつけようという意図が作用したようである。三月初めに新入生をまず東京に集合させ、引率教授の案内で天皇の住む皇居前に行って「遥拝」を行い、明治神宮を参拝した。次に名古屋近くにある豊橋予備士官学校に入り、一週間の軍事訓練を受けた。京都、奈良、大阪を経て、神戸港で七〇〇トン級船舶に乗って、遼東半島の大連（ターリエン）に到着すると、再び特急列車に乗って新京に行って入校した。

建国大学の学風は日本に比べて自由だったという。『資本論』のような社会主義の書籍が禁書に指定されず、学生が回し読みしていた。姜英勳の証言もあまり変わらない。当時、中国人学生が毛沢東思想に関する本をかなり読み、ロシア系の学生のなかには、ナチスドイツがソ連に侵攻して独ソ戦争が起きれば、ソ連に戻って防衛戦に参加したいという学生もいたという。しかし、学風が比較的自由だ

12　崔南善（一八九〇－一九五七）文学者・ジャーナリスト・歴史家。一八九〇年ソウル生まれ。号は六堂など。一九〇二年京城学堂で学んだ後、一九〇四年大韓帝国皇室留学生に選ばれ、日本の東京府立第一中学校に修学。一九〇六年早稲田大歴史地理科に入学、同年七月から留学生会で発刊する『大韓留学生会報』の編集人として活動。一九〇七年六月に模擬国会事件で大学を退学となる。帰国後、出版社の新文館を設立し、一九〇八年一一月雑誌『少年』を刊行、一九一〇年一〇月に朝鮮光文会を設立し、朝鮮の古書を復刻、朝鮮語辞典の編纂を試みた。日韓併合後も数々の雑誌を発行するが、一九一九年の三・一独立運動時には「己未独立宣言書」を起草して逮捕され、二年八か月服役した。宣言書の最後に署名した民族代表三三人のなかに崔南善は入っていないが、代表の一人として名を連ねた天道教の重鎮・崔麟が彼を起草者として推薦した。一九二一年一〇月に出獄、一九二二年に東明社を創立して雑誌『東明』を発行、一九二四年『時代日報』創刊、一九二五年に朝鮮文化研究団体・啓明倶楽部に参加した。一九二六年「不咸文化論」や近代初の創作時調集『百八煩悩』を発表し、同年に旧・百済地域を訪問した『尋春巡礼』、一九二七年に『白頭山覲参記』、一九二八年に『金剛礼賛』を発表した。一九二八年一〇月

ったといっても、あくまで厳しい関東軍の統制下での話だった。中国人学生が抗日運動に加担したという容疑で、集団で検挙されるような事態がときおり起きた。

なんとか命脈を続けた大学の雰囲気は、日本の学徒志願兵制の実施で破局を迎えた。医学などごく限られた分野を除いて、大学生に徴集令状を猶予する措置が廃止された。一九四四年一月二〇日、多くの大学生や専門学校生が指定された部隊に入隊した。姜英勳は奉天（現・瀋陽）の歩兵学校に入ったが、一九四五年初に遼寧省の遼陽にある予備士官学校に入った。高等教育を受けたか在学中に入隊した人は、幹部候補生に志願できる資格が与えられた。一九四五年五月初めに遼陽予備士官学校は日本の東北地方の中心都市・仙台に移った。七月末ごろ、予備士官学校を卒業した姜英勳は見習い士官として任官され、秋田連隊に配属された。

三人のすれちがった運命

董玩や姜英勳は同じ朝鮮北部の出身だが、故郷は咸鏡北道明川と平安北道昌城と、東西の両極である。見習い士官として赴任した地域も、満洲と日本本土に分かれた。この違いは二人の若いころの運命を決定的に分けた。姜英勳は本州で日本の敗戦を迎えた。日本は降伏を宣言したが、彼は他の見習い士官とともに八月二〇日付で陸軍少尉として任官した。青森県鰺ヶ沢に転出し、朝鮮人の将兵たちとともに軍の練習場を農地にして農作業をしながら、朝鮮に戻る日を待っていた。

彼は一九四五年一〇月に故郷に戻り、北朝鮮の体制に不満を抱いて一九四六年三月に南に渡った。軍事英語学校に一歩遅れて合流し、朝鮮警備隊の少尉に任官された後、着実に昇進の道を歩んだ。その後、日本軍の仇の国と教えられたアメリカで韓国大使館武官として勤務し、米軍参謀大学にも留学した。

一方、董玩は、他の関東軍将兵たちとともにソ連軍の捕虜として逮捕された。彼はロシア語を駆使したので、抑留生活をしながら指揮官の役割をした。収容所で二年程度は比較的楽に過ごしたわけである。だが、日本軍の不合理な上意下達の構造を破り、反動分子を探し出すという口実で、収容所の中でいわゆる「民主運動」が激しく起きると、董玩の立場は微妙に変わった。日本軍の見習い士官として勤務したという理由で反動にされたのである。

朝鮮人の大多数が一九四八年一二月に興南(フンナム)に戻るとき、彼は帰国者名簿から除外された。一年後になって追加帰還の隊列に合流した。朝鮮戦争が起きると、彼は人民軍に入ったものの南に帰順し、米軍の軍属の仕事をした。どのような仕事かわからないが、ロシア語の実力を活用できる分野だったも

に朝鮮総督府の朝鮮史編修会の嘱託、同年一二月から委員として活動した。一九三五年から韓国と日本の間の文化的同祖論を主張する一方、一九三六年六月から三八年三月までの二年間、朝鮮総督府中枢院参議を務めた。日中戦争勃発後の一九三八年四月に満洲に渡って『満蒙日報』顧問になると同時に、一九三九年五月に満洲建国大学教授に就任した。一九四一年一二月に朝鮮臨戦報国団の発起人となり、『毎日申報』を通じて朝鮮青年の徴兵勧奨の文章を多数寄稿、雑誌『新時代』を通じて日鮮同祖の文化的根拠について数多く論じた。一九四三年一一月、日本の朝鮮人留学生に学徒兵志願を勧誘する「先輩激励団」に参加、同月に二度にわたって明治大学講堂で開かれた半島出身出征学徒決起大会で、学徒兵志願と関連する演説を行った。解放後、一九四九年二月に反民族行為特別調査委員会に逮捕され、西大門刑務所に収監されたが、すぐに保釈され、同年五月に判決を受けた。一九五〇年の朝鮮戦争当時、海軍戦史編纂委員会で活動し、休戦後、ソウル市史編纂委員会の顧問を務め、マスコミを通じて寄稿活動を続けた。一九五七年一〇月一〇日に死去した。

のと推定される。満洲の最高学府である建国大にともに通い、学徒兵としてともに出征したが、その後、二人が歩んだ道はあまりにも対照的だった。

些細なきっかけで運命がすれちがったのは二人だけではなかった。数え上げればきりがないだろう。国軍の長老のなかで最も出世した人間として白善燁（ペクソニョプ）将軍を挙げることができる。国軍最初の四つ星の将軍で、初代野戦軍司令官の記録を持っている。朝鮮戦争の真っ最中だった一九五二年七月、三一歳で陸軍参謀総長になり、野戦軍司令官として赴任するために総長職をやめて再び復帰した。連合参謀本部総長（現・合同参謀議長）を歴任して一九六〇年五月に軍服を脱いだ。創軍後の彼の経歴を見ると、一四年三か月に及ぶ軍隊生活のなかで、大将として在職した期間が七年四か月にもなる。兵営生活の半分以上を四つ星で勤務したわけである。他国でも類例を見ない記録である。

白将軍は、一九二〇年に平安南道江西（カンソ）で生まれ、一九三九年三月に平壌師範学校を卒業した。朝鮮から出て、新しい活路を見つけるために満洲に行き、一九四一年一二月に奉天軍官学校を卒業した。この点では、大邱（テグ）師範学校を出て教師の仕事をしている途中、新京軍官学校に入った朴正熙（パクチョンヒ）元大統領ととても似ている。

白将軍には積極的に語りたくない軍の経歴がある。満洲の宝清（パオチン）で歩兵部隊見習い士官に任命された彼は、佳木斯（ジャムス）新兵訓練所を経て、一九四三年二月に延吉（イエンジー）県明月溝（ミンユエコウ）の間島特設隊に転任した。彼は回顧録『軍と私』の改訂版『とても長い夏の日』で、この部分を次のように簡単に言及した。

> 奉天の満洲軍官学校を終えて一九四二年春に任官し、佳木斯部隊で一年間服務した後、間島特設部隊の韓人部隊に進出、三年勤めたときに解放を迎えた。それまで万里の長城付近の熱

河省と北京付近で八路軍と戦闘を交えることもあった。

――白善燁『とても長い夏の日』

しかし、間島特設隊がどのような性格の部隊なのか、何をしたかについてはまったく説明がない。それを確認するには、韓国内では出版されていない彼の著書『対ゲリラ戦――アメリカはなぜ負けたか』を見なければならない。一九九三年に日本の原書房から出た本書には、「間島特設隊の秘密」という項目が別途ある。この部隊は一九三八年一二月に従来の国境監視隊を解体し、下士官を基幹要員として編成された。当初一つの歩兵中隊と機関銃・迫撃砲を備えた一つの機迫中隊として編成され、のちに一つの歩兵中隊が増設された。部隊長と中隊長の一部が日本人で、残りはすべて朝鮮人で構成された。

白将軍の表現を借りれば、間島特設隊が担当した地域は、昔から馬賊・匪賊がはびこっていたところだった。「武装遊民」が多く自然とゲリラの温床となり、日露戦争後には主に日本軍の進出に抵抗する勢力が集まった。抗日ゲリラが積極的に活動していた時期は、一九三一年の満洲事変以降の一〇年間で、彼が赴任したころはゲリラ活動が静まり始めた時期だった。ゲリラの主力が相次いで討伐され、それに押されてソ連の領土内に逃避したためである。

間島特設隊は抗日ゲリラ掃討戦で輝かしい功績を立てた部隊である。この部隊の厳正な規律と高い士気は関東軍の指導部でも認めるほどだった。満軍の射撃・銃剣・剣道分野の競演大会があると間島特設隊が優勝をさらった。他の民族に笑われることなく、ましてや日本人に負けないように訓練に邁進したからというのが白将軍の説明である。

しかし、間島特設隊を一言で規定するならば、独立軍の部隊を討伐した特殊部隊である。間島特設隊に身を置いた者として、また兵士ではなく将校として、この部隊の存在意味を合理化するのはきわめて困難である。それゆえに白将軍の弁明は窮屈に続く。

なぜ韓人部隊が編成されたか。「以夷制夷」の発想で、最初からゲリラ討伐のためだと言う人がいる。そうではないと断言もできないが、私の知る限り、日本とソ連の間に戦争が起こったら、ソ連領内に入って、橋や通信施設など重要な目標を爆破するものである。

私たちが追いかけていたゲリラのなかに朝鮮人が多く混ざっていた。主義・主張の違いがあるとしても、韓人が、独立を要求して戦う韓人を討伐したことになるので、蛮人をもって蛮人を制圧しようという日本の策略にそのまま陥ったことになる。だが、私たちが真剣に討伐しても、韓国の独立が遅れるわけでもないだろうし、私たちが逆にゲリラになって戦ったら、独立が早く訪れたかというとそうも言えない。それでも同胞に銃を向けたのは事実であり、批判されても仕方がない。しかし、ゲリラ戦が展開された地域の惨状を知るならば、問題がさほど単純でないことは理解されるだろう。

——白善燁『対ゲリラ戦』

日本が降伏したとき、彼は延吉で満軍の中尉をしており、延吉県明月溝でソ連軍に武装解除された。彼は董玩とは異なり、ソ連に連行されて数年間死の峠を行き来する苦労を免れることができた。どのような事情があったのだろうか。彼はソ連軍で働いていた朝鮮人の通訳に、朝鮮人の将来がどうなるかを尋ねた。通訳は「朝鮮はすぐに独立する。国号は東震共和国になるだろう」と語った。通訳はまた「あなたはここにいれば捕まって、シベリアに流刑になるから、早く故郷に帰りなさい」と言ったという。

白善燁はすぐに部隊を解散し、延吉の龍井（ヨンジョン）を経て豆満江（トゥマンガン）を渡り、白岩（ペガム）、吉州（キルジュ）、咸興（ハムフン）、高原（コウォン）、陽徳（ヤンドク）を経て平壌（ピョンヤン）に戻った。延吉から平壌まで八〇〇里〔日本の里数では八〇里〕の道を歩いて丸一か月かかったから、故郷に帰ってきたのは九月下旬である。当時の北朝鮮の情勢から見て、満軍の将校出身である彼自身の地位を確保することは困難だった。彼は満洲軍官学校出身の丁一権（チョンイルクォン）、金白一（キムペギル）、崔楠根（チェナムグン）などとともに、一九四六年一月初めに南に渡った。以来、彼が出世街道をひた走ったのは前述のとおりである。

白善燁がもし間島特設隊をすぐに飛び出さず、ソ連に連れて行かれたならば、今日の白将軍があったのだろうか。おそらく彼の人生行路はかなり異なるものになっていただろう。彼の履歴と関連してもう一つだけ付け加えておく。間島特設隊に勤務した韓国人のなかで、国軍で星をつけた人が少なくなかったという点である。白将軍が「間島特設隊で苦労された方」と紹介した軍人として、朝鮮戦争のとき、一軍団長を務めて殉職した金白一中将、任忠植（イムチュンシク）大将、申鉉俊（シンヒョンジュン）中将、金錫範（キムソクポム）中将、金東河（キムドンハ）中将、李東和（イドンファ）中将、宋錫夏（ソンソクハ）少将、朴春植（パクチュンシク）少将などである。任忠植大将は国防長官まで務め、申鉉俊中将は初代の海兵隊司令官だった。

第7章

シベリアでの生活

Ⅰ 抑留、試練が始まる

バイカル湖を見て「日本海だ！」と歓呼

日本がポツダム宣言を受け入れ、長い第二次世界大戦は終わった。天皇が降伏を宣言したが、現地では混乱がしばらく続いた。通信が途絶えると、戦闘行為の停止を伝えに来た伝令を、現場部隊の指揮官が謀略だといって殺したりもした。

しかし、そのような混乱は長く続かなかった。日本軍の将校は帝国の没落に衝撃と落胆を隠せなかったが、一般的な兵士たちは内心安堵する雰囲気だった。ようやく故郷に戻って、長い間会えなかった家族と再会できるという期待に胸が膨らんでいた。戦争で兵士の命である武器を奪われて武装解除されても、戦線の臨時収容所での行動の自由が大きく制約されても、不安に怯えることはなかった。捕虜たちは収容所で退屈な時間に、のど自慢などをして楽しく過ごした。

いよいよ部隊単位を再編成して、移動を準備しろという命令が下りた。ソ連は一〇〇〇人単位で「作業大隊」を編成するように指示した。捕虜たちで一杯の貨車の列を牽引する機関車は、不思議なことに北に向かった。日本人将校と兵士たちの間には、もっともらしい説明が出回り始めた。朝鮮半島を横切って南下する線路は、日本本国に戻ろうとする人々で溢れてとても混雑していた。なので、一度北上してシベリア横断鉄道に出たら、東に向きを変えて沿海州の港に到着した後、船便で戻るのだろうというものである。このような見通しに誰も疑問を提起しなかった。他に情報がなかっただけでなく、わざわざ不安にかられたくなかったからだろう。朝鮮人捕虜たちもおおむね同様だった。北に行こうと、日本を経由して行こうと、最終的に故郷への道であれば、ある程度回り道をしても大きな変わりはなかった。

さらに、ソ連当局がスターリンの極秘指令に基づいて捕虜の輸送作戦を実行しながら、それを事前に説明するはずもなかった。一部のソ連軍の護送兵は帰国するのだと堂々と言った。このような状況だから、ほとんど徴兵で連れてこられ、一等兵、二等兵など、関東軍の底辺にいた朝鮮人は、帰国する事情により疎かった。二等兵の李炳柱（イビョンジュ）はただ指揮官の指示に従って貨車に乗っていた。日本人兵士たちは本国に帰るものと考えていた。ソ連を侵略して捕まったわけでもなく、むしろ「侵略者」であるソ連軍に一方的にやられたという思いが強かった。だから、たとえ捕虜の使役をさせるとしても、せいぜい満洲を出ることはないだろうと信じていた。

しかし、列車は移動を続け、小さな隙間に見える外の風景は徐々に変わっていった。白樺などの針葉樹が延々と続いた。海のように見えるところで汽車が停止した。日本の兵士たちは、ついに日本海（東海）に到着したと歓声をあげた。海の向こうで待っている家族を思い出した。しかし、それは海ではなくバイカル湖だった。面積が三万一四九四平方キロと韓国の国土の三分の一に少し満たないほどの大きさだったから、海と勘違いしたのも無理はなかった。世界で最も長い鉄道路線であるシベリア鉄道で、バイカル湖の沿岸を通る区間だけでも約二〇〇キロに達するのである。

貨車の中で死んでいく人々

貨車の中の事情も、運ばれていく人々の不安を増幅させた。ソ連軍の護送兵と、列車が停車しているときに現れる兵士たちは、捕虜のものを調査して片っ端から奪っていった。当時のソ連は長年の戦争で経済が疲弊し、物資不足が深刻だった。ソ連軍の兵士たちが好む戦利品は、時計や万年筆などだった。捕虜は個人的に貴重なものを奪われないように、ソ連軍兵士が現れたら、あまり貴重でないものを先に握らせたりもした。

シベリア抑留を経験した人が記憶する、ロシアの普通の人々の印象はきわめていいほうである。とても素朴で情に篤かったという。人を差別したり、悪口を言ったりすることもほとんどなかったらしい。しかし、物資不足と戦争の補償心理で生じた兵士たちの貪欲は、捕虜が現地の収容所に到着してからも相当期間続いた。江原道東草(ソクチョ)出身の金相基(キムサンギ)は、収容所で夜に小便に行くとき素っ裸で行った。寒くてもそうしたほうが気が楽だったという。ソ連の兵士が、時計は言うまでもなく、ひいてはタオル、鉛筆まで奪おうとしたという。

李炳柱(イビョンジュ)は、彼に指定された収容所のあるクラスノヤルスクまで、一三日ほどかかったと記憶している。シベリア鉄道の路線で太平洋側の終着駅はウラジオストクである。そこからクラスノヤルスクまで五一九四キロ、ハバロフスクを起点にしても四四二八キロである。この長い区間を捕虜の輸送貨車が進んだり止まったりを繰り返したために、日付の感覚がずれていった。

狭い貨車の中で捕虜たちは縮こまって寝なければならなかった。古参兵たちが場所を広く占めれば、末端の兵士たちの空間はさらに狭くなった。用便も貨車の中で済まさなければならなかったので、衛生状態は言うまでもなく劣悪だった。再び召集された老兵、体が衰弱した兵士たちが最初の犠牲者になった。列車が停車中に死骸を運んで穴に埋めた。シベリア抑留はそのように仲間たちの遺体を埋めることから始まった。

李炳柱が所属する部隊はクラスノヤルスクの第五収容所にあった。帝政ロシア時代から政治犯を収容したところだった。窓も二重になっていて寒気を和らげることができた。このように既存の収容所に割り当てられた捕虜はそれでも幸運だった。何の施設もないタイガの針葉樹林の真ん中に汽車が止まり、捕虜をそのまま置いていった事例もかなりあった。人の気配など感じられないところに放置された捕虜たちは、ナイフのような道具だけで木を伐採して宿舎を自ら作らねばならなかった。宿舎が完成するまで一時的にテントを張って暮らした。シベリアは九月末ごろになると雪が降り始める。寒さがやってくれば、地面を掘るのがとてもつらかった。つるはしを振り下ろすと火花が飛ぶほどに地面が凍りついていたからである。

捕虜の輸送には主に貨車が利用されたが、輸送手段がなく単に歩いて移動した人たちもいた。金起(キムギ)龍(ヨン)は徴兵二期で孫呉(ソンウー)所在の部隊に入った。日本が降伏を宣言した一五日の直後は、部隊の雰囲気がきわめて悪かった。朝鮮人兵士が反乱を起こすかもしれないので、すべて銃殺してしまうという噂が出回ったりした。ソ連軍に武装解除されて「セナ」と呼ばれた藁葺の小屋で寝起きした。

一〇月ごろに部隊が移動し始めると、みな帰国するものと考えた。孫呉から黒河(ヘイホー)まで歩いた。ソ連は捕虜を大規模に受け入れる準備ができていないところが多く、二か月分の食糧を持参するように言った。黒河に行くとき、途中で食糧を捨てれば銃殺に処するという警告が下された。しかし、一日過ぎると道のあちこちに捨てられた食糧が目立った。二、三日ほとんど休まずに昼夜問わず歩くので、監視兵の目を避けて荷物の重量を減らそうとする兵士が増えたのである。

満洲とソ連の国境は相当部分がアムール川である。全長四四四四キロのアムール川は、中国で黒龍(ヘイロン)江(ジャン)と呼ばれる。黒河は黒龍江沿いの都市であり、川の向こう側にはソ連のブラゴヴェシチェンスクがある。アムール州の州都でシベリア東部の都市のなかでかなり規模が大きいほうに入る。捕虜たちは船に乗って川を渡ったが、金起龍はこの街の収容所に入った。もともとドイツ軍捕虜が収容されていたが、日本人捕虜が来るというので、他の場所に移動させて空けたのだと聞いた。

いまの行政区域で孫呉は黒河市を構成する県の一つである。黒河市とブラゴヴェシチェンスクの最短距離は七五〇メートル、ブラゴヴェシチェンスクに到着した捕虜のうち一部は、そこでまたシベリア鉄道に乗って移動した。李圭哲(イギュチョル)は手記で、「川沿いの丘の上に立ってみると、地獄行きの捕虜輸送の貨物列車が、真っ黒な煙を吐き出している姿に鳥肌が立った」と描写した。実際に展開された状況も、地獄と言って過言ではなかった。捕虜たちは鞭打ちに堪えられず引っ張っていかれる牛のように貨車の中に入った。立錐の余地なく詰めて乗り、横になるどころか足を伸ばすこともできなかった。李圭哲ら一行は、外から鍵がかけられた貨車の中で、二日間、水一口、パン一片も食べられず、じっとしていなければならなかった。三日目に寂しい僻地のセレトカン駅に到着して貨車から下りた。

シベリア三重苦

シベリアなどソ連各地に日本軍の捕虜たちが移送されてから、最初の年の冬に約一〇パーセントが死亡した。いわゆる「シベリア三重苦」がもたらした災禍である。三重苦とは酷寒・飢餓・重労働のことをいう。飢えと重労働で虚弱になった状態で、伝染病が流行すれば、大量死が起きた。腸チフス・赤痢などが流行したが、日本人はとくに赤痢に弱かった。数日間ずっと下痢をして死亡することが多かった。シベリアで迎えた最初の冬の厳しい寒さも捕虜たちを苦しめた。ウズベク共和国などの中央アジアに移送され、大きな寒さを経験していない人もいるが、シベリア一円で寒さは文字どおり殺人的だった。日本人捕虜がほとんど夏服姿で連れてこられたうえ、ソ連も戦後の深刻な経済混乱期にあり、捕虜に支給する防寒着や防寒靴の準備が遅れた。

李圭哲が所属する作業大隊は、九月初めにセレトカンに到着して、近くの集団農場でジャガイモの収穫などの農作業をして、一〇月初めに山に入った。本格的に森林伐採の作業をするためである。林道を二時間ほど歩いて、二重の鉄条網が張り巡らされた囲いの中に入った。辺鄙な平原に建てられたこの収容所には兵舎がまったくなかった。四隅に監視用の望楼が立っているだけで、他の施設はなかった。

捕虜たちは平原に起居用のテントを張った。シベリアの冬はすぐに近づいてきた。テントの中の地面は零下三〇度以下に下がった。日本人捕虜たちはそれでも毛布とコートを敷いて眠ることができたが、朝鮮人の新兵たちは夏服以外に持ち物がなく、冷たい床に横になることもできなかった。作業を終えて薪を採ってきてテントの中で火をつけた。毛布もコートもない朝鮮人捕虜たちは焚き火をしながら互いに体を重ねて寝た。このような生活は地下洞窟を掘って越冬できる住まいを準備するまで続いた。長さ約一〇〇メートル、幅六メートル、深さ四メートルの地下収容所は一一月二七日になってようやく完成した。捕虜たちの労働で建てられた地下住居に入るまで、李圭哲をはじめとする朝鮮人捕虜は八〇日間、横になって寝ることができなかったという。

真冬に零下四〇度まで下がるのが普通で、北方では零下五五~六〇度まで下がった。森林伐採をして帰ってくると鼻が真っ白に凍りついた。当事者は自分の鼻が凍ったのもわからない。そのような状態で収容所のバラックに入ると、温気のために鼻が落ちてしまうこともある。捕虜たちは極寒に鍛えられたソ連の人々の対処法を学んだ。雪を丸めて鼻にこすると赤い血が流れて鼻が温かくなる。その後、温かいところに入ればおかしなことは起こらない。

人が死んでも埋葬しなかった。地面が凍りついて穴を掘ることができないからである。なので秋に死体処理用にあらかじめ穴を掘っておいた。死亡者が増え続ければ、収容所の外に干しメンタイのように凍りついた死体が積み上げられ、春になると地面を掘って埋めた。死体が多すぎて処理に困れば、凍った川の表面が溶け始めるときに大量に流した。

凍った馬糞がジャガイモに見えて

収容所の食糧事情も最悪だった。当時の捕虜の収容生活を管理したのは「GUPVI」という略語で呼ばれた「軍事捕虜抑留者管理総局」だった。一九三九年に第二次世界大戦が勃発すると、ソ連の内務人民委員部傘下に設置された軍事捕虜抑留者管理総局は、捕虜の衣食住の細かい規定を設けた。

国家防衛委員会の決定九八九八号（スターリン極秘指令）によって、ソ連内務人民委員部と赤軍後方長官は「日本軍捕虜のための食糧供与の基準について」命令〇〇一一七／〇〇一三号を発表した。各収容所長は日本人の軍事捕虜に対して、定められた基準に基づいて食糧を正確に支給するように幹部要員を十分に教育した。当時布告された日本の軍事捕虜の一日の供給基準は次のとおりである（表1）。

表1　日本の軍事捕虜の1日当たりの食料供給基準

品目	量
96%製粉した穀物パン	300g
米	300g
小麦・大麦・軟麦、または豆粒粉	100g
肉	50g
魚	100g
植物油	10g
新鮮な野菜または塩漬け野菜	600g
味噌	30g
砂糖	15g
茶	3g
塩	15g
石鹸（1か月分）	300g

（出典）「ソ連内務人民委員部および1945年の赤軍後方長官命令No.00117/0013：日本軍事捕虜のための食料供与基準の布告について」、セルゲイ・I・クズネツォフ（岡田安彦訳）『シベリアの日本人捕虜たち――ロシア側から見た「ラーゲリ」の虚と実』集英社、1999、67頁より再引用。

またはつらい肉体労働をする軍事捕虜のためには、米やパン、砂糖、野菜の供給量を増やした。しかし、自国民にも食料の供給が円滑でなかった終戦直後に、この規定は大部分の地域で守られなかった。抑留期間中に死亡した捕虜の死亡原因のうち最も多いのが栄養失調だった。

収容所で出てくる食料は地域によって若干のばらつきがあった。クラスノヤルスクでは朝食に「フレーブ」という黒パンが三〇〇グラム出た。昼食はキャベツスープ、夕方には麦の雑穀粥が支給された。収容所当局は労働効率を向上させるために、作業基準のノルマとパンの支給量を連携させた。作業基準量を超えたらパンをさらに与えて、達成できなければ量を減らした。いわゆる「ノルマ給食」である（表2）。

二〇代前半の朝鮮人青年たちは、この程度の食事では空腹に耐えられなかった。そのうえ実際の支給量は基準値を下回ったので、青年でない壮年も同じだったのである。だから想像を超える奇想天外なことが起こった。収容者の死を収容所当局に申告しないでおくのも、食事量を増やす一つの方法だった。具合が悪くて起きられないようだと言えば、数日間、死んだ人間の分も食べることができた。

冬に凍った馬糞を見て、ジャガイモと勘違いして煮て食べる騒動が起きた。シベリアに冬が来ると、馬車の車輪を外してスキーをつける。馬車を引く馬が糞をすれば、それがすぐに凍ってしまった。李炳柱の目には馬糞がジャガイモのように見えた。彼は護送兵や監督の目を盗んで、それを密かに拾っていって職場に行って溶かした。不快なにおいがするのでよく見てみると馬糞だった。徽文中学校を出て徴兵二期生として入隊した李厚寧（イフニョン）は、空腹で我慢できない捕虜の仲間たちと、収容所近くの小麦畑に行って、実る前の小麦を採ってきた。軍隊の飯盒に入れて、水を注いで炊いた後に食べたが、胃腸の調子がよくなかった。実っていない穀物なので消化ができず、そのまま便になって出た。日本人

表2　ノルマ給食（1946年12月～）

供給基準	ノルマ遂行率	パン	カーシャ（粥）
1給食	126％以上	450g	飯盒1杯
2給食	101～125％	350g	飯盒8分
3給食	81～100％	300g	飯盒6分
4給食	80％以下	250g	飯盒4分

（出典）外務省外交史料館所蔵『ソ連地区邦人引揚各地状況（中共地区を含む）ソ連本土の部・調書「邦人抑留者事情概要」』（分類番号K'.7.1.2.2-1-1）、戦後強制抑留史編纂委員会編『戦後強制抑留史』第3巻、平和祈念事業特別基金、2005、185頁より再引用。

捕虜のなかにはそれを水で洗ってまた食べる人間もいた。

　空腹を解決するために最も一般的に使った方法は物々交換だった。当時のソ連では十分なものは何もなかった。ソ連の軍人たちの略奪を避けて、隠しておいた時計は、確実な交換手段だった。日本人のなかにはパンツの代わりに締める「ふんどし」を洗って差し出す人もいた。ソ連の女性はそれをタオルだと思って、パン二五〇グラムと換えてくれた。朴定毅（パクチョンイ）はそれを見て「私たちの良心ではできないこと」だと思った。限界状況で個々人が良心と尊厳を守るのを期待するのは、ものすごい贅沢だとも言える。

　朴定毅は、持っていた日本の軍用レインコートを、食糧に換えて食べたことがあった。作業場でよく会うソ連の民間人にレインコートをあげたら、翌日ソーセージを二つ持ってきてくれた。ソーセージを食べると数か月は持ちこたえられる気がした。だが、警備兵が何か密売していると気づいたのか、銃を持って走ってきた。朴定毅は「まさか銃で撃つのか」と思い、物を受け取って走った。仕方なく逃げながら口に入れた。警備兵が来て体をくまなく捜索したが、残っているものは何もなかった。無事に事を済ませた。

収容所と作業場を行き来しながら、隙があったら民家に入って食べ物をくれと訴えるのも、れっきとした食料調達の方法だった。素朴な農村の女性たちは捕虜の境遇を憐れんで、家にあったトウモロコシやジャガイモなどをくれた。運がいい日は塩漬けのイワシやニシンを出してくれる家もあった。大当たりの日である。

作業環境にある程度慣れると、作業場で物を少しずつかすめてきて食事を済ませた。製粉工場に出る人は、小麦粉を少し袋に入れてきて生地を作り、ボイラーやストーブで焼いて食べた。味はなくても空腹を満たすにはとてもよかった。ブラゴヴェシチェンスクに行った金起龍(キムギヨン)は、造船所、製粉工場、醸造工場、農場など、多くの場所で仕事をした。大麦、キビなどを大きな釜に入れて蒸す醸造工場は、捕虜が最も好む作業場だった。腹がすいたら水筒に長いストローを入れて吸って食べた。酔いが少し回ったが、空腹は十分に満たすことができた。

抑留期間中に補身湯(ポシンタン)〔犬肉スープ〕を食べたという生存者の証言がけっこうある。金起龍はブラゴヴェシチェンスクの収容所にいたころ、ゼヤ川の三角州の農場に派遣されたことがある。ゼヤ川はアムール川の大きな支流の一つで全長一二四二キロに達した。一〇人程度が農場に派遣され、民家で寝泊まりして穀物の輸送などの作業をした。農場周辺で主人もいない野良犬がいれば、その日は栄養を補給する日になった。収容所と作業場の間を移動するとき、護送する警備兵が出てきて、犬をつかまえてくれることもあった。朝鮮人たちが犬肉を食べることを知り、犬を銃で撃って処置させたのである。

止まらない死の行列

捕虜はあらゆる方法で食べ物を求めて空腹を癒した。だが、死の行列は止まらなかった。収容所の食事、衛生、作業環境などがすべて劣悪だったからである。李在燮（イジェソプ）がクラスノヤルスクの収容所で初めて対面した死体は、日本人の歩哨兵だった。その日は具合が悪くて仕事に出ずに収容所にいると、死体を片づけろという指示を受けた。頬ひげがある人だったが、棺に入れるときに見ると、頭とひげがみな蚤だらけだった。いまもそのときのことを思い出すと、ここぞとうごめく蚤が目に浮かぶという。最初の冬に多くの人が死んだ。服をすべて脱がせて藁筵（わらむしろ）に巻いては積み上げた。春が到来して、凍りついていた地面がある程度解けると埋葬できた。五月ごろになってようやく死骸を処理した。

李在燮は収容所で亡くなった朝鮮人のなかでイ・クィナムという名前を忘れない。黄海道海州（ヘジュ）出身で、数か月先に入営した徴兵一期生である。李在燮は彼に輸血をしてやった縁がある。収容所で結核にかかって足を引きずり、作業に出られなかった人である。李在燮は血を抜いたせいで彼自身も長く患った。栄養がよくない状態で血を抜いた後遺症だった。

李在燮は数十年後、補償運動のために東京を訪問したとき、新宿のある高層ビルで彼の名前を見た。日本政府が出資した独立行政法人「平和祈念事業特別基金」が運営する展示資料館には、シベリア抑留期間に死亡した人の名簿があった。その名簿で「トーゴー・キナン」という名前を発見した。イ・クィナムの創氏名である。漢字名は空欄になっており、出生年度は一九二一年、地域収容所はクラスノヤルスク三四収容所、埋葬地が第四支部ブロシャトカ駅付近、死亡日は一九四八年四月一二日と書かれていた。イ・クィナムは一九二四年生まれだから誕生年の表示は違っていたが、他の記載事項に間違いはなかった。

李在燮と同様にイ・クィナムも結婚するとすぐ日本軍に連れて行かれた。入隊前に鉄道局の海州駅に勤務していた。水原と仁川を結ぶ水仁線のように、土城（現・開豊）と海州の間の土海線も狭軌線だった。土城の近くには有名な白川温泉があって、訪れる人が後を絶たなかった。李在燮はソ連から戻ったとき、彼の家族を探して最後の瞬間を伝えてやれなかったことが、このうえなく無念である。

収容所の兵舎には蚤がたくさんいた。寝る前に横になって天井を見ると、蚤がまるで空中落下する空挺部隊の兵士のように飛びかかってきた。蚤を相手に戦う闘志がある人は、それでも体力があるほうだった。平安北道（現・慈江道）中江出身の元鳳載は身長が一七三センチと背が高い方だった。だが、ろくに食べておらず体重が四五キロまで落ちた。収容所の医師たちは捕虜の健康をチェックするとき、臀部の肉付きで判定した。女性の軍医官も多かったが、健康診断をする際に捕虜たちは服をすべて脱いで裸で列に並んだ。軍医は臀部に肉がどの程度ついているか、つねったりして健康状態を把握した。判定は四種に分かれた。一級と二級は作業をして、三級は軽い労働、四級は休養措置が下された。臀部の肉がほとんど骨にくっついた元鳳載は、医師の指示で兵舎に移された。蚤は兵舎にもかなりいたが、彼はただじっとしているしかなかった。蚤を捕まえる力もなかったからである。

収容所の生活は無期懲役囚と似たようなものがあった。何年いれば釈放されるという保証がないから、ひたすら待たなければならない。そうするうちに生きる意志が枯渇すると、自ら命を絶つ人が少なくなかった。平安北道寧辺出身の金光祚が伝える一種の身世打鈴（身の上語り）もやはり暗鬱である。「食い物はいつもインゲン粥で／栄養不足に苦しめられる／万里他国に飢えて暮らし／帰国の希望は望郷山／捕虜生活は忍苦の難」という台詞には捕虜たちの境遇がよく現れている。

表3　収容所（495か所）労働時間統計（1947年度［5-12月］引揚者資料）

労働時間	収容所数	割合（%）
8時間以下	18	2.6
8時間	234	47.8
8時間以上（8〜10時間／10時間以上）	243（165／78）	49.6（33.7／15.9）
合計	495	100.0

（出典）外務省外交史料館所蔵『ソ連地区邦人引揚各地状況（中共地区を含む）ソ連本土の部・調書「邦人抑留者事情概要」』（分類番号K'.7.1.2.2-1-1）、戦後強制抑留史編纂委員会編『戦後強制抑留史』第3巻、平和祈念事業特別基金、2005、163頁より再引用。

日本人抑留者の生活

日本政府は一九四七年五月から同年一二月まで、戻ってきた人を対象に抑留期間の生活像を調査した。使役に動員された捕虜の作業を分類すると、建設業と林業が圧倒的に多かった。たとえば、第二のシベリア鉄道と呼ばれるバイカルとアムール間の鉄道工事に日本人捕虜が大挙動員された。当時、枕木を一つ置くのに一人の人間が死んだほど、人命被害が大きかったという。

鉄道の線路敷設や森林伐採のほか、捕虜が動員された作業はきわめて多様だった。採石、薪作り、製材、住宅建設、貨物荷役・運搬、道路建設、通訳、死体埋葬、貨車・トラック運転などである。仕事の強度も作業条件に応じて偏差が大きかった。駅で荷役作業をするとき、粉が飛ぶ生石灰などの物品は誰もが苦手だった。鼻と口を覆うマスクやタオルがなかったので、粉が鼻腔に入ってこびりついた。においもひどく、少し働いても頭がくらくらした。資材などを保管する倉庫で働くのははるかに楽だった。とくに食品を保管する倉庫なら、周囲を察して空腹を満たせる機会があった。

ソ連は最初の社会主義国家と自負しただけに、八時間労働制を体制の自慢として掲げた。抑留の捕虜たちにも、原則として週六日・八時間労働制が適用された。自由が制限された捕虜の身分でなければ、当時としてはかなり先進的な制度だった。しかし、一九四七年度に帰ってきた他の帰還者を調べてみると、八時間労働制が厳密に守られたところは半分にもならなかった。一〇時間以上の労働をさせた収容所も一五・九パーセントに達した（表3・4）。

表4　クラスノヤルスク34収容所の日課

時間	日課
（午前）	
6時	起床
6時30分	点呼
7時	朝食
7時30分	作業活動
（午後）	
2時～3時	休息
7時～8時	夕食
9時	点呼
10時	就寝

（出典）M・N・スピリドノフ『クラスノヤルスク地区における日本人戦争捕虜（1945-1948）――配置と使役の問題』クラスノヤルスク、2003、43頁、戸松建二「第二次大戦後における日本兵シベリア抑留問題――収容所における『民主化政策』をめぐって」『愛知県立大学大学院国際文化研究科論集』第10号、2009、186頁より再引用。

「私たちは日本人ではない」

ただでさえつらい収容所生活のなかで朝鮮青年たちの境遇はさらにつらかった。初期には日本軍の階級位階秩序が収容所の中でも維持された。ソ連当局が捕虜の管理を容易にするために、日本人の厳しい階級秩序を利用するほうがいいと判断したからである。朝鮮人たちはごく少数の将校と志願兵を除いて徴兵一期生と二期生だった。階級もほとんど末端の二等兵だった。収容所の兵舎で食事当番、掃除当番など、つらい仕事は朝鮮人兵士たちの役割だった。朝鮮人だからといって公然と差別されたわけではなかった。部隊で最も階級が低いうえに、それを押しつける新兵が新たに入ってくることもなかった。だから収容所の中で最下層民の境遇を免れる道はなかった。

精神的な苦痛はさらにひどかった。作業に出る日、毎朝整列した後、将校の指示に従って「宮城遥拝」をしなければならなかった。日本の天皇が住む皇居に向かって礼をするのである。日本の侵略戦争に連れてこられただけでも無念なのに、日本の軍人とみなされ、故郷に帰れず、すべての不幸の源である天皇に向かって、礼までしなければならないというのは、その心情はいかほどだっただろうか。宮城遥拝をしてから「軍人は忠節を尽すを本分とすべし」など五項目の軍人勅諭を斉唱する。幸いなことに朝鮮人の宮城遥拝は長くは続かなかった。

朝鮮人捕虜は収容所の生活に慣れ、ロシア語を一言ずつ学びながら、収容所当局に自分たちが日本人でないことを積極的に告げた。そんなわけがないというのが収容所の最初の反応だった。朝鮮人は満洲ですべて送還したから、シベリアに連行されることはあり得ないという。一部の収容所では所長が、面談を要求した朝鮮人捕虜に、個人情報が記載された名簿まで取り出して見せ、すべて日本人になっているのに、どういうことかと問い詰めた。

ソ連軍の指導部が満洲を占領して日本軍を武装解除させるとき、朝鮮人をすべて返したという話を信頼するのは難しい。当時ソ連軍に朝鮮語ができる通訳がいたし、日本軍に動員された朝鮮人のなかでロシア語を駆使する人間もいた。そのため、朝鮮人を区別してシベリアへの移送対象から除外するよう明示的に指示があったならば、より具体的な措置があっただろう。当時のソ連の立場から見れば、朝鮮は日本の侵略戦争に協力した枢軸国陣営の一員に過ぎなかった。

一九四六年六月にクラスノヤルスク地区で朝鮮人たちの抗議が続くと、捕虜の身上調査が再度実施された。本人の名前、親の名前、出生地、本籍地などを再作成させた。一週間ぐらい過ぎて収容所長が捕虜全員を集めて、呼ばれた人を前に出させた。隊列のあちこちで名前を呼ばれた人が前に進み出た。日本人の名前で日本語を使うので、日本人かと思ったら朝鮮人だった。収容所の抑留者一二〇〇余名のうち一一二人が朝鮮人であることがわかった。

所長は、朝鮮人が日本人捕虜の間にいるとは思わなかったと言いながら、今後、朝鮮人中隊を別に編成し、作業場も別に与えると言った。そして、収容所の中で新たに建てた小屋を朝鮮人に割り当てた。暖房などの施設が他の兵舎に比べていい場所だった。朝鮮人捕虜はわれ知れず万歳を叫んだ。正式に解放されたわけではないが、日本が敗戦して約一〇か月で「小さな解放」を味わったのである。何よりも朝鮮語が使えてよかった。日本の名前を捨てて元の名前を取り戻した。

誰かが兵舎に太極旗を作ってかけようと提案した。捕虜の身分ではあるが、朝鮮人中隊であることを知らせようというのである。しかし、太極旗を正確に描ける人が誰もいなかった。真ん中の青と赤の太極の模様は、昔の韓屋の家の門に描かれたものが多く、思い出せたかもしれないが、その周りに配置する卦をきちんと覚えている人がいなかった。紙になんとなく描いて棒に糊付けし、兵舎の入り口の玄関にかけておいた。

朝鮮人が捕虜として働いているという事実が知らされ、ソ連に先に定着していた高麗人たちが訪ねてきて慰労してくれた。赤軍の将校として勤務する同胞たちも結構いた。彼らは南北が統一して中央政府ができれば帰国できるだろうと激励してくれた。なかには、乱暴をはたらく日本人がいれば、黙って見ていてやるから痛めつけてやれと言う人もいた。

朝鮮人青年たちが別に収容され、雰囲気が改善されたことは大きな進展だった。でも、そこでも序列の違いは厳然と存在した。日本人捕虜と同様に、日本軍時代の階級が左右した。収容所の中で主導権をめぐって行われる争いも並大抵ではなかった。

必死の脱走、そのつど失敗

ソ連の流刑者移送と収容制度は帝政ロシア時代から長い時間をかけて整備されてきた。ソ連の人々も一度奥地の収容所に閉じ込められたら、脱走はきわめて難しかった。言葉がよく通じず地理もわからない外国人は言うまでもなかった。それでも、いつ終わるかわからない収容所生活に耐えられず、命がけで脱走する人々が後を絶たなかった。

李在燮（イジェソプ）は満洲からシベリアに移送される途中で仲間二人と逃避計画を立てた。湖南〔全羅道〕の人たちだが、いまは黄（ファン）氏と金（キム）氏という姓だけを覚えている。互いの住所を書いた紙を持って行った。脱出して死んだり、また捕まったりすることがあれば、脱出に成功した人が韓国内の家族に知らせることを約束した。

捕虜が乗って行く貨車は上下二段に分かれていた。黄氏と金氏の二人は上段に、李在燮は下段に入った。その違いが人生の岐路になった。貨車の上段の端に小さな穴があいていた。二人はそこから抜け出して故郷に帰った。汽車に乗ってソウルまで来て、李在燮の家に「ソ連軍の捕虜になって連れて行かれた」と教えてくれた。李在燮の家で新妻をはじめとして家族たちが、日本が降伏してしばらくしても彼が戻ってこない理由を知っていたのは、それでも幸いなことだった。

李圭哲(イギュチョル)がセレトカン収容所にいた一九四五年の晩秋のある日、脱走事件が起こった。作業を終えた帰りに、満洲の東安(トンアン)から一緒に来た朝鮮の青年が、彼に暗いうちに逃げようと提案した。李圭哲は地理もわからずロシア語もできず、この酷寒のなかで脱出するのは無理だと判断してついて行かなかった。翌朝、作業出発前の点呼で、五人が消えたことが発覚した。すぐに非常事態となり、二重の鉄条網になっていた収容所のフェンスの五メートル以内まで近づくと発砲するという警告が出された。一週間後、脱走を提案した青年が捕まってきた。橋の付近で警備兵に発覚し、停止命令に応じた人だけが生きたまま捕らえられ、他の四人は逃げるところを射殺されたらしい。同僚たちは、捕えられた彼がどのような処罰を受けるか心配したが、何事もなく終わった。

シベリアからの帰還生存者の集まりである「朔風会」には、シベリアで二度脱出を試みて失敗した人がいる。黄海道沙里院(サリウォン)出身の羅寛國(ナグァングク)である。北孫呉(ペイソンウー)で武装解除された彼の部隊は、アムール川沿いの国境の町ブラゴヴェシチェンスクの収容所に連れて行かれた。羅寛國は飢えと疫病が蔓延した収容所の生活に耐えられなかった。故郷には彼の婚約者が待っていた。一九四六年六月から黄海道出身の同郷四人と脱出を謀議した。シベリアの奥地ならば脱出が不可能だろうが、アムール川を渡ればすぐに満洲だから、成功の可能性が高いと判断した。

二か月間の賭博や盗難など、あらゆる方法を動員して脱出資金になるくらいのものを集めた。ついにその機会がめぐってきた。アムール川の桟橋の作業場まで線路に沿って歩いて移動していたのが、船便で往復するように変わった。脱出実行日は一九四六年八月一九日とした。作業を終えて船に乗って戻ってくるのは、月の光もない真っ暗な夜だった。監視兵の目を避けて服を脱いだ四人が角材を持って一斉に川に飛び込んだ。謀議者のうちの一人は、急に盲腸炎にかかって病院に護送されてしまったために、脱出の試みから除外された。

川の流れがあまりに早く、泳ぐのが大変だったが、ありったけの力で泳いだ。陸に着きはしたが、真っ暗な夜中なので道が見つからず、さまよっているうちに眠りに落ちた。翌日早朝に目を覚ますと、満洲側の近くにある三角州だった。腰ほどの深さの急流を越えて満洲の地を踏んだ。とりあえずアムール川を越えることに成功したのである。中国人農家に入って雑穀飯を恵んでもらい、朝鮮人部落を訪れた。村では故郷の青年がやってきたと「宴食」を準備してくれた。久しぶりに白米の飯と豚肉のおかずを腹一杯食べた。脱走者四人は当分の間、朝鮮人部落に滞在し、収穫を手伝ってから発つことにした。

ある日、八路軍の兵士が朝鮮人部落の村長の家を訪れ、彼らを瑷琿(アイフイ)公安署に連れて行った。そこで再びトラックに乗って黒河公安署に移動した。県の行政区域で瑷琿は黒河市の一つの区である。三〇代後半の八路軍少佐が流暢な日本語で彼らに訊問した。ソ連での捕虜待遇、作業内容などを聞いて、言いたいことがあれば言えと言った。彼らは朝鮮人がソ連軍の捕虜になるのは不当なことであり、捕虜になるのであれば中国の捕虜になるのが当然であると主張した。八路軍の少佐はにこりと笑って、捕アメリカは蔣介石の軍隊を支援し、ソ連が人民解放軍を支援していると言った。また、シベリアからの脱出した囚人を捕まえれば、ソ連に引き渡すよう要求されていると明かした。

翌日、彼らは捕縄に縛られてアムール川沿いに待機していたソ連の警備船に乗った。あれほど脱出したいと思っていたブラゴヴェシチェンスクの収容所にまた収監された。彼らは収容所の営倉〔懲罰房〕で三週間過ごした後、ミハイロ・チェスノコフスカヤという小さな町の収容所に移送された。

羅寛國は再びワジャエフカの収容所に移された。一九四七年秋、彼はまた仲間三人と糾合して脱出を試みた。アムール川を渡るためのチューブ、空気ポンプ、火打石と、豆と小麦を炒めて三、四日分の非常食を事前に準備した。ワジャエフカ地域の国営農場でトマトを収穫する作業に派遣された。ある日、監視兵が寝ている隙にテントを出て、数日間、昼間はどこかに隠れて寝て、夜中だけ行進を続けた。疲れて川沿いにあったセメント管に入って睡眠中に、ラジエータに入れる水を汲みにきたロシア人のトラック運転手に発見された。一行は内務省の分所に連行された。羅寛國は二度目の脱出の試みなので、今度は生き残るのが難しいだろうと思ったが、罰は意外に軽微だった。その代わりにほとんどの朝鮮の青年よりも一年遅れて一九四九年一二月になってようやく帰国が許可された。

収容所に作られた演劇舞台

収容所での生活はそれほど索漠としたことばかりではなかった。ソ連の戦後復興が本格化して、給食のレベルが徐々に改善され、衛生環境もかなりよくなった。少なくとも初年度の冬のように捕虜が大量に死ぬようなことはこれ以上起きなかった。収容所当局は捕虜の情緒的安定のために、演劇、公演などの文化芸術活動を奨励した。演劇の台本の内容は監視するが、統制はさほどひどくなかった。

クラスノヤルスクの収容所で、朝鮮人捕虜は、収容生活の退屈さを癒すために演劇をやることにした。誰かが作家・沈熏（シムフン）の長篇小説『永遠の微笑』をやろうと言った。[13]とくに異議はなく採用された。衣装などすべての小物を自ら製作した。だが、台本作成に必要な肝心の小説を誰も持っていなかった。困難は意外と簡単に解決した。咸鏡南道出身の徴兵一期生パク・チョルは、小説のあらすじを諳んじるほどに記憶力が並外れていた。

演劇に素質があった元鳳載（ウォンボンジェ）は、ワジャエフカやハバロフスクなどで演劇俳優として頭角を現しながら、収容所対抗の演劇競演大会に代表として出ることもあった。このような才能が認められたのか、シベリアから北朝鮮に戻ったとき、平壌国立劇場で働くよう提案を受けた。

13　沈熏（一九〇一―三六）作家。京畿道果川郡生まれ。一九一五年京城第一高普に入学、一九一九年三・一独立運動に加担して投獄された。一九二〇年に中国に渡り杭州・浙江大学に修学した。一九二三年に帰国して演劇・映画・小説執筆などに没頭、一九二四年に東亜日報社に入社。一九二五年に趙一齊（チョイルチェ）の翻案小説『長恨夢』が映画化され主役の李守一（イスイル）役で出演、一九二六年に映画小説『仮面』を東亜日報に連載した。その後、映画『夜が明けるとき』を原作執筆・脚色・監督として製作し、団成社で上映して大きな成功を収める。一九二八年に朝鮮日報社に入社、一九三一年に京城放送局に移動するもすぐに退職した。一九三二年以降、故郷で暮らしたり、上京して朝鮮中央日報社に勤めることを繰り返したが、一九三六年に腸チフスで死亡した。長篇『永遠の微笑』は一九三三年に『朝鮮中央日報』に連載され、もう一つの主要作・長篇『常緑樹』は、東亜日報創刊一五周年記念の長篇小説特別公募に当選し連載された。前者では、貧しいインテリの階級的な抵抗意識や、植民地社会の不条理に対する批判精神、帰農の意志がよく描かれており、後者では、若者たちの犠牲的な農村事業を通じて、強いヒューマニズムや抵抗意識を鼓吹している。

ソ連の軍事捕虜としての抑留が長くなり、人権侵害の論議が起こり始めた。冷戦が激化して、アメリカなど西側諸国は、ソ連を攻撃する口実の一つにシベリア抑留を挙げて食い下がった。抑留初期に捕虜が家族に手紙を送る道はなかった。一九四七年ごろから国際赤十字が管理する往復はがきが捕虜に支給され、月一回の発送が可能になったという。しかし、韓国人の生存者たちの証言を聞いてみると、抑留された四〇か月の間にはがきを書いたのは、合計しても一回か二回ほどにしかならない。

後で故国に帰ってきて確認した結果、家族に届いたものもあるが、途中で行方不明になったものも少なくなかった。はがきが配達されなかった捕虜の場合、家族たちが三、四年も生死すら知らないまま、気を揉まなければならなかった。捕虜生活のなかで、家族からの手紙を受け取った事例は確認されたことがない。解放後の混乱期にソ連に手紙を送ることができなかったのか、あるいはソ連当局が郵便物の配達をまったく遮断していたのかは明らかではない。しかし、非公式に家族の通知を受けた場合はある。金起龍は郵便物でなくメモのような形で父親の知らせを聞いたと言った。彼の父親は北朝鮮で人民会議の代表などの要職を務めており、知らせを伝える経路を別に設けたものと思われる。一般の軍事捕虜とは異なり、戦犯として起訴されて有罪判決を受けた人々は、「抑留者」に身分が変わって、家族との通信が七年間禁止されたという。

第8章

ソ連の執拗な戦犯追跡

七三一部隊の所属員の捜索に協力せよ

一次脱出に失敗し、ソ連内務部の営倉〔懲罰房〕に連れて行かれた羅寛國（ナグァングク）ら一行四人は、三日間、取調べもなく収監され、四日目になる日、二〇地区一七分所の収容所の営倉に移された。みな政治将校シモノフの訊問を受けた。調査の結果、羅寛國が首謀者であることがすぐにわかった。シモノフは羅寛國だけ残れと言って、他の三人は戻った。

シモノフは羅寛國にタバコとウォッカを勧めながら意外な提案をした。羅寛國は手記でシモノフと交わした話をこのように記録している。

「調査の結果、あなたが首謀者であることが判明した。もうあなたは帰国を断念したほうがいいだろう。裁判に回された後、刑務所に行くことになるだろう」

「私は捕虜の脱出を犯罪とは思わない」

「ならば、自分の行動が正当だというのか」

「正当であるとは言わない。犯罪行為ではないということだ」

「それは裁判官が決めることであって、あなたが主張することではない。それはそうと私に協力しないか」

――羅寛國「シベリア捕虜収容所一三八〇日」

シモノフの提案は、収容所の中に身分を隠す七三一部隊員を探し出すために協力すれば、脱出の事実を問わないというものである。七三一部隊の正式名称は「関東軍防疫給水部」または「防疫給水部隊」で、満洲や中国で日本の細菌戦・化学兵器の実験を主導した特殊部隊である。名目上は伝染病予防、衛生、飲料水の供給を担当するが、実際には細菌兵器を開発して生体実験を行った部隊として知られる。

一九三三年にハルビンの南東約一〇〇キロ離れた背陰河(ペイインホー)で「加茂部隊」という暗号名で活動を開始した。一九三六年には関東軍防疫給水部隊として正式発足した。三年後にハルビンの南方約二〇キロ離れた平房(ピンファン)に移転した。外部と完全に遮断された六キロ四方の特別軍事地域を作って、細菌兵器の開発に総力を傾けた。

日帝の侵略と統治に抵抗して捕まった人間をここに移送し、「人間マルタ」として生体実験を行った。「マルタ」とは日本語で丸太のことを指す。ペスト菌、コレラ菌、チフス菌、炭疽菌など、培養した細菌を人体に注入し、どのような反応が出るかを観察し、生体を解剖するなどの悪行を犯した。人間マルタの国籍は、満洲人、中国人、モンゴル人は言うまでもなく、朝鮮人、ロシア人もいた。日本は七三一部隊でペスト菌・コレラ菌を培養して作った細菌兵器を、一九四〇〜四二年に長江南方の浙江省寧波（ニンポー）や湖南省常徳（チャンドー）などで実際に使用した。

ナチスドイツが一九四一年六月にソ連に侵攻したとき、七三一部隊長の石井四郎（いしいしろう）中将は幹部を集めて、ソ連に対する細菌戦を準備するよう指示を下した。ソ連を東西両側から挟み撃ちにして崩壊させる時が来たと判断したのである。しかし、日本の軍部がソ連侵攻計画を断念し、赤軍を相手に細菌兵器を使用する計画も白紙になった。日本軍が南方戦線で開戦初期に常勝を誇ったものの、アメリカなど連合軍の激しい反撃に押されて後退を繰り返すと、細菌兵器に手を出そうという誘惑が軍部のなかで大きくなった。しかし、東条英機（とうじょうひでき）首相など軍首脳部は、細菌兵器の使用がもたらす大きな波紋を懸念して最後まで裁可しなかったという。

関東軍の最も末端の兵士だった羅寛國が、極秘事項とされていた七三一部隊の内幕を知るはずがなかった。ソ連の情報機関は、日本軍の武装解除時に七三一部隊員が前歴を隠し、他の部隊に編入・潜入したものと見て、彼らを探し出す作業に総力を傾けた。日本の蛮行を暴露することができ、またその蛮行を不問に付しているアメリカを攻撃する絶好の機会だったからである。シモノフが羅寛國に対して、所属部隊に見慣れない人間がいたら知らせてくれと求めたのも、そのような脈絡から出たものである。羅寛國はわけがわからず、しばしためらったが、シモノフの執拗な懐柔に協力することを決めた。春の雨という意味の日本語「ハルサメ」という暗号名も付与された。収容所の中で暗号名を示すと、どこにでも制限なしで行けると言われた。

ソ連軍捕虜、細菌戦部隊が処理？

日本の帝国主義支配の下で、憲兵が政治謀略、拷問、虐殺など、あらゆる悪事に深く関与したという証言がかなりあるが、当事者が自らの名を明らかにした事例はきわめてまれである。そのような点で、朝日新聞社が一九八五年に出した『ある憲兵の記録』は注目に値する。本書は、新聞社の山形支局の記者たちが、郷里に住む土屋(つちや)芳雄(よしお)という老人にインタビューして、山形県地方版に八か月間連載した記事を編集したものである。一九一一年に極貧の家庭に生まれた土屋は、日本が満洲を本格的に侵略した一九三一年末、関東軍満洲独立守備隊に志願して入営した。一九三四年に憲兵に選抜され、チチハル地域で日本の敗戦まで勤務した。「抗日分子」を探し出すために輝かしい功績を立て、兵士から続けて進級し、将校である少尉にまで上りつめた。戦後はソ連軍に逮捕されてシベリアに抑留されたが、一九五〇年に戦犯として中国に引き渡され、撫順(フーシュン)戦犯管理所に収監された。ソ連軍の訊問に「憲兵は「軍事警察」の役割だけを果たす機構」であると、戦犯容疑を徹底的に否定していた彼は、中国に移送後、寛大な捕虜管理政策に感服し、最終的に自らの罪科を打ち明けた。一九五六年に釈放され八月に日本に帰国後は、日中友好、反戦平和活動を行い、二〇〇一年に世を去った。

土屋は戦犯管理所で、自分が一四年間に満洲で殺したり弾圧したりした人々を数えてみた。直接的または間接的に殺したのが三二八人で、逮捕して拷問し刑務所に入れたのは一九一七人に達した。彼は過去一四年間、人間であることを捨てて鬼になったと告白した。いくら考えても自らの命を差し出すこと以外に贖罪の方法がないと苦悩していたころ、彼としては到底信じられないことが起こった。中国当局が彼を裁判にかけず、起訴猶予の決定を下して帰国を許可したのである。彼だけでなく撫順戦犯管理所に収監された戦犯一〇〇〇人もほとんど起訴猶予処分を受けた。

土屋が属するチチハル憲兵隊は、ノモンハン事件のときにソ連軍の捕虜になって、停戦交渉後に戻ってきた日本の軍人の追跡調査を担当した。「赤い国」で洗脳教育を受けてスパイになった者がいないか調査しろという指示が下りたからである。彼は捕虜交換時、帰ってきた日本の兵士たちの運命に深い疑問を持っていると言った。捕虜に取られた日本軍将校はほとんど自殺したが、七〇〇人近い兵士たちの足跡が釈然としないというのである。彼らは背陰河に送られたという話を聞いたと言った。当時、誰もまさかと思って首をかしげたが、彼らに関する知らせを後で聞いたことがない。彼らに何らかの処分が下されたものと彼は疑った。

土屋は当時、日本軍に囚われたソ連軍捕虜も、七三一部隊の犠牲になったではないかと疑う。捕虜を交換する際に、当時の戦況から見て、日本の兵士が圧倒的に多いのは理解できるが、戻ったソ連兵士の数が極端に少ないのである。彼は中国から解放されて故郷に戻り、当時、石井部隊に勤務した人から衝撃的な話を聞いた。七三一部隊の出身で南方戦線に移ったその人は、「石井細菌部隊の地下に、間違いなくソ連の兵士のような捕虜が一杯入るのを見た」と語ったという（朝日新聞山形支局『ある憲兵の記録』）。

スターリン、四〇年間この日を待っていた

ソ連軍は満洲に入るとすぐに反革命分子と戦犯の捜査に乗り出した。最初に鉄槌を加えられたのは関東軍に協力した白系ロシア人だった。ソ連の情報機関は、満洲国軍傘下の特殊部隊に白系ロシア人

たちで構成された「浅野部隊」をはじめ、類似の団体を急遽捜索し、関係者たちを逮捕した。浅野部隊の名称は、部隊長の名にちなんでつけられたもので、対ソ連謀略部隊である。

満軍の傘下には、ロシア人・モンゴル人・朝鮮人など民族ごとに特殊部隊が編成された。間島特設隊もその一つである。白善燁（ペクソニョプ）が間島特設隊の任務と関連して「日本とソ連の間に戦争が起こったら、ソ連領内に入って、橋や通信施設など重要な目標を爆破するものである」と言ったのは、浅野部隊と同様の部隊であるという点を強調するためのように見える。

ソ連は、白系ロシア人部隊以外にも、関東軍特務機関、憲兵、通信機関などに勤務した人々を「反ソビエト革命の陰謀」に加担したという容疑で、地位や階級の上下を問わずに捕まえて調査した。日本がつくった傀儡国・満洲国の高位幹部も捜査の対象だった。このようなところに反人道的な罪を犯した七三一部隊の所属員が検挙対象から外れるはずがなかった（セルゲイ・I・クズネツォフ『シベリアの日本人捕虜たち』）。

ソ連が反ソ反革命分子を処罰するという口実で、武装解除された日本軍人らの身上を精密分析したのには歴史的な背景がある。ソビエト連邦成立直後から両国はライバルだった。一九一七年にロシアで社会主義革命が起きると、あちこちで赤軍と白軍の勢力の間に内戦が起こった。最初の社会主義政権の出現に危機感を感じた資本主義列強は、沿海州などシベリアに軍隊を派遣して白軍勢力を助けた。いわゆるシベリア出兵である。

シベリア出兵で多くの兵力を派遣したのが日本とアメリカである。欧州列強は第一次世界大戦の真っ只中で兵力を回す余裕がなかった。赤軍が白軍勢力を追い出してシベリアの統制権を確保するまで、軍隊を最も長く駐留させたのが日本である。日本の特務機関が満洲とシベリアなどに拠点を作り、本格的に活動したのもこのころからである。

日本とソ連のライバル関係はより根が深い。いくつかの例を挙げてみよう。エレーナ・カタソノワはロシア科学アカデミー上級研究員出身で、シベリア抑留問題の専門家である。もともとは日本文学を専攻する研究者だったが、日本のシベリア抑留者の集まりである「全国抑留者補償協議会」（全抑協）の専門職員として採用されてからは、一九九〇年代初頭まで極秘に分類されていた抑留関連の未公開文書の発掘に大きく寄与した。ソ連と日本関連の行事が開かれると、日本語の実力を発揮して通訳として活動した。

ロシア正教の代表団が日本を訪問したときに随行した彼女は、海上で行われたミサを見て大きな感銘を受けた。ウラジオストクから長崎に向かう船が対馬海峡を通るとき、司教が日露戦争時に死亡した水兵の魂を慰労する壮大なミサを執り行った。釜山（プサン）と九州との間の海峡を経て、水兵たちの魂を慰める宗教儀式を考える国がロシア以外にあるだろうか（エレーナ・カタソノワ『関東軍兵士はなぜシベリアに抑留されたか』）。

日露戦争の勝敗を最終的に分けた日本海海戦は、一九〇五年五月二七日、二八日の二日間行われた。日本側の死傷者が七〇〇人未満だったのに対し、ロシア側は戦死者四八三〇人、捕虜六一〇六人だった。この海戦で惨敗したロシアは「非白人国家」との戦争で敗れた最初のヨーロッパ列強になった。日本の連合艦隊を指揮した東郷平八郎（とうごうへいはちろう）提督は一躍英雄になった。一方、バルト海のリエパーヤ港（現・ラトビア共和国の港）を出港、地球を半周して対馬海域まで来たバルチック艦隊のロジェストベンスキー司令官は、惨敗しただけでなく捕虜として捕まった。当時、世界最強の一つと言われたバルチック艦隊が、戦闘条件がいくら不利だったとはいえ完敗すると、欧州列強は驚きを隠せなかった。ロシア

日本抑留者団体のロシア人協力者——1997年10月、モスクワで開かれた日本人犠牲者追悼式に参加したエレーナ・カタソノワ（中央）。日本文学を専攻した彼女は、日本の抑留者団体である全国抑留者補償協議会（全抑協）に採用され、極秘文書の発掘などで活躍した。右は日本人抑留専門家の白井久也。

人が受けた衝撃がきわめて大きかったのは言うまでもない。

スターリンが一九四五年九月二日、日本の降伏文書調印に合わせて行った戦勝演説にも、このような背景が如実に表れている。スターリンは「侵略国日本は私たち連合軍の中国・アメリカ・大英帝国のみに害を及ぼしたのでなく、わが国にも多大な損害を与えた」と述べ、「私たちは日本に対して特別なつけがある」と強調した。彼はとくに日露戦争に言及し、「この敗北はわが国に汚点を残した。私たち古い世代は四〇年間、この日を待っていた」と明らかにした。

共産国家の最高指導者が、自らが倒した帝政ロシアが帝国主義時代に行った戦争を引き合いに出し、民族主義的な感情を鼓吹するのは異例である。それほど両国間にはわだかまりが多い。日本の立場から見れば、明治維新以来、最大の仮想敵国がロシアだった。植民地獲得競争に遅れて飛び込んだ日本の指導層は、ロシアの南下政策に押されて岐路に立たされているという危機意識が強かった。日露戦争で勝った日本は、ルーズベルト米大統領の仲裁でポーツマス条約を結び、朝鮮における優越的地位の認定、満洲における帝政ロシアの利権の引き受け、樺太〔現・サハリン〕南部の領有権などを得た。

日露戦争が終わった後も、ロシアが日本軍の最大の敵であることは変わらなかった。ロシアの南進を阻止することを前提に、軍事予算を組んで作戦計画を策定した。とくに満洲国が樹立されると日本とソ連の緊張はさらに高まった。日本は満洲を、長期的に戦争を遂行するための資源調達地域として、最終的には対ソ連前進基地とみなした。ソ連の立場では神経を尖らせざるを得なかった。国境の東西両側にあるナチスドイツと軍国主義の日本の動向を注視せざるを得なかった。

日本の指導部は、満洲国の樹立と日中戦争の余波で、アメリカ、イギリスと外交的な軋轢が生じることはあっても、両国を相手に正面衝突することを真剣に検討してはいなかった。参謀本部が長年磨き上げてきた対ソ作戦計画を擱いて、アメリカ・イギリスとの決戦を意味する南方進出作戦計画を組み始めたのは、一九四〇年七月以降のことである。ヨーロッパで第二次世界大戦が起きて一〇か月が過ぎたころだった。ナチスドイツの奇襲攻撃にオランダ、フランスが降伏し、両国の東南アジア植民地は混乱に陥った。日本は北方攻撃と南方進出を続けて天秤にかけ、所有主がいなくなった東南アジアの植民地を奪おうと最終的に南進政策を決定した。北は守りながら南に進出するという「北守南進」である。

日本軍の教育・訓練の総責任を負う教育総監が、その後の教育・研究を対米戦争に転換すると指示を下したのは一九四三年九月のことである。サイパンが米軍によって陥落したからである。日本陸軍は長い間、ソ連との戦争を想定して教育・訓練してきたために、アメリカやイギリスが主敵という観念が稀薄だったという。だから、太平洋戦争が勃発して一年九か月が経って、ようやく教育総監のかなり遅い指示が出てきたわけである（白井久也『日本人にとってのシベリア抑留』）。

関東軍の由来

日本が持っていたソ連征伐の戦略の核心はまさに関東軍だった。ロシアと日本の関係の現代史を理解するためには、関東軍の栄枯盛衰の過程を見ることも重要なアプローチになる。関東軍はかつて日本陸軍の主敵だったソ連を征服するための精鋭軍と言われた。日ロ関係の専門家である白井久也は、関東軍を日本軍で最も侵略的性格が強い軍隊と規定した。大陸侵略のための「対外征服の軍隊」であり、満洲国支配のための「植民地軍」という二つの顔を持つという。

関東軍の由来は中国・関東州から始まった。関東州とはロシアが清国から租借地として奪った遼東半島南端の地域である。日本は清国との戦争で勝利した後、清国の北洋艦隊の基地だった旅順（リューシュン）を含めて、営口（インコウ）から鴨緑江（ヤールージャン）に至る遼東半島を奪おうとした。南進政策を推進したロシアはドイツやフランスを引き込んで、いわゆる三国干渉を通じて日本の野望を霧散させた。

ロシアが一八九八年に清国と条約を結び、遼東半島の一部を二五年期限で租借地として掌握すると、日本は臥薪嘗胆した。復讐の刃を研いでいた日本は、一九〇四年の日露戦争で帝政ロシアを破り、満洲におけるすべてのロシア権益の割譲を受ける。軍港・旅順と大連（ターリエン）を含む租借地、南満洲鉄道の運営権がそれである。帝政ロシアの遼東半島の租借地がまさに関東州である。近隣の島嶼を含めると約三四〇〇平方キロに達する。日本は関東州の防衛のために守備隊を置いた。一九一九年に守備隊を独立部隊として改編して増強したのが関東軍である。最初は独立守備隊六個大隊と日本本土から二年単位で交互に派遣される一個師団で構成された。

関東軍の指導部は、蒋介石の国民党軍の北伐が続くと、満洲の権益が脅かされることを懸念して、一九二八年に満洲の軍閥・張作霖を除去した。以降、中央の統制を無視して暴走を続けた。一九三一年に柳条湖事件（九・一八事変）を起こして満洲全域を掌握し、翌年に傀儡国・満洲国を樹立した。関東軍は司令部の所在地を、旅順から満洲国の首都・新京に移した。関東軍司令官は満洲国駐在特命全権大使を兼ねた。

関東軍の兵力は日中戦争を経てますます増大した。とくにナチスドイツがソ連を電撃侵攻すると、一九四一年七月には「関東軍特種演習」（略称・関特演）という軍事訓練を行う名目で、日本・朝鮮・台湾から兵力を動員し、一時七五万人まで増強された。関東軍の指揮部はナチスドイツの侵攻に呼応してソ連挟撃を主張したが、中央政府は承認しなかった。その後、アメリカやイギリスなど連合国の反攻が本格化して、関東軍の兵力は少しずつ配置転換された。一部の師団は南方に移転したり、本土防衛態勢を強化するために選び出されたりした。ソ連軍の参戦が懸念された一九四五年に、関東軍は満洲に居住する一八歳から四五歳までの日本人男子計二〇万人を召集した。人数だけを計算すれば、不足した兵力を埋めた格好になった。しかし、関東軍はもはや精鋭部隊ではなかった。ソ連極東軍と戦った戦争で、関東軍が単なる虚勢の軍隊に転落したことがすっかり明らかになった。

「根こそぎ焼き捨ててください」

日本の天皇が降伏を宣言した一九四五年八月一五日、いたるところで機密資料や文書を燃やす黒煙が空高く立ち上った。陸軍省軍務課は軍の特殊研究に関するすべてのデータを破棄するよう命令した。戦争犯罪や非人道的な残虐行為を証明できる資料が連合国の手元に渡る可能性を徹底的に遮断するためである。機密業務や極秘の研究活動をしていた各地の機関では、真っ黒な焼却煙が数日間あがっていた。

極秘資料の隠滅作業が一刻を争って展開されている状況でも、機密情報の責任者たちの頭は複雑に回転した。情報責任者である参謀本部二部長の有末精三(ありすえせいぞう)中将は、満洲やシベリアの地形等に関する詳しい情報を盛り込んだ膨大な文書を隠匿するよう部下に指示した。いつか時が来れば進駐する米軍当局との交渉カードに使うためである。有末の指示を受けた部下たちは、関連資料を大型トランク一四個に分け入れて分散した。別途の指示がなければ、毎年八月一五日に三重県の伊勢神宮で会う約束をした。この資料はのちに米軍に引き渡され、朝鮮戦争など冷戦初期の状況で有用に使用されたという。

七三一部隊は日本が最も痕跡を隠滅したい部隊だった。ソ連軍が対日戦に参加した、その翌日の八月一〇日、参謀本部のソ連担当参謀の朝枝繁春（あさえだしげはる）中佐は、満洲国の首都・新京に急遽飛んだ。その日の早朝の御前会議で「国体護持」を条件にポツダム宣言を受諾することに決まった。

朝枝中佐が乗った軍用機が、東京・立川飛行場を離陸し、その日の正午過ぎに新京飛行場に着陸すると、七三一部隊の創設者である軍医中将・石井四郎が滑走路で待っていた。朝枝は石井中将につかつかと近づいて叫んだ。共同通信社会部が出した『沈黙のファイル』には、朝枝と石井の緊迫した会話が記録されている。

> 「朝枝中佐は参謀総長に代わって指示いたします」
> 石井は背筋をぴんと伸ばし、直立不動の姿勢を取った。
> 「貴部隊の今後の措置について申し上げます。地球上から永遠に、貴部隊の一切の証拠を根こそぎ隠滅してください」
> （中略）
> 朝枝が「細菌学の博士は全部で何人ですか」と聞くと、石井は「五三人」と答えた。朝枝は「五三人は貴部隊の飛行機で日本に逃がし、一般部隊員は列車で引き揚げさせてください」と指示した。
> 「分かった。すぐ取りかかるから安心してくれたまえ」
> 石井は自分の飛行機へ数歩、歩いて立ち止まり、思い直したように引き返してきた。

「ところで朝枝君、貴重な研究成果の学術資料もすべて隠滅するのかね」
朝枝は、思わず声を荒らげた。
「何をおっしゃいますか、閣下。根こそぎ焼き捨ててください」

――共同通信社会部編『沈黙のファイル』

参謀本部の指示に基づいて、七三一部隊は、進撃してくるソ連軍に細菌戦の資料を押収されないように、すぐに隠滅作業を開始した。人間マルタとして捕まっていた中国人など捕虜四〇〇人余りは一人残らず毒ガスで殺し、すべて火葬して灰にして撒いた。細菌培養実験機構は粉々に解体し、文書は燃やされてしまった。関東軍の工兵隊が装備を持ってきて、研究棟、特設監獄、毒ガス実験室などを破壊してしまった。

八月一一日ごろ、石井中将は部隊員を集めて一場の演説をした。「部隊の秘密は最後まで守らなければならない」「帰国後、公職についたり、互いに手紙をやりとりしたりしてはならない」と厳命を下した。彼は部隊を睨んで、「もし秘密を漏洩する者がいれば、石井が最後まで追跡する」と威嚇した。

石井は日本に帰国後、隠遁生活をして、米軍の情報機関と接触した。人体実験に関する資料をすべて渡す代わりに、戦犯として訴追されない確約を受けた。許しがたい七三一部隊の蛮行は、最終的に連合軍の東京軍事裁判で取り上げられなかった。

一方、日本の細菌戦犯罪は、ソ連が独自に一九四九年一二月に開催したハバロフスク軍事裁判で断罪された。山田乙三（やまだおとぞう）司令官をはじめとして、中将級の関東軍軍医部長、獣医部長などが審判台に立ったが、七三一部隊の主要な関係者の多くは日本に避難しており、拍子抜けした裁判になった。

石井は一九五九年に喉頭がんで東京第一病院で六七歳で死去した。京都帝国大学医学部を首席で卒業した彼は、罪科を払わずに天寿を享受したわけである。七三一部隊の隠滅指示を口頭で伝えた朝枝も二〇〇〇年に世を去った。朝枝は老年に日本の放送局と行った会見で、七三一部隊関連の証拠をすべて抹殺したのは、天皇を守るためであるという趣旨の話をした。彼は石井に「人間を使って細菌、毒ガス、凍傷実験をしたことが世の中に知られれば大変なことになり、天皇に直接影響が及びうる」と語ったことを明らかにした。

七三一部隊の関係者たちは、一九五〇年に民間血液銀行である日本ブラッドバンクの設立に関与した。主導的な役割をしたのが石井の側近だった内藤良一(ないとうりょういち)だった。内藤は石井の京都帝国大学医学部の後輩で七三一部隊の中佐だった。有名な医薬品製造会社「ミドリ十字」の前身がまさにこのブラッドバンクである。

ソ連の日本人戦犯裁判

太平洋戦争が終わった後、戦勝国が共同で開いた東京軍事裁判のほか、各国で個別の軍事裁判が開かれた。ソ連の軍事裁判と他の連合国の軍事裁判は、戦犯選定の対象でかなり違いがあった。戦争首謀者であるA級戦犯を除けば、アメリカ・イギリス・オーストラリアなどの訴追対象は、捕虜虐待や残酷行為など狭い意味での戦争犯罪や人道に対する罪を犯した人だった。一方、ソ連は、ソビエト政権に対して諜報収集・破壊活動に従事したり、侵攻作戦計画を立てるために関与したりした人々を戦犯として追及した。ソ連軍は進駐した満洲、北朝鮮、千島列島などで、数十万の軍人・軍属などを対象に選別作業を行った。

ソ連の情報機関が目をつけたのは各級司令官と特務機関の従事者だった。当初、特務機関は、シベリア干渉のときにつくられてシベリア派遣軍の傘下で活動した。シベリア派遣軍が撤収した後も特務機関は各地に散在して秘密活動を続けた。そのなかでもハルビンの特務機関が悪名高かった。特務機関は一九四〇年に関東軍傘下に編入されて、「関東軍情報部」という名称に変わった。間島(ジェンタオ)、熱河(ローホー)、黒河(ヘイホー)など一一の地域に設置された機関は「情報部支部」と改称された。熱河の現在の行政区域は河北省承徳(チェンドー)に変わった。ソ連軍の参戦直前には、情報部が「特別警備隊」にまた名称が変わったが、活動内容に変わりはなかった。

対ソ連情報の防諜に従事した憲兵、無線傍受や暗号解読を担当した特殊情報部所属の将兵も集中的に訊問を受けた。軍人の身分でなくても、満洲国の高官、対ソ連防諜活動をした警察も同じだった。国策電気通信会社などで軍の情報業務を支援し、巨大なシンクタンクだった「満鉄調査部」でソ連研究を担当した民間人もソ連の情報機関の追跡対象だった。

ソ連は、情報機関に従事した人であれば、将校はもちろんのこと、下士官・一般士兵・文官・雇用員などを問わず調査した。特務機関でタイピストとして事務補助をした女性も三、四年抑留した。日本の反ソビエト破壊諜報工作に対するソ連の憎悪が、どれほど根深かったのかを示す部分である。

ソ連に連行された日本人捕虜を乗せた引揚船が、最初に日本の引揚港に入ってきたのは、一九四六年一二月五日のことである。二週間後、ソ連領内にいる日本人帰還に対する米ソ協定が締結された。毎月五万人ずつ戻ることに合意したが、最初の五か月だけ合意どおりに実行された。冷戦が本格化して日本人の帰還が遅れ、アメリカはソ連が不当に捕虜を抑留していると日本政府の不満を代弁した。

ソ連は太平洋戦争が終わって以来、自国内の抑留捕虜の数に沈黙した。そして一九四九年五月二〇日、タス通信の報道を通じて、ソ連に残る帰還対象の日本人は九万五〇〇〇人であると発表した。数週間後、米占領軍司令部はこの数値を到底信じられないとし、日本政府に対して約四六万九〇〇〇人がソ連に抑留されていると発表するよう指示した。米情報当局が把握していた数値は過度に誇張されていた。ソ連は一九五〇年四月、日本人の捕虜送還は完了しており、残りは戦犯だと主張した。ソ連は一般の軍事捕虜と戦犯などの抑留者を厳格に区分し、抑留者として残ったのは二四六七人であると発表した。

ソ連の日本人戦犯裁判は、一九四九年末から五〇年四月にかけて集中的に実施された。三〇〇〇人が軍事裁判に回されて有罪判決を受けた。間島特務機関で大尉として務め、ソ連軍に逮捕され「反ソ反革命重大犯罪」を犯した疑いで懲役二五年の刑を宣告された馬場(ばば)嘉光(よしみつ)もそのうちの一人である。馬場は一一年間抑留されたが、一九五六年一二月に最後の引揚船に乗って日本に帰ってきた。彼は一九八八年に『シベリアから永田町まで』という回顧録を出した。永田町は日本の国会議事堂のある地域で、広い意味での中央政界を指す。「情報将校の戦後史」という副題がついた彼の回顧録は、当時の状況について興味深い断面を示している。

自ら勤める特務機関に収監され

最初に馬場がどのようにして間島特務機関に勤めることになったのか見てみよう。彼は植民地朝鮮出身の日本人である。三・一運動が起きる一年前の一九一八年に鎮南浦(チンナムポ)〔現・南浦(ナムポ)〕で生まれて平壌中学校を卒業した。一九三九年一月に父親の故郷である四国の徳島で歩兵として入隊し、その年の末に幹部候補生として奉天（フォンティエン）陸軍予備士官学校に入った。

翌年、奉天予備士官学校を卒業する直前に奇妙な文書をもらった。「後日、指示する日時に外国語辞書や服を持って、陸軍省兵務局防衛課に出頭すること。読後、焼却せよ」という内容が書かれていた。少尉に任官して満洲で勤務していた彼は、一九四一年一二月に陸軍中野学校に入校するよう命令を受けた。

陸軍中野学校は、日帝が諜報・防諜などのスパイ活動や、後方浸透など特殊戦の専門要員を養成するために設立された軍の情報学校である。一九三八年に予備役一九人を受け入れて極秘裏に開校した後、敗戦で解散するまで要員二五〇〇人を輩出した。当初の名前は「後方勤務要員養成所」だったが、一九四〇年八月に「中野学校」に変わった。存在自体が秘密だったこの情報学校は東京・中野の、ある通信部隊のなかにあった。陸士八期生で一九七三年の金大中（キムデジュン）拉致事件当時、中央情報部次長だった李哲熙（イチョリ）がこの中野学校の出身と言われている（ただし、日本側の資料で在学や卒業が確認されたことはない）。全斗煥（チョンドゥファン）政権時の金融スキャンダル事件の主役である「仕手筋」張玲子（チャンヨンジャ）の夫としても知られた人物である。

中野学校の教育課程では外国語の授業の割合が高かった。馬場は南方班でマレー語を学んだために東南アジア方面に配置されるものと考えた。しかし、予想とは異なり、同期生一〇人とともに関東軍情報部（特務機関）ハルビン本部に発令された。本部で二週間ほど予備教育を受け、一九四一年八月に情報部間島支部に配属されて終戦まで勤務した。

日本の敗戦直後、馬場を逮捕したソ連部隊は、極東のヴォロシロフ駐在の赤軍二五軍傘下の防諜機関「スメルシ」だった。スメルシは一九四三年四月に創設されたスターリン直属の防諜部隊の通称である。二五軍はソ連の対日宣戦布告時、東満洲の汪清（ワンチン）／琿春（フンチュン）国境を越えて間島に入った。馬場をはじめ特務機関の要員たちはすぐに逮捕され、彼ら自身が勤務していた庁舎に収容された。しばらく前まで勢いよく活動していた庁舎のコンクリートの床に座って、運命が完全に入れ替わったことを切実に痛感することになった。

ヴォロシロフは現在のウスリースクで、ウラジオストクから約一〇〇キロ北方にある。北朝鮮・中国につながる鉄道の要衝でロシア軍の重要拠点である。一九三五年にスターリンの側近で軍元帥・国防長官を務めたヴォロシロフにちなんでその名がつけられたが、スターリンの死後に彼が失脚し、一九五七年に名称がウスリースクに変わった。

ソ連の情報機関の取調べは間島ですぐに開始された。二五軍は間島に司令部を設置したが、また平壌（ピョンヤン）に進駐した。馬場のように指名逮捕された日本の軍人は、二五軍によって貨車で平壌に移送された。一九四五年九月下旬から一一月下旬まで平壌に収監されたが、一二月初めにヴォロシロフに移された。

馬場は逮捕直後、間島と平壌刑務所で集中的に訊問を受けた。ヴォロシロフでも二回呼び出されて取調べを受けたが、簡単な質問の繰り返しだった。馬場はそこで、関東軍情報部本部で勤務していた顔見知りや中野学校の同期生たちに会った。馬場はようやく取調べが終わって大したことはないだろうと考えたが、その後、ウラル、中央アジア、シベリアの収容所を転々とした。

一九四七年七月にカザフスタンのカラガンダ収容所で再び訊問が始まった。満洲時代の諜報工作について具体的に記述するよう急き立てられた。馬場は慌てた。一年半の間、取調べがなかったうえ、長い収容所生活で、以前何を陳述したか記憶がかすんでいた。一〇日後、また違う収容所に移された。

訊問官は「ソ連に残っているスパイの名前と住所を書いて出せ」と鉛筆と紙を渡した。これを拒否すると特殊監獄に入れられた。

食事は朝に黒パン二〇〇グラムが出て、野菜が少し浮かんだスープが朝と夕方に二回与えられた。訊問官は一〇日ほど過ぎてまた呼び出してきた。馬場が、スパイはいないという陳述を変えなかったため、また特殊刑務所に送られた。翌日の朝からパンの支給が禁止された。四日目はスープも出なかった。食事の配食が中断されたのである。しかし、ソ連軍の情報機関は、自白を引き出すために殴打などの物理的な拷問を加えたことはなかった。

馬場ら一行の軍法会議は、一九四八年一一月二七日、ロシア共和国タタール自治共和国（現・タタールスタン共和国）の首都カザンで開かれた。カザンの内務省庁舎に用意された臨時法廷に、遠藤三郎（えんどうさぶろう）大佐など七人が被告として出廷した。ヴォルガ軍管区プリモールスカヤ管区の軍法会議が担当したこの裁判は「一〇四号事件」と命名された。容疑は、ソ連の諜報謀略工作に加担して、反ソ反革命の重大な罪を犯したことである。遠藤大佐は馬場の直属の上司で、関東軍情報部間島支部長、他でもない間島陸軍特務機関長だった。

公判はすばやく進められた。夕方にいったん休廷し、被告人たちはカザン刑務所に戻った。公判は夜遅く再開されてすぐに宣告が下された。一〇四号事件の被告に対して、自由剥奪、二五年の労働強制収容所監禁、全財産没収という内容だった。簡単に言えば、懲役二五年の刑に処せられたのである。馬場はこのときの心情を次のように書いた。

「あと一〇年は耐えよう。もし一〇年経っても解決しなければ自分で解決しよう。自分の命を絶ってもよく、逃げて自由を求めてもいい」と固く誓った。すでに抑留されてから三年が経過していた。一九四四年一月に結婚した彼は、妻の消息もわからなかった。

もともと軍法会議の特徴は迅速な裁判の処理にあった。馬場の一〇四号事件の裁判は一応の形式は整えていたが、公正な公判手続きを経ていない裁判もかなりあったという。簡単な取調べや訊問をした後、同じ部屋で机を変えて法廷を開き、宣告した事件がある。さらにソ連軍将校が判決文書を持って刑務所に訪ねてきて、すでに裁判は終わっていると、ただ署名を要求してきた事例もあった。

ソ連は軍事捕虜収容所と強制労働収容所を区分した。捕虜に囚われた日本人六〇万人のうち、戦犯容疑者として指名された人を除いては、一九四六年から段階的に日本への帰還を許可した。しかし、馬場のように戦犯として軍法会議にかけられた人は、ほぼ全員、有罪判決を受け、長期間収容された。馬場は複数の収容所を転々としながら、日本人以外のアジア人受刑者たちに会った。モンゴル人・満洲人・中国人・朝鮮人などで、日本統治に積極的に協力したり、ソ連軍の進駐以降、敵対的な活動をしたりした疑いを受けた人々である。

彼を含めて一〇二五人を乗せた客船・興安丸が舞鶴港に着いたのは、一九五六年一二月二六日のことである。ソ連の抑留者の引揚船としては最後の運行だった。日本とソ連が国交を正常化した日ソ共同宣言が一九五六年一〇月に発表されて、最後の抑留者が釈放されたのである。馬場は一一年以上にわたる抑留生活のなかで、刑務所三か所と収容所一一か所を転々とした。

彼がシベリアにいるときに最も大きな影響を受けたのは、ドイツ戦犯たちの帰国だった。西ドイツ政府がソ連と積極的に交渉を行い、一九五五年秋にドイツの戦犯たちが釈放されて帰国した。馬場の立場では到底、理解できなかった。何よりもドイツはソ連を侵攻した国である。四年にわたって戦争する間、ソ連が被った被害は甚大である。逆に日本はむしろ被害者である。中立条約を破って侵入したソ連に、一方的にやられた国が日本だというのが彼の認識である。馬場の表現をそのまま引用すれば、「ソ連軍の不法侵攻に合わせて防衛戦を一週間もできず、戦犯とされた日本人抑留者たち」とドイツ戦犯は、根本的に立場が違うのである。

馬場は長期抑留されている間、個人的に重要なものを失った。生後七か月の長男が敗戦の混乱のなかで死んだ。彼が日本の地を再び踏んだとき、親と姉はすでにこの世の人ではなかった。馬場の回顧録には、彼が間島特務機関に勤務して何をしたか、具体的な言及がない。ただ一九四二年にソ満国境でキム工作隊長とともに撮った写真が掲載されている。キム隊長が誰なのかも追加説明がまったくない。間島は国を失った朝鮮人たちが集まって居住していたところなので、朝鮮人の動態を把握したり、抗日ゲリラを討伐したりした仕事に、どのような形であれ関連していた可能性が高い。

興味深いのは、彼が日本に帰国してからしばらくの間、右翼活動をした後、日韓親善事業に深く関与したという点である。彼自身が選挙に出て国会議員のバッジをつけたことはないが、アジア国会議員連合・日韓議員連盟事務局で主要な役割を果たした。また、韓日親善協会、日韓文化交流基金、日韓親善協会中央会でも活動した（馬場嘉光『シベリアから永田町まで』）。

コラム　関釜（かんぷ）連絡船「興安丸」

関東軍特務機関大尉・馬場嘉光（ばばよしみつ）は最後まで残った抑留者とともに一九五六年一二月二六日、舞鶴港に到着した。このとき、彼らが乗ってきた日本船舶が興安丸である。それより四か月前、大本営参謀だった瀬島龍三（せじまりゅうぞう）が一一年余りの抑留生活を終えて帰還したときに利用した船もやはり興安丸だった。

日本が降伏したとき、アジア各地には無数の兵士と民間人が散在していた。戦争に動員された軍人や植民地定着のために移住した民間人など、自国民を本国に安全に連れてくることが、戦後の日本政府にとって緊急懸案の一つだった。日本政府は占領軍司令部の同意を得て、数隻の船舶を自国民輸送のための「引揚船」に指定した。興安丸はそのような引揚船の一つだったが、シベリア抑留が長期化すると、一九五〇年代半ばまで引揚船の役割を果たした。

興安丸はどのような船か。その由来を問うことが、シベリア抑留の根源を掘り下げる近道にもなりうる。興安丸は一九三七年一月に進水し、下関と釜山（プサン）間の航路に投入された最新の客船だった。三菱重工業長崎造船所で建造されたこの船は、世界で初めて船室全体に冷暖房装置を完備しており、当時の日本の商船のなかで最速の二三・一ノットの速度を出すことができた。総七〇七九トンで乗客定員は一七四六人だった。のちに内部を改造して搭乗人員を

1937年、黄金路線の釜山・下関航路に就航した貨客船・興安丸は、世界で初めて全客室にエアコン装置を装備した最新船舶だった。

二〇〇〇人以上に増やした。

「興安」という名はどこから来たのか。中国の内モンゴル自治区の北東部から満洲北部にかけて興安嶺（シンアンリン）山脈がある。西を大興安嶺、東を小興安嶺と分けて呼ぶが、長さがそれぞれ一二〇〇キロと四〇〇キロにもなる。「丸」は船舶名の末尾に付ける言葉で、韓国式に言えば「号」になる。興安という名で日帝が低廉な原料供給地と対ソ連の前哨基地として、満洲を掌握した意図がよくわかる。

興安丸の姉妹船は、それより数か月前に建造された「金剛丸」である。実際に朝鮮半島の金剛山からその名を取ったという。当時としては最新型の旅客船である二つの船の名前を見ると、日本が朝鮮半島を経て、満洲を踏み台にして版図をさらに拡大する、遠大な野望が自然に感じられる。

日本の大陸侵略と栄枯盛衰をともにする

興安丸と金剛丸は、日帝時代に「関釜連絡船」と通称された船舶に属する。最近はこの言葉を使わずに「釜関フェリー」「関釜フェリー」という。昔のことをよく知らない韓国の若い世代にとって、このフェリーは日本に旅行するときに、日韓の海峡を渡るロマンチックな交通手段である。KTX高速鉄道で釜山駅に到着して港に移動した後、高速フェリーに乗って、下関や福岡に到着すれば、日本全域を周遊できる交通手段が整備されている。「関釜」という言葉は下関を指す「関」と、釜山の頭文字「釜」から取っている。

関釜連絡船という言葉には対等な水平関係でなく従属関係が込められている。衰亡の道をたどった朝鮮の境遇がそのまま反映されているからである。最初の関釜連絡船である「壱岐丸」が初めて運航を開始したのは一九〇五年九月一一日だった。日本がロシアとの戦争で勝利し、朝鮮半島で優越的地位を得て、ソウルと釜山の間に京釜線の鉄道が開通した後のことである。一七〇〇トン級の船は当初、一日置きに往復したが、取扱量が急増すると「対馬丸」が追加投入されて毎日の運航に変わった。

関釜連絡船は黄金航路になった。一九二〇年代の植民地時代の暗鬱な雰囲気を反映した「死の賛美」という歌を歌って一世を風靡した俳優兼歌手の尹心悳（ユンシムドク）が、自ら命を絶つときに使ったのも関釜連絡船だった。彼女は一九二六年にレコード録音のために大阪に行き、帰国の途で恋人の劇作家・金祐鎮（キムウジン）とともに船上から海に身を投げた。[14] 二九歳の尹心悳の悲劇的な死

14　尹心悳（一八九七－一九二六）女性声楽家。平壌（ピョンヤン）生まれ。平壌女子高普を経て京城女子高普師範科卒業。国民学校教員をした後、官費留学生として東京音楽学校声楽科に修学。一九二一年に同友会の巡回劇団に参加して劇作家の金祐鎮と出会う。一九二二年に東京音楽学校を卒業して帰国、ソウル・鍾路（チョンノ）の中央青年会館でリサイタルを開き朝鮮初のソプラノ歌手としてデビュー。講師生活をしながら京城放送局に出演しセミクラシックに方向転換した。劇団・土月会の主役として舞台に立つこともあっ

はロマンチックな要素もあるが、その裏に日本の植民地朝鮮に対する収奪と大陸進出の野望がそのまま反映され、その拡大の一途を歩んだのが関釜連絡船だった。

植民地に転落した朝鮮半島から日本に渡る物資が急増し、仕事を求めて離れる朝鮮人たちの無限の行列と、一攫千金を狙って大陸で一発勝負しようとする日本人の移動があった。そうしてこの路線に就航する船舶は規模が大きくなり、性能も日増しに向上した。釜山から日本に向かう人々が急増すると、日本の警察は一九二九年一一月、乗客を統制するためにしばらくの間、渡航証明書を事前に発行する制度を実施した。日本が日中戦争を起こした一九三七年には釜山・下関間の乗客が一〇〇万人を突破した。

一九三〇年代、日本を含めて東アジアでは、ヨーロッパへの近道はシベリア鉄道を経由することだった。日本を基点に三つのコースがあった。第一は神戸や福岡の門司から船で遼東半島の大連(ターリエン)に行き、南満洲鉄道に乗ってシベリア鉄道と接続するもの、第二は、東海（日本海）に面した福井県敦賀から船便でウラジオストクに行ってシベリア鉄道に乗るもの。第三は、山口県下関から関釜連絡船に乗って釜山に行き、朝鮮半島を縦断して新京（当時の満洲国首都、現・長春）・ハルビン・満洲里(マンチョウリ)を経由してシベリア鉄道に乗り換えるものである。

三つのコースのなかで最も速いのが、釜山と新京を経由する路線だった。一九三四年一二月に東京駅を午後三時に出発する特急列車「富士」に乗れば、翌日午前九時半に下関に到着する。一時間後に出発する関釜連絡船で午後六時に釜山港に到着し、午後七時二〇分に出発する急行「ひかり」に乗れば、翌日の夜九時に新京に到着する。東京駅出発日を基準にすると、モスクワ到着は一二日目の午後五時、ベルリンは一四日目の午前九時二三分、パリは一五日目の午前六時四三分、ロンドンは同日午後四時五五分だったという。

ロベール・ギラン（Robert Guillain）は、中国・日本・韓国など東アジア地域をほぼ半世紀の間、取材したフランスの著名なジャーナリストである。AFP通信の前身であるアヴァス通信の記者だった彼は、一九三七年に日中戦争を取材するよう指示を受けて、当時、中国支局があった上海（シャンハイ）に出発した。彼が中国特派員として赴任した旅程を見ると、パリから汽車に乗ってモスクワに行き、シベリア横断列車で満洲里に着く。そこから大連に行って、船で上海に行こうとしたが、日中戦争が起こると航路が閉ざされた。彼は新京を経て朝鮮半島を縦断し、釜山から下関に渡った。鉄道で長崎に行った後、船で上海に到着した。パリを出発して二〇日を要したという（ロベール・ギラン『アジア特電』）。

興安丸は戦争末期の一九四五年四月一日、山口県の海上で機雷に触れて運航が不可能になった。そして日本が降伏を宣言した一九四五年八月の末に、引揚船の一つに指定されて活動を再開した。興安丸に割り当てられた航路は、九州の博多、山口県長門の仙崎と釜山の往復だった。とくに仙崎は朝鮮半島に出入りする専用港に指定され、一九四六年の終わりまでに

た。一九二六年、妹・尹聖恵の留学の見送りのために日本に行った彼女は、日東レコード会社で二四曲を吹込んだ後、帰路、関釜連絡船の上から金祐鎮と二人で玄界灘に身を投げた。代表作として歌曲「死の賛美」がある。

金祐鎮（一八九七－一九二六）劇作家。全羅南道長城（チャンソン）郡生まれ。木浦（モッポ）で国民学校を終え日本で熊本農業学校と早稲田大予科に修学し、一九二四年に早稲田大英文科を卒業。大学時代から演劇に没頭し、一九二〇年に趙明熙（チョミョンヒ）・洪海星（ホンヘソン）・高漢承（コハンスン）・趙春光（チョチュングァン）らとともに演劇研究団体・劇芸術協会を結成。一九

朝鮮から来た人が約四一万人、朝鮮に帰った人が約三四万人と集計された。日本に徴用・徴兵などで連行される朝鮮人があまりにも多く、同胞たちは自治組織を作った。「朝鮮人救済会」が一九四六年七月まで港一帯で活動したという。

国連軍の輸送からイスラム巡礼まで

敗戦後に難民の立場になった兵士や民間人――彼らを帰還させる役割を果たした興安丸に、新たな任務が続々と与えられる。一九五〇年に朝鮮戦争が勃発すると、国連軍司令部は、興安丸を借りて兵力の移動や負傷兵の輸送に使った。朝鮮戦争で戦線がほぼ固定化した一九五三年三月には、中国に足止めされていた日本人が帰国したときに投入され、その年の一一月にシベリアに抑留された日本人の帰還が再開されると、ナホトカと舞鶴の間を行き来した。そして一九五六年一二月、ソ連から帰ってきた最後の引揚船という役割も果たすことにもなった。

その後、東京湾を周遊する遊覧船として使われ、インドネシアのイスラム教徒が聖地巡礼に行くときも、その役割を果たした。おそらく船が就航した一九三七年には誰も想像しなかったことだろう。事情は少し複雑である。日本は戦後、サンフランシスコ講和条約と二国間交渉を通じて戦後賠償の問題を一つずつ処理した。インドネシアに対する賠償協定は一九五八年一月に結ばれた。インドネシア政府が、メッカを参拝する巡礼者を輸送するために、賠償金の一部を日本の船舶を借りるために使用したのである。アジアの現代史でさまざまな現場を見守った興安丸は、一九七〇年一一月にその役割を終えて解体された。

興安丸の歴史的行跡を追跡したのは、この船が日本帝国主義の栄光と屈辱を象徴するからである。船の歴史にシベリア抑留問題のルーツを考えさせる手がかりが見える。シベリア抑留は、ソ連が、降伏した日本軍を自国の領土に連行したことから始まった。それは明らかな事実である。しかし、日本軍が朝鮮半島を経て、満洲・中国を侵略し、ソ連を武力で制圧するという野心がなかったら、シベリア抑留の悲劇が果たして起きていただろうか。

二一年には同友会の巡回演劇団を組織し、朝鮮で巡回公演を企画、上演脚本であるアイルランドの劇作家ダンセイニ卿の「燦爛たる門」（単幕）を翻訳した。大学卒業後に木浦に戻り、詩・戯曲創作・評論の執筆に没頭、四八編の詩と五本の戯曲、二〇編余りの評論を書いた。家庭・社会・愛情問題に苦悩し、一九二六年に家を出て日本に行き、同年八月にソプラノ歌手の尹心悳と玄界灘に身を投じた。演劇で、ストリンドベリの表現主義と反伝統主義、バーナード・ショーの改革思想に影響を受けた。代表作に「難破」（三幕七章）や「いのしし」（三幕）がある。

第9章

民主運動の渦

民主運動か、思想教育か

シベリア抑留で最も議論になることの一つは、いわゆる「民主運動」である。まず用語自体について意見が対立する。非難・否定する側では「民主運動」という言葉が問題を糊塗する表現であると主張する。「思想改造」「洗脳教育」「思想鍛錬」という用語のほうが、当時の現実にはるかに近いというものである。民主運動は、戦争捕虜たちの間の既存の秩序を根本的に揺るがせたために、反目と軋轢が絶えなかった。民主運動で受けた影響と傷は、捕虜たちが自分の国に戻った後も長く残った。

帰還した朝鮮人たちにとって、民主運動はより敏感なテーマだった。祖国が南北に分断されたために、その成果を客観的に評価することが難しかっただけでなく、危険なことでもあった。南に来た人々の場合、民主運動を評価すれば、ややもすると「アカ」（共産主義者）に同調した人間として攻撃される恐れがあった。

この民主運動は、日本軍の捕虜たちが抑留されていた収容所で、厳しい軍階級制度に反発する兵士たちの動きが徐々に組織化され始め、一九四七年から四八年の間にシベリア全域に広がった。特権的地位にあった将校が「反動」とされ、「アクチブ」（積極活動分子）と呼ばれる兵士たちが中心になって、各収容所で共産主義研究会が結成された。兵士たちが探し出そうとする反動の対象は「前職者」だった。前職者とは、日本統治下で軍・治安機関・行政機関に服務していた人々を指す言葉である。将校、下士官、特務機関員、憲兵、警察、税吏、官僚などがこれに該当した。資本家・地主出身や高等教育修了者なども「反動」とされた。

抑留問題の専門家である白井久也（しらい ひさや）は、民主運動の評価が見る人の歴史観によって異なると述べている。基本的に二つの見解が対立する。一つは爆発すべきものが爆発したという見方である。日本帝国の軍が持つ不合理な階級制度によって、下級の兵士たちが自然に反発するようになったということである。もう一つは、ソ連が組織的に工作した結果だという見解である。ソ連が将来、日本に戻って「革命を起こす予備軍」を養成しようと、捕虜を対象に政治煽動をしたということである。白井は二つの見解がともに正しいと言う。民主運動で厳しくやられた将校出身者は一般的に後者の見解を支持し、兵士出身は前者の見解をとる。

日本軍の指揮部は、ソ連側と停戦交渉をしながら、日本軍の特殊な制度を尊重することを要求した。ソ連は収容所における将校と下士官の軍刀携帯、階級章の使用、将校の当番兵の割当てなどを認めた。収容所の運営もおおむね軍の大隊編成の体制を維持した。一九四八年二月～三月以降、選挙制を通じた自主管理体制が導入される前は、大隊長、副官、複数の中隊長で大隊本部や指揮班を構成した。彼らはすべて将校で、一般兵士とは別に宿泊施設が割り当てられた。指揮部には当番兵が別途配置されて食事・洗濯・掃除などを世話した。

小隊長や班長は下士官級が担当して一般兵を統率した。使役（抑留中の労働・作業）に出かけるとき、指揮部と当番兵は収容所にそのまま残り、現場指揮は小隊長が行った。作業に出かける前に、天皇がいる東に向かって「宮城遥拝」をして、日本の軍人精神を賛美する「軍人勅諭」を斉唱した。旧日本軍の命令系統はそのまま存続され、下級者が上級者の命令を不当であると拒否した場合、集団殴打を受けた。寒さと飢餓と重労働の悪条件の下で、兵士たちと将校集団との間の緊張がますます高まった。上級者たちの殴打で下級兵士が殺害される事件がときおり発生した。

シベリアに約四年間抑留されて、帰国後に有名になった歌手の三波春夫（みなみはるお）は将校の当番兵だった。彼の一日の仕事は将校の下着の洗濯と食事の世話だった。将校のなかには猿股まで洗わせる者もいた。平素、鬱憤を晴らせなかったため、ある日、その将校につっかかった。収容所内のすべての人が三波の突発行動を驚きの目で見つめた。

帰国後に有名人になった人々の同様の証言を挙げるときりがない。大衆歌謡作家の米山正夫（よねやままさお）は満洲国の奉天中央放送局に勤務し、一九四五年五月の総動員のとき関東軍に召集された。年はとっていたが一介の兵士の身分だから、毎日酷使されてビンタされるのが仕事だった。彼の同僚の一人は栄養失調に加えて、上官の虐待を受けた末に、「私はソ連兵ではなく、日本人のせいで死ぬ」と絶叫して死んだという（白井久也「日本人にとってのシベリア抑留」）。

『日本新聞』の反動闘争

ソ連当局は日本人捕虜を対象とするメディア『日本新聞』を発行した。第一号は日本が降伏して一か月後の一九四五年九月一五日に出された。ソ連当局が事前に準備作業をしてきたことを示す部分である。最初は直接手書きで作成した粗雑な形態だったが、満洲から日本語の活字を持ってきてから本格的に印刷に入って一五万部を発行した。最初は二面だけで月二回発行したが、一九四六年六月ごろから週三回、分量も四面に増えた。

新聞の編集長は大場三郎（おおばさぶろう）だった。日本人のようだが、実際にはソ連軍の政治将校イワン・コワレンコが日本人名に偽装したものである。国立極東大学で日本語を専攻した彼は、政治将校要員として心理戦工作隊の教育を受け、露日辞典の編纂に参加した。ソ連極東軍総司令官ワシレフスキー元帥の秘書になって、日本人捕虜対象の工作実務を主導した。

一九四六年二月に捕虜として捕らえられていた浅原正基（あさはらせいき）という日本人が彼を訪ねてきた。のちに「シベリア天皇」と呼ばれた人間である。浅原は学生時代に日本軍国主義に抵抗する運動に参加したことがある。一九一六年に生まれ、東京帝大社会学科を卒業後に逮捕され、懲役二年、執行猶予五年の刑を言い渡された。一九四三年八月に徴集されて中国戦線に配置され、一年も経たずにロシア語教育隊に転属となり敗戦を迎えた。その後、ロシア語の教育を受けてハルビンの特務機関で働き、ソ連軍に逮捕された。彼が『日本新聞』を初めて見たのは一九四五年一一月のことだった。収容所で何人かの同僚と反軍闘争を始めた彼は、日本人の革命家たちが編集陣として活動していると思い、面談を申し込んだ。コワレンコとの出会いはこのような背景から実現した。

コワレンコは浅原の燃えるような使命感に感心し、すぐに編集者として採用した。浅原は一九四九年八月までに、日本人編集者として軍国主義毒素の除去運動を拡げようとした。一九四六年五月二五日付の新聞では「日本新聞友の会」の結成を促して、反軍運動の組織化に乗り出した。入隊前、左翼社会運動を経験した捕虜たちが編集部に集まった。そのなかにはのちに日本共産党で主要な役割をする人もいた。

『日本新聞』は一九四六年一二月七日付に「戦犯追求は我等の手で／けふこの日を期し戦犯追求総攻勢だ」を掲載した。太平洋戦争の開戦日を迎えて、軍国主義者の「エセ民主主義者」に向かって攻撃の旗を掲げたのである。この運動は一般的な捕虜の帰還が仕上げの段階に入る一九四九年夏まで続けて展開された。『日本新聞』が掲げた戦犯追求の主張はたとえば以下のとおりである。

一、われわれは過去の帝国主義日本のやつて来た侵略的犯罪的戦争の本質――天皇制ブルジョア地主共が内外人民の犠牲の上に、自分のフトコロを肥すためにやつた――を徹底的にバクロしなければならない。

二、そして未だに相変らずのデマをとばし、悪煽動をしてゐる頑冥な反動分子を容赦なくタヽキつぶさねばならぬ。

三、彼ら反動分子のバラまく排外思想、軍国主義的デマの本質を完膚なきまでにヤツヽケルと共に、そのデマにタブラかされた一部将兵の蒙を啓かねばならぬ。

四、人権蹂躙犯人即ち、最大戦犯人天皇の名に於てわれわれ兵士大衆を奴隷の如くコキ使ひ、私兵の如く私物の用に追ひまはし、階級を笠に私的制裁をホシイマヽにした将校下士官、しかもいまだに改悛せず、現在に至るもノサバツテゐる輩は断乎処断しなければならぬ。

五、斯うした軍国主義者の残党、戦犯人のカタワレ人権ジウリン犯人の一味をわれわれの生活からタゝキ出しヒネリつぶさない限りわれわれの所内の明朗化、生活の民主化は絶対に期しえられぬ。

六、しかして戦争虐政犯罪の最高の元凶こそは天皇であり、巨魁連は天皇制軍閥、財閥、官僚であること勿論だが、単にこれのみではない。われわれの周囲にあるすべての軍国主義者、反動分子が悉くさうだ。兵隊のものをクスネてゼイタクをしてゐるもの、私的制裁をやるもの、反動的デマをとばすもの、悉く犯罪人の一味である。

――「われらの主張」『日本新聞』一九四六年一二月三日付

ソ連が徹頭徹尾、軍国主義教育を受けて育った日本人捕虜たちの意識を変えるために、『日本新聞』を宣伝と教育の手段として利用したことは明らかである。ソ連の視点から見れば、日本は終戦後も軍国主義の体質を克服していないのみならず、アメリカの属国のまま、ソ連など社会主義陣営に敵対的行為を続けている国である。したがって、長期的に日本を変えるためには、捕虜が帰国後に変革運動の先頭に立つよう教育する必要があった。また、捕虜が収容所の運営方式に逆らわず、作業能率の向上に寄与するように手なずける効果も狙ったと言える。

『日本新聞』は六六二号（一九四九年一二月三〇日付）まで出た。一九九〇年代に抑留問題に関心がまた高まり、『朝日新聞』で原本を入手し、合計三冊の復刻版を出している。

スターリン賛美運動に広がる

日本軍将校は兵士たちの不穏な動きを見逃さなかった。かつてのように階級の権威で徹底的に封鎖に乗り出した。すると、ソ連内務省は正式に、各収容所長に将校の越権行為を禁止するように指示した。兵士の集団と将校の間に対立が激化すると、当局は一九四六年末に兵士と将校を分けることを決定した。収容所の階級制度は崩れ、民主委員会が構成された。形式上、民主委員が自主的に生産計画や食糧配当を決め、ソ連の管理当局が監督する制度である。階級制度の抑圧から解放された兵士たちは、反動を探し出して不満のはけ口を求めた。これまで抑えられていた兵士たちの怒りが将校たちに向けられた。反動と名指しされた将校は、自らの過ちを告白しなければならなかった。拒否すれば吊し上げの対象になった。収容所のあちこちに天皇制打倒などを促すスローガンがはためき、ソビエト共産党史や社会主義理論を勉強する会が結成された。

日本人捕虜たちは自らの境遇を無期囚にたとえた。恋しい家族に会える日がいつ来るのかは予測できなかった。帰国のためにはソ連当局に印象がよくなければならないという潜在意識が自然と広がった。そのような意識が極端に表れたのがスターリン賛美運動である。『日本新聞』一九四九年五月二六日付には浅原の演説が掲載されている。浅原は「われわれがいま、かくも勇気に燃え、確信と誇りにみちみちているのも、ソ同盟人民とその偉大なる指導者スターリン大元帥の配慮によるものである」と主張し、「全在ソ同志に一大感謝文を送るべきその名実ともにその資格あることを確信する。それはわが民主運動、在ソ生活四カ年の必然的帰結である」と述べた。スターリンに感謝の手紙を送る運動が熱病のように広がった。長さ三〇メートルに及ぶ、絹に金の糸で刺繡した感謝文まで作った。六万六〇〇〇人が感謝の意を表した署名簿もあわせて提出した。

二人の日本将校の運命

ソ連は長い間、シベリア抑留問題に対する謝罪を拒否してきた。タブーを破って初めて公式に謝罪した指導者は、ソビエト連邦を解体しロシア共和国／連邦をつくったエリツィン大統領だった。一九九三年一〇月に日本を訪問したエリツィンは、細川護熙首相との会談で、「シベリア抑留問題は全体主義の残滓である。ロシアでも数百万人が死亡したというが、そのことが抑留問題を正当化するものではない」と述べた。彼は「ロシア政府、国民を代表して、非人道的行為について謝罪の意を表明する」と言って頭を下げた。一九九一年に日本を訪れたゴルバチョフが「同情の気持ち」という表現にとどまったのと比べると、はるかに進展した内容を盛り込んだわけである。

エリツィンは発言を終えた後、一枚の写真を細川に渡した。色褪せた写真の主人公は近衛文隆中尉である。太平洋戦争以前に首相を三回も務めた近衛文麿の長男で、細川首相の母方の伯父になる。公爵の爵位を持つ近衛文麿はきっての名門出身である。戦争末期に天皇の特使の資格でモスクワに行き、クレムリンの指導部と戦争終結の方案を協議するよう指示を受けたが、ソ連の消極的な姿勢で訪問が実現しなかった。戦後、米占領軍が戦犯として逮捕しようとすると服毒自殺した。

彼の息子の文隆はアメリカでローレンスビル高校を出て、プリンストン大学で政治学を学んだ。帰国後、軍に入隊して、満洲で砲兵中尉として勤務し、ソ連軍に逮捕された。配偶者は大正天皇の夫人の姪だった。文隆は大物の息子だったのでより集中的に調査を受けた。父が首相のときに秘書を務めたので、対ソ敵対政策に関与しなかったか、ひどい追及を受けたという。
禁固二五年の刑の宣告を受けて収監され、日本人抑留者のほとんどが解放された一九五六年一〇月にイヴァノヴォ収容所で死亡した。正確な死因はわかっていない。ソ連が崩壊した後、ロシアのジャーナリスト・アルハンゲリスキーは、ソ連国家保安委員会KGBの機密文書をもとに、文隆が諜報機関に殺害されたという主張を繰り広げた。

文隆は政治にもかなり関心があったという。彼がソ連の収容所で死なずに帰国したならば、政治家に転身して大成功を収めただろうと主張する人もいる。一族のその後を考えれば可能性がない話ではない。二〇〇八年九月に就任一年で電撃辞職した福田康夫首相は、日本の政界では最初の金持ち総理の輩出という記録を立てた。彼の父・福田赳夫は、一九七〇年代後半に首相を務めた。近衛文隆が夭逝していなかったら、最初の金持ち総理の記録は彼が立てていたかもしれない（白井久也「日本人にとってのシベリア抑留」）。

最後の朝鮮軍司令官の息子の人生流転

抑留から解放されて、日本共産党の活動をしたあと自民党参議院議員を務めた板垣正の人生流転も波乱万丈である。彼は、朝鮮軍司令官を務め、東京軍事裁判でA級戦犯として起訴されて処刑された板垣征四郎の次男である。板垣征四郎は一九三一年、満洲侵攻を起こした主役である。開戦前、近衛第一次内閣と平沼内閣で陸軍大臣を務め、戦争末期には七方面軍司令官として出て、シンガポールでイギリス軍に拘束された。

一九四三年に朝鮮青年を対象に徴兵制実施が決定されたときは朝鮮軍司令官だった。板垣司令官は朝鮮青年たちに日本軍入隊を勧め、民族指導者・曺晩植（チョマンシク）に面談を要請して最後まで拒まれると、彼を軟禁措置にした張本人である。一九四六年五月三日にA級戦犯に指定され、東京軍事裁判が開かれる初日、飛行機で移送されて法廷に立った。満洲事変を起こして中国侵略の道を開いたことが、極刑に処された最大の理由だった。

一九二四年に軍人の家に生まれた板垣正は、陸軍幼年学校、陸軍航空士官学校を出て、敗戦時は北朝鮮駐屯の教育航空隊で働いていた。ソ連に抑留されて民主運動を経験したことで、彼の精神世界は根底から動揺した。収容されていたハバロフスクの一四分所は民主運動が激しかったところである。彼も反動として注目され、吊し上げの対象になった。一九四八年一一月一二日、東京軍事裁判の宣告が下されたときだった。一人の日本人の積極活動分子が作業場に訪ねてきて声をかけた。「素敵なニュースがあるぞ。おまえの父親が絞首刑になった。どうだ、くやしいか」と聞いた。覚悟はしていたが衝撃は大きかった。

数日後、熱がひどく医務室に入院した。そこでスターリンの伝記を読んだ。退院後は『日本新聞』の読書会や社会主義理論を勉強する会に熱心に通った。積極活動分子たちは彼の突然の変身を信じようとしなかった。少し前までは天皇制の信奉を公然と語っていたからである。

一九四九年一一月に彼に帰国措置が下された。ナホトカに移され引揚船に乗るために待った。ソ連当局は反動を選抜すると最終審査をした。板垣は着替えの服までもらったが、引揚船に乗らずにハバロプスクの収容所に送還された。日本に帰ると思ったがそうはならなかったので心的な衝撃が大きかった。最終関門を通過するためには、さらに変わらなければならないと決心した。大衆の前で煽動演説をしてノルマの達成競争にも出て表彰を受けた。

一九五〇年に帰国措置が下された。日本に帰ってきた彼はすぐに共産党に入党した。労働者側に立って毎日日雇い労働をした。帰国半年後の参議院選挙のときは、共産党候補を応援する演説をした。しかし占領軍司令部が共産党追放令違反の容疑を調査すると日雇い労働をやめた。勉強を継続するために中央大学法学部夜間部に入って、一九五四年に共産党を離党した。

大学を卒業して日本遺族会の事務職員として就職した。遺族会は戦争に出て犠牲になった人々の遺族会で、自民党を支持する巨大圧力団体の一つである。歴代の遺族会の会長のなかに、一九九六年一月から二年六か月間首相を務めた橋本龍太郎がいる。自分の元来の精神世界に戻ってきた板垣正は、一九八〇年の参議院選挙の際、自民党全国区候補として初めて国会に進出し、三期連続一八年在職した。政界引退後は保守派の論客として活動した。

二〇〇七年六月末、アメリカ下院で従軍慰安婦問題と関連し、日本政府に謝罪を要求する決議案が通過すると、駐日アメリカ大使館に抗議文を送る先頭に立った。そのほかに靖国神社参拝や南京大虐殺に関連しても極右的な主張を展開した。いくら歴史の荒波に包まれたとはいえ、彼の人生行路は周囲が混乱するほどに両極端を行き来したわけである（共同通信社社会部編『沈黙のファイル』）。

大本営参謀と「シベリア天皇」の悪縁

一九四九年八月、民主運動の積極活動分子の陣営で異変が起こった。かつて「シベリア天皇」とまで呼ばれ、大きな影響力を行使していた浅原正基が、突然スパイ容疑で逮捕され、重労働二五年の刑を宣告された。浅原が特務機関の出身で『日本新聞』に潜入したスパイであると告発されたのである。彼がアクチブ陣営の主導権争いで競争勢力にやられた可能性が高い。

浅原は戦犯収容所に移され、ハバロフスクの二一分所に瀬島龍三とともに収容された。日本の昭和時代を代表する人物の一人である瀬島との悪縁が始まった。二一分所で浅原はシンパを集め、ソ連共産党史研究会を結成したが、参加人員は二〇人に過ぎなかった。浅原の集団は分所で完全に孤立した。民主運動陣営の力が急速に落ちたのは、支持基盤だった一般兵士たちが大挙して帰国してしまったからである。

戦犯とされた約二五〇〇人程度が収容所に残っていた。二一分所の日本人団長は瀬島だった。彼は東京軍事裁判に検察側の証人として出席したために、極右的な国粋主義将校から売国奴と非難されたりもしたが、帝国軍隊のエリートコースである作戦参謀出身というカリスマを依然として持っていた。

瀬島は浅原に対して、ソ連共産党史研究会が収容所内の平和を攪乱すると言って、解散するよう強要した。階級制度は廃止されたが、瀬島は中佐、浅原は上等兵出身である。浅原一行は独自に活動を続けたが徹底的に吊し上げられた。一九五二年の冬にある青年将校が浅原に近づき、「非国民」と言ってナイフで腹を刺した。「非国民」とは「天皇の忠実な臣民でない」という意味である。厚い防寒着がなかったら、おそらく命を失ったかもしれないほどの重傷だった。

一九五三年三月にソ連を統治していた独裁者スターリンが世を去った。その年の一二月の国連総会は、ソ連に抑留されている旧・枢軸国捕虜の帰還決議を採択した。一九五五年六月にはソ連と日本が国交正常化のための交渉を始めるなど、雰囲気が醸成されて、一九五六年八月に瀬島など一一五人の釈放が決定された。

ちょうど浅原グループも釈放対象に含まれ、同じ船で帰還することになった。日本の客船「興安丸」が待機するナホトカに移動する前に、瀬島は浅原を呼んで、「引揚船の中で一切、政治的発言をしないと約束すれば、命は保証する」と脅した。浅原は「もし私たちを海に投げるなら、おまえたちも道連れにする」と対抗した。将校たちは帰国船がソ連の領海を出れば、浅原の一党を海に投げようと口をそろえて言った。船長は騒ぎが起きないか腐心した。三日後、興安丸は何事もなく舞鶴に入港した（共同通信社社会部編『沈黙のファイル』）。

日本人捕虜たちは、早ければ一年、遅くとも四年後には帰国し、残りは戦犯容疑者として一〇年ほどいた。彼らがシベリアで経験した民主運動は、日本の戦後民主主義の形成にいい影響を及ぼしたと言えるだろうか。白井の答えは否定的だった。何よりも彼らが戻ったとき、アメリカの対日占領政策が変わっていた。冷戦が激化して、中国の社会主義革命や朝鮮戦争の勃発が相次いだ。帰還者たちが赤旗を振り回し、共産党に集団入党するケースがあるにはあったが、経済が急速に回復して社会的な余波は大きくなかった。むしろ帰還者たちは、赤化したという理由で就職が困難になり、日雇い労働をしなければならなかった。ソ連は何かを期待しただろうが、「何も実現したものはない」というのが白井の診断である。

朝鮮人捕虜、ハバロフスクに集結する

朝鮮人捕虜たちにとって民主運動とは何だったのか。生存者は積極的に口を開かない。「あれはあ、アカ（共産主義者）の運動だったよ」と言えばそれだけである。祖国はいまだ南北に分断されてお

り、人生の危機を何度も越えてきた人々なので、愉快でない記憶をわざわざ思い出すのが嫌なのである。李厚寧（イフニョン）は民主運動について「政治将校たちが水面下で操縦して、積極追従分子が踊っているに過ぎなかった」と言い切った。

朝鮮人たちは何人かの志願入隊者を除けば、おおむね徴兵一期生・二期生だった。一期生でも日本軍生活が一年を超えたケースは珍しく、二期生は一週間にもならない人がたくさんいた。朝鮮人たちの多くが民主運動を実感するようになったのは、一九四八年に帰還する前にハバロフスクに集結してからだった。その前にウズベキスタンや、クラスノヤルスクなどシベリアの西北地域に収容された朝鮮人たちは民主運動を経験しなかった。一九四八年一二月末に、帰国にあたって出港地のナホトカに直行した人もいるが、だいたいはハバロフスクが一次集合地だった。

オレンブルクで二年以上収容された李圭哲（イギュチョル）が、ある日、清掃作業をしていたところ、朝鮮人捕虜は全員集合するように命令された。すぐに収容所に戻り、持ち物を整理してオペイカ駅に行った。待機中の貨物列車の前には垂れ幕がかかり、ソ連監視兵たちは「帰国（ダモイ）」と言った。三年余り前から限りなく聞いてきて、そのつど騙された言葉である。今度は希望を持ってみたかった。

貨物列車が動き始めた。一九四八年一〇月七日だった。オレンブルクはモスクワから南東に一四八〇キロ離れたところで、カザフスタンとの国境地域である。二年五か月前に来たときとは待遇が変わっていた。一日三食の給食が出て、ノボシビルスク、クラスノヤルスクでシャワーもさせてくれた。李圭哲はいまや「帰国（ダモイ）」に疑いの余地はないと思った。

貨車は一〇月二七日夕方にハバロフスクに到着した。シベリア鉄道をゆっくり横断して二〇日後である。鉄条網がめぐらされた収容所に着いたのは真っ暗な夜だった。収容所の中で「どこから来た？」

と同胞の声が聞こえてきた。顔は見えないが、行き交う言葉に同胞の熱い絆を感じた。ソ連当局は、帰還を控えシベリア各地にいた朝鮮人たちをここに集結させた。すぐ隣の収容所には日本人捕虜がたくさんいた。

李圭哲には収容所が自治的に運営されているのが印象深かった。線路の周辺で除雪、荷役、運搬などの仕事をするが、監視兵は別にいなかった。オレンブルクで髭を剃るときは、鉄片を拾って石で研いだ。ここには捕虜が運営する理髪所があった。さらに靴の修繕所まであった。

自治的な運営、つまり自主管理は、昔の階級秩序が崩壊するのと同時にできた。一九四八年二月・三月に各地区の収容所で「反ファシスト委員会」選挙が一斉に実施された。選挙が終わった後、「反ファシスト委員会」または「反ファシスト民主委員会」が抑留者の代表機関となり、自主管理・運営の役割を果たした。構成体制は委員長の下に宣伝部、文化部、青年部、作業部、生活部を置き、捕虜集団の直接または間接選挙で幹部を選出した。委員会は委員長、各部の部長、書記を含めて、通常七人で構成した。自主管理とはいうが、あくまでもソ連の管理当局の指導・協議の下での自治である。委員会は作業課題の遂行、生活条件の改善、文化活動、反ファシズムの宣伝などと関連して、指導的な役割を果たした。

捕虜労働と関連して作業隊や作業班が編成され、選挙を通じて委員を別途に選出した。そして作業隊のなかに青年行動隊、または青年突撃隊が別途組織として構成され、ノルマ達成や政治宣伝の先鋒の役割を果たした。

捕虜にも政治講習を

当時ハバロフスクは民主運動が激しく展開された場所として有名だった。連日、高級官僚、憲兵、特務機関、諜報員、警察、税関員、官僚などの反動を摘発したとして、蜂の巣をつついたようだった。朝鮮人が収容された一六地区の四分所も同じだった。オレンブルクから来た一行のうち何人かが批判の対象となった。互いに英語で対話したと指摘されたり、入隊前の行跡が誰かの密告で暴露されたりすることもあった。李圭哲はもどかしくてならなかった。一緒に手を取って故国に帰るべきなのに、みな何をやっているのかと理解できなかった。

一度、反動を摘発すると、積極分子たちが主導して対象者を取り囲みながら怒鳴った。心理的に委縮させるのである。運動場の真ん中に跪かせて、紙で作ったとんがり帽子をかぶせた。首に「反動某」と書かれた札をかけて糾弾した。手を出すなどの物理的な殴打はなかった。

反動にされた人を擁護するのは容易ではなかった。同じ反動にされると帰国許可が延期される恐れがあったため、度が過ぎていても止めることはできなかった。毎日の作業を終えたら夕食を食べて、夜一〇時まで民主学習に参加しなければならなかった。学習途中に居眠りしたり質問に答えなかったりすれば、自己批判するように強要された。作業を怠けたり、不純な言葉を使用したりしても不利益を受けた。反動分子の烙印を押されれば完全に吊し上げられた。李圭哲は手記で次のように語っている。

食事、作業、討論、対話、運動、就寝、娯楽など、すべてのことでひとりぼっちになり、同僚たちの行事への参加が禁止される。よってその孤独感は堪えがたく、とくに捕虜生活という逆境ではなおさらである。ひどい場合には帰国者名簿から除名される。だから本意であれ他意であれ、反動分子にされないためには、すべての行事に積極的に参加しなければならず、不平不満を言わずに命令や指示に絶対に服従しなければならない。

――李圭哲『シベリア恨(ハン)の歌』

さらにハバロフスクからナホトカに移動する汽車の中でも民主学習は行われた。李圭哲は居眠りを咎められるかと思って、最後まで気が休まらなかったと書いている。

民主学習会を担当する講師は、ハバロフスクにある政治学校で三か月の教育を受けてきた「エリート」だった。一回脱出を試みたが失敗し、ミハイロ・チェスノコフスカヤに収容されていた羅寛國(ナグァングク)は、ある日、政治学校に行って受講するように命令された。収容所の反ファシスト委員会(民主委員会)委員長である朴徳善(パクドクソン)が呼ぶので行くと、作業に出なくてもいいという。ハバロフスクで政治講習会があるが、政治将校の命令で羅寛國を送ることにしたというのである。朴徳善はわけがわからない羅寛國に、「今回初めて捕虜にも政治講習をするが、とにかくおまえはちょうどいいんだ」と言っていた。

政治講習所は一般収容所とはまったく違っていた。鉄条網、望楼、監視員がなく、給食もよかった。各地区から来た捕虜たちが三〇人ほどいたが、朝鮮人は羅寛國だけだった。翌日から講義が始まった。講師四人はみな東京帝大出身の日本人兵士たちだった。マルクス・レーニン主義や唯物論、唯物史観、ソ連共産党史、レーニン主義の諸問題などを取り上げた。日本留学を経験した彼としては、「日本でも聞けなかった名講義」であると思った。六〇日間のトレーニングを受けて、これまで持っていた世界観、歴史観、宗教観、人生観が一八〇度変わっていくのを感じた。

羅寛國がさらに感動したのは、兵士出身の講師や受講生の双方が、日本の戦争挑発と朝鮮植民地支配に対して、真に過ちを認める態度だった。講師たちは反戦主義者の烙印を押され、兵士として戦争に連れてこられて捕虜になった人たちだった。日本人である彼らは、朝鮮民族の独立運動について自分よりも詳細に知っていたので、羅寛國は恥ずかしかった。「親日」〔対日協力〕に熱中していた朝鮮人の先輩たちのことを思い出して、このうえなくやるせなかった。

羅寛國はその時代を振り返って、「ソ連はもう崩壊したが、一言で言って恐ろしい国」だと語った。脱出を試みた人までハバロフスクに送って政治教育を受けさせるほどだったから、二、三年程度ではなく、遠い将来を見据えて、国家機関が動いているという印象を受けた。しかし、彼はハバロフスクで受けた教育内容については、「昔のことを話すとまたひどい目に遭う」と、具体的な話はあくまで避けた。その一方で「洗脳しようとすれば、逆に絶対にやられてしまう」と繰り返した。

反動にしたりされたり

ハバロフスクで朝鮮人捕虜が集められた一九四八年のある日、クラスノヤルスクから約四〇〇人が到着した。反ファシスト委員長チェ・ビョンドが、新たに転入してきた彼らの前で歓迎演説をした。チェは社会主義祖国を建設するための真の同志として、作業遂行に全力を尽くしてほしいと要求した。また、民主闘士になって、民主主義の敵である反動を摘発するために、積極的に参加してほしいという注文も忘れなかった。

　クラスノヤルスクから来た李炳柱は、最前列に座っていて、演説を終えて降りてきたチェ・ビョンドと向かい合った。当時、民主委員長は随行員一〇人を同行させるほど威勢がよかった。妙なことに、チェは李炳柱を見ると、来た道をまた引き返して反対側に行った。どこかで見たような顔だったが思い出せなかった。翌日、李炳柱は四分所の給養部長に任命された。食品を管理するなかなかいいポストだった。李炳柱は理由がわからなかった。よくよく考えてみると民主委員長は、以前、図們税関で一緒に勤務した「大山」（創氏名）だった。李炳柱が平壌の崇仁商高を出て満洲国経済部の試験に合格し、図們税関に赴任して知りあった間柄だった。徴兵一期の先輩で、釜山の立正商業学校（海東高の前身）を出たという話が出回った。囲碁の実力が同じくらいで対局も何度かやった。

　後で考えてみると、チェ・ビョンドは自分の前職がばれるかと思って、李炳柱に「口止め」用にいいポストを準備したのである。当時、税関員は特務機関員、憲兵、警察、官僚などとともに反動分子とされた。反動捜査対象の人間が、他の同胞を反動に駆り立てる運動の先頭に立ったわけである。

　金起龍はワジャエフカからハバロフスクに移送されてから、民主運動の雰囲気が尋常でないことを感じた。以前の収容所では、反動闘争をするといっても、比較的穏健な方法で行われたが、ハバロフスクは強度がかなり強かった。反動にされた人に物理的制裁は加えなかったが、数十人が取り囲んで反動闘争歌を歌って声を荒げた。ソン・ヨンファン、キム・ジェドクなど、社会主義思想を持つ人々が代表的だった。

　しかし、左翼思想を受け入れた人々が、かならずしも煽動の先頭に立ったわけではなかった。満洲国ハルビン学院でロシア語を専攻した柳學龜は、同じ社会主義者といっても奔走するほうではなかった。合理的なインテリという印象が残っている。

金起龍自身もホールの収容所で反動にされた経験がある。彼としては正確な理由はわからなかった。推測するに、民主運動に消極的な態度を示して、睨まれたのではないかくらいに思っていた。当時の収容所の民主委員長は金鐵俊（キムチョルジュン）だった。朝鮮半島北部出身の二人は、朝鮮戦争のときに南にきており、朔風会の集まりで出会った。しかし、あのときのことを互いに思い出そうとせず、話題に上げることもなかった。

李炳柱のように、クラスノヤルスクからハバロフスクにやってきた朴定毅（パクチョンイ）は、民主運動を複合的な視点で評価しようとした。彼は力を合わせるよりは、互いに非難する民主運動を、日本人ではない韓国人が行う必要はないと思って沈黙した。彼は民主運動の先頭に立つ人々を共産主義者と断定することはできず、いたとしても少数だったと指摘した。すべてが操られている社会で、積極分子もみな無事に故国に戻るために先頭に立ったのだと説明した。

彼はソ連に対しても二分法的な白黒の論理を拒否した。すべてが悪いとは言えず、すべてがいいとも言えないだろう。どのような体制であれ、真面目な人もいればそうでない人もいて、ロシア革命の父であるレーニンが早く死なずにもう少し支配していたら、共産主義について合理的な代案を準備しただろうと述べた。彼は抑留生活から戻ってきて、自らの経験談を記録に残そうと努力したが、最終的には諦めた。李承晩（イスンマン）の治下で、自分の考えを自由に表現することが負担だったのである。

コラム　関東軍参謀出身の抑留者・瀬島龍三

大衆文化に関心のある人ならば、韓国MBCテレビが二〇〇七年一月から三月まで放送した「白い巨塔」のことを覚えているだろう。放映当時、話題を集めた病院ドラマで、野心と独善に満ちた外科医チャン・ジュンヒョク役を演じたタレントのキム・ミョンミンの評判もとてもよかった。「白い巨塔」の原作者は山崎豊子（やまさきとよこ）である。『毎日新聞』記者を務め、専業作家に転身して、少なからぬベストセラーを出し、主要な文学賞を受賞する光栄にも浴した。

彼女の代表作のなかに『不毛地帯』がある。週刊誌に長期連載したものを一九七〇年代後半に本にまとめると大きな話題を集めた。主人公は関東軍参謀出身で、総合商社に入って縦横無尽に活動し、出世の階段を駆けのぼる。この小説は、日本の高度経済成長の秘訣を研究して、総合商社体制をそのまま導入し、輸出推進を進めた一九七〇年代の韓国でも、いわゆる「商社マン」を中心に人気を集めた。サムスングループの創業者である故・李秉喆（イビョンチョル）会長が従業員に読むように積極的に勧め、グループ内の必読書とされていたという話が出回ったりした。

『不毛地帯』の主人公のモデルは瀬島龍三（せじまりゅうぞう）だというのがほとんど定説である。日本の敗戦後、シベリアなどに抑留された日本の兵士は約六〇万人に達するが、最も有名な抑留出身者はと言えば、瀬島だと言っても大きな無理はない。二〇〇七年九月、彼が世を去ったとき、日本のマスコミは彼の訃報を大きく扱った。激動の昭和時代を象徴する代表的な人物の一人と考えられていたからである。

一九一一年富山県生まれの彼には、つねにつきまとう修飾語がある。「昭和の参謀」であり、「戦後の政財界の影の実力者」であり、「歴代首相の諮問役、ブレイン」がそれである。彼は中学のとき、天皇裕仁が統率する軍事訓練「陸軍特別大演習」を見て、軍人の道に進むことを決意した。一九二八年に陸軍士官学校に入り、四年後に次席で卒業、一九三八年に陸軍大学を首席で卒業した。なので「秀才中の秀才」という表現もかなり登場する。その当時は陸軍士官学校の卒業者五〇〇人のうち一〇パーセントが陸軍大学に進み、またそのうち五、六人だけが卒業時に天皇から恩賜の軍刀をもらったという。

瀬島は陸軍大学を首席で出たので、天皇が下賜する軍刀をもらう、いわゆる「軍刀組」（軍部のエリートコースを着々と上がるよう保証された集団）の一員となった。一九四〇年に大本営陸軍部作戦課に配属された。兵力数百万人を将棋の駒のよう動かす軍事作戦計画を組む作戦課は、野心に燃える将校たちが羨望するところだった。ここに一九四四年八月まで勤務しながら、瀬島は太平洋戦争期の大小の作戦計画の立案に関与した。

一一年間シベリアに抑留される

一九四五年三月に中佐に昇進した彼は、戦況が取り返しのつかないほど傾いた一九四五年七月、満洲に駐屯した関東軍の参謀に転出した。彼の人生でもう一つの転機を迎えたわけである。天皇が降伏を宣言した後、関東軍とソ連極東軍の間で停戦交渉が行われた。関東軍代表の一人だった彼は、九月五日、山田乙三（やまだおとぞう）司令官をはじめとする関東軍首脳部とソ連軍の捕虜になった。シベリアに連れて行かれる数十万の日本軍捕虜の隊列に入ったのである。抑留生活は一九五六年八月までほぼ一一年間続いた。それだけ長くかかったのは、ソ連との戦争準備に加担したなどの疑いで起訴され、有罪判決を受けたからである。彼は東京軍事裁判のとき、ソ連軍の証人として証言した。このため一部の国粋主義的な将校たちからは裏切り者と非難されたりもしたが、大本営参謀を歴任したという理由で、抑留期間中、ある程度の権威を発揮したという。

日本に戻ってきた彼は、一九五八年に総合商社・伊藤忠商事に入り、「商社マン」として新たにスタートした。入社三年で業務部長に、一〇年で専務、二〇年目には会長になった。会長職から退いた後も「相談役」として君臨し影響力を維持した。日本社会で相談役という地位は、裏部屋にいるような冷遇ではなく、元老としての待遇を受ける。軍人として長く務めた瀬島が、軍服を脱いで民間分野に入っても勢いがよかったのは、参謀時代に磨き上げた特別な情報収集力と明晰な判断力のためだった。

瀬島は生前に誰かが助言を求めると、少なくとも案を三つほど出して結論を述べたという。政治や国際情勢について意見を聞く人がいれば、第一、第二、第三の案を順番に説明した後、この場合、最も適切なのはこの案であると語るのが習慣だった。彼の優れた分析能力を証明する事例として、二〇〇三年三月にブッシュ米政権が対テロ戦争を行うと言って、イラク侵攻を企図しているとき、開戦日を正確に予測したという話がある。このイラク現地の気候、米軍の兵力配置能力、月の動きなどを見て、戦争開始日を占いのように当てたのである。多少誇張もあるだろうが、彼が一般人に比べて戦略の分析能力に秀でていたのは明らかである。

韓日現代史の証人

瀬島は韓国の現代史と密接に関連している。日帝時代までさかのぼらなくても、彼は韓国の軍出身の大統領と親交があった。日本の共同通信は一九九五年、戦後五〇周年特集で、瀬島の「神話」を検証した。社会部記者たちで特別取材班を編成して企画取材をした後、シリーズとして出した。そのときに連載した記事を集めて、後で単行本として出したのが『沈黙のファイル』（共同通信社社会部編、新潮社、一九九六）である。興味深い逸話が数多く掲載されている。

本書によると、瀬島が朴正熙（パクチョンヒ）大統領と初めて会ったのは、一九六七年一月、韓一合織馬山（マサン）工場の竣工式だった。瀬島は控室で李厚洛（イフラク）秘書室長を通じて朴正熙大統領に挨拶した。妙な出会いだった。一人は一国の大統領であり、もう一人は日本の総合商社の幹部だったが、日帝時に日本の陸軍士官学校に通ったという共通点がある。当時の階級で言えば満洲軍中尉と日本軍中佐の対面である。瀬島が朴大統領と面談するために、事前に李厚洛側に巨額の金を渡したという主張が、当時、瀬島の側近の証言として紹介されている。

日本の政治家のなかで瀬島の能力に注目したのは金丸信（かねまるしん）だった。金丸は七〇、八〇年代の自民党の勢力版図を牛耳った田中角栄首相率いる派閥の実力者だった。田中はロッキード政治資金スキャンダルなどで、日本の前職首相としては二番目に検察に拘束された。田中が退いた後、金丸の一言は「鶴の一声」に例えられるほど比重が大きかった。金丸は防衛庁長官を務めたとき瀬島の意見をよく聞いた。韓国で朴正熙大統領暗殺後の主導権を争う過程で、新軍部が反乱を起こし、権力秩序が大きく変わった。金丸は、既存の日韓関係の人脈が崩壊すると、新しいパイプを構築するためにソウルを訪問し、新軍部の指導勢力に会った。

当時、金丸訪韓に同行したかはわからないが、瀬島も一九八〇年六月ごろ、ソウルに密かに入って、サムスンの李秉喆会長の紹介で、当時、三星物産の役員だった権翊鉉に会ったという。権翊鉉に、陸軍士官学校一一期の同期生である全斗煥、盧泰愚など新軍部の実力者に会わせてくれと頼んだ。このときに結んだ縁で、瀬島は中曾根康弘、竹下登、海部俊樹など、日本の三首相の下で日韓首脳の密使の役割を果たした。

中曾根は総理就任三日後に瀬島を別途に呼んで、安保借款の論議や教科書問題などで険悪になっていた日韓関係の妥結のための密使役を依頼した。一九八三年一月に中曾根がソウルを訪問した。日本の首相は就任すると、きまってアメリカを最初に訪問するが、中曾根は最初の訪問国として韓国を選んだ。一九八二年一二月初、瀬島が釜山で権翊鉉に会い、再び年末に大統領府に全斗煥を訪問し、あらかじめ懸案を調整したのである。

天皇の過去の植民地支配をめぐる発言のなかで、韓国人の脳裏に深く刻まれた、よく理解できない言葉がある。「痛惜の念」である。盧泰愚大統領が一九九〇年五月に日本を訪問したとき、天皇明仁は宮中晩餐の席上で、「わが国によってもたらされたこの不幸な時期に、貴国の人々が味わわれた苦しみを思い、私は痛惜の念を禁じえません」と言った。当時、韓国政府は、天皇が強い謝罪の意を明らかにしたと大きく意味を付与した。実際には「きわめて残念だ、無念だ」程度の意味である。天皇の「御言葉」がある三日前に、瀬島は海部総理の特使として青瓦台を訪問し「痛惜の念」という表現で最終的にまとまったので理解してくれと言ったという（共同通信社社会部編『沈黙のファイル』）。

II

帰還、試練は
終わらなかった

第10章 帰還、新たな苦難の始まり

荷造りしては解く挫折の連続

クラスノヤルスク地区の収容所でともに生活していた朝鮮人捕虜は、ハングルで壁新聞を作って演劇公演もやりながら捕虜生活の憂いを慰めた。一九四七年のある日、朝鮮人たちに、帰国するからみな荷造りするよう指示が下りた。故郷に帰れるとみな興奮した。親兄弟の顔が目の前に浮かび、心はすでに祖国に向かっていた。そして悪夢のようなことがまた起こった。四分所にいた日本人がみなジュロビーノ駅に移動して帰国の途に就き、その場に朝鮮人が移ることになったのである。希望に膨らんだ期待が突然、絶望の深淵へと変わった。収容所の中で壁に頭を打ちつけて泣き叫ぶ光景が広がった。

同じ地区に収容されていた李（イ）在燮（ジェソプ）は、ソ連当局の説明を聞いて、さらに心を痛めた。朝鮮人たちを送り返そうとしても、受け入れる政府がないというのである。朝鮮半島に国際的に承認された政府が存在しないので、交渉する相手がないのだという。侵略戦争を起こして連合国に多大な被害を与えた日本には政府があり、苛酷な植民地支配の被害者である朝鮮には、承認された合法的政府がないというのだから、まったく理解のしようがなかった。

重傷者、日本を経て早期帰還

朝鮮人捕虜のうち、重傷を負って、他の同胞よりも早く帰ってきた人がいる。一九四八年九月一八日、韓国と日本を行き来する交換船が釜山(プサン)港に入港した。この日の『ソウル新聞』は「海外帰還者が伝える海外抑留同胞の実像」という見出しの記事で、帰国者七五〇人の名簿にソ連や英領シンガポールで抑留されて解放された同胞が含まれていると伝えた。

報道によると、全羅北道益山(イクサン)郡裡里(イリ)邑出身の金聖安(キムソンアン)は、ソ連に連れて行かれて使役に従事し、重傷を負って日本を経て帰ってきた。一九四四年に大邱(テグ)部隊に入り、中国・南京(ナンジン)の富士部隊に配属された彼は、満洲の四平街(スーピンジエ)〔現・吉林省四平市〕で働いていたところ、ソ連のコサック旅団の捕虜になった。日本軍一五〇〇人とともにカラガンダに連行されて採炭作業を行った。カザフスタン共和国にあるカラガンダには巨大な炭田がある。

最初は朝鮮人であるとして「特別待遇」を受けたが、日本人らの「謀略」で宿も変わり、日本兵のような扱いを受けたという。一九四七年七月に作業中に重傷を負って、ウラジオストクに移送されて治療を受け、一九四八年六月に同胞四人と日本人二万一〇三五人とともに舞鶴に到着した。彼は、ソ連に日本の軍人がまだ約四〇万人残っていて、自分は重症患者なので帰されたと聞いたという。

ここで、日帝時に徴兵で満洲や樺太に連行された朝鮮人青年たちが、日帝敗亡時に経験した運命をまとめてみよう。延吉(イエンジー)など満洲の南部で勤務していた兵士たちは一部釈放されたが、ソ連軍が早期に入って制圧した、北満洲や千島列島など戦闘が激しかった地域で、朝鮮人青年たちはほとんど捕虜となってシベリアなどに連行された。徴兵二期生である金相基(キムサンギ)は、樺太駐屯山崎部隊に行き、戦争末期にソ連軍の捕虜になった。彼はウラジオストクに行き、一九四七年春に咸鏡北道清津(チョンジン)に帰還して歓迎行事を受けた。北で軍隊を新設するので入隊しろと勧められたが、軍隊と言われてうんざりした。ましてや親が故郷の江原道襄陽(ヤンヤン)郡束草(ソクチョ)邑にいるので、北に残ることはできなかった。彼は列車に乗って一気に束草に行った。終戦時、樺太に配置されていた朝鮮人兵士たちは、金相基と同様に関東軍所属に比べて相対的に早く帰還したものと思われる。

収容所からはがきを受け取り父親が釈放活動

散発的に帰還していた朝鮮人たちが大勢戻ってきたのは、一九四八年一二月末のことである。帰国に先立って、シベリア全域に散らばっていた朝鮮人が、一九四八年八月から一〇月の間にハバロフスクなどに集結し収容された。

ソ連がなぜこの時点で朝鮮人の帰還を決めたのか、正確な背景はわからない。日本人捕虜を大挙帰しておきながら、朝鮮人捕虜をそのまま収容しておく名分はなかっただろう。李在燮(イジェソプ)は、ようやく朝鮮人を帰せる政府が樹立されて帰還させるのだという説明を聞いたという。一九四八年八月と九月に朝鮮半島の南と北にそれぞれ政府が樹立された。分断状態で正統性の優位を激しく争っていた南北の政府が、ソ連に抑留された同胞の窮状にどれほど興味を持って対処したか、現時点で公開された資料はほとんどない。よもや関心があったとしても、当時、目まぐるしく変化した国内外の情勢において、政策的考慮の優先順位の近くにも上がらなかったのではないだろうか。

これと関連して金起龍が自らの父親のことを語っているのは興味深い。彼は拘留期間中に一度だけ、咸鏡南道利原郡遮湖の家に手紙を送った。一九四七年初めにワジャエフカに収容されているとき、国際赤十字社の名前が入ったはがきをもらい、家族たちに利原出身の同郷の青年数人と一緒にいることなどの事情を書いて送った。実際に家に配達されるとは思わなかったが、のちに帰還して聞くと彼の故郷で大騒ぎになったという。

戦争が終わっても息子が帰ってこないので、やはり戦死したのだろうと諦めていた親たちは、ソ連で捕虜の身分で生きているという知らせに安堵した。キリスト教の長老である父・金漢雄は、当時、曺晩植先生〔注10参照〕がつくった朝鮮民主党の利原地区党の責任者だった。また、北朝鮮利原郡人民会議の代表や利原郡人民委員会副委員長を務めるなど、その地域の有志だった。

奇跡のように収容所に返事が来た。彼が受け取った手紙は、国際赤十字社で配った往復はがきではなかった。おそらく父親が自分の地位を利用して、特別な経路で送ったのではないかと推測するのみである。自分が知る限り、朝鮮人抑留者が外部からの手紙を受け取ったことはなかった。金漢雄は息子がソ連に抑留されていることを知る平壌の要人に、抑留者たちを釈放させるための措置を強く要求した。彼の活動がソ連の朝鮮人帰還措置にどう直接影響を与えたかは推測困難である。金起龍は収容所で北朝鮮の記録映画を見たことがあるが、父親の姿をそこでちらっと見たようだと回顧した。帰国

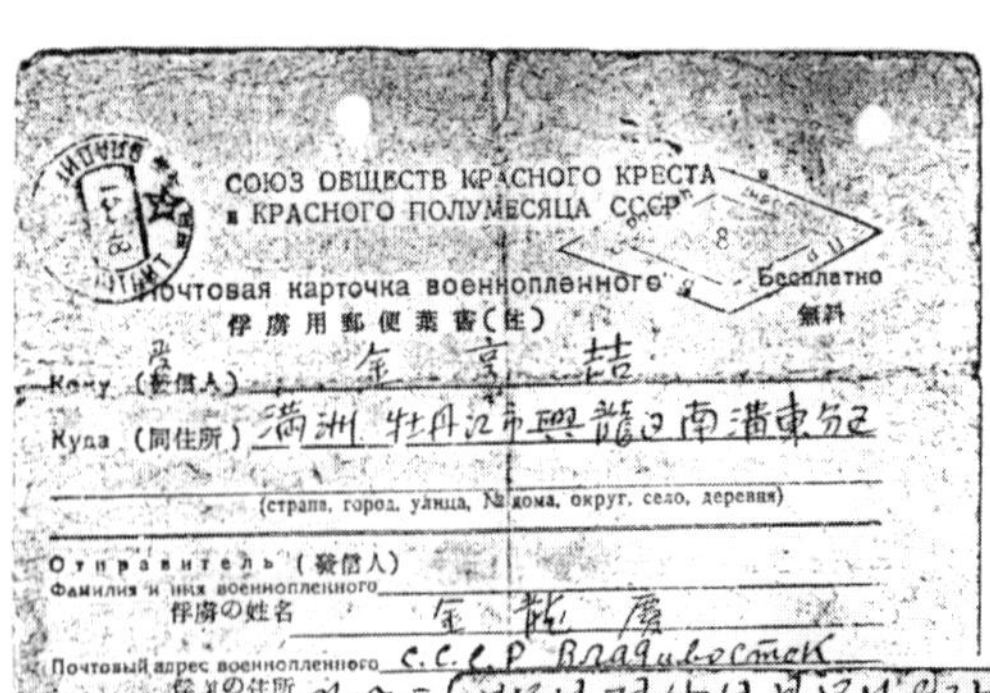
СОЮЗ ОБЩЕСТВ КРАСНОГО КРЕСТА
и КРАСНОГО ПОЛУМЕСЯЦА СССР
Почтовая карточка военнопленного
俘虜用郵便葉書(往)
Бесплатно
無料
Кому (受信人)
Куда (同住所) 満洲
(страна, город, улица, № дома, округ, село, деревня)
Отправитель (發信人)
Фамилия и имя военнопленного
俘虜の姓名
Почтовый адрес военнопленного C.C.C.P Владивосток
俘虜の住所

捕虜はがき――ソ連に抑留されたある朝鮮人捕虜が、満洲に住む両親に送ったはがき。抑留者たちは国際赤十字社が配布した捕虜用往復はがきを使って、家族たちに消息を伝えた。

して利原郡遮湖の自宅に戻ってみると、家に警備兵がいた。平壌で会議があって父が平壌に向かうときは、学生を動員した行事が行われたりもしたという。

帰国船で歌った「シベリア大地の歌」

帰国船が出発する前日、ハバロフスクで「反動」や他の事情で捕まっている六〇人を除く大部分の朝鮮人抑留者が、ナホトカに向かう列車に乗り込んだ。二段になった貨車の中でまた民主学習が始まった。退屈極まりない内容だったが、朝鮮人捕虜たちは居眠りしないように努力した。学習をないがしろにしたと摘発されれば、場合によっては帰国者名簿から除外されることもあった。

ナホトカ駅で下車した朝鮮人抑留者たちは、駅の広場で「輝く大韓」という歌を歌って興奮を隠せなかった。[15] 分隊ごとに整列して埠頭に向かった。埠頭の倉庫の中で所持品検査を受け、一人ずつソ連の貨客船ノボシビルスク号に乗った。日本人帰還者たちが帰国するときは、関釜連絡船として使用された興安丸など自国船に乗って戻った。しかし、当時の北朝鮮はナホトカまで船舶を送る能力がなかったのである。

15 「輝く大韓」は大衆歌謡（音頭）「輝く朝鮮」（一九三六）のことと思われる。「輝く朝鮮」は朴英鎬（パクヨンホ）作詞・李景洲（イギョンジュ）作曲で太平レコード不老草唱歌集として京城・叢文閣からレコードが発売されている。まったく同じ歌詞で「朝鮮」を「大韓」にしたものも確認でき、解放後、韓国でそのように改作され歌われたことが推測できるが、いつどのような経緯で歌詞がそのように改作されたかは不明。また、なぜシベリア抑留経験者たちが、一九四七年や四八年に、この歌を「輝く朝鮮」ではなく「輝く大韓」と記憶していたかも不明である。

夕焼けに染まった波が船べりを打ちつけていた。いよいよ出港を知らせる汽笛が鳴り、船は穏やかな波をかき分けて進んだ。計り知れない苦難を乗り越えた生存者たちの胸に万感が交差した。港の明かりが地平線から消えると、誰からということもなく「さらば、シベリア」という叫びが上がった。そして一斉に「シベリア大地の歌」を歌った。[16]

シベリア、エニセイ川のさざ波よ
さらば、白樺の森や小道よ
おまえのみ胸に育んでもらった子供たちは
母なる国へ巣立ってゆく
シベリアよ、われらに自由と青春
生き甲斐を与えてくれた
愛しい故郷、シベリア

시베리 에니세 물결아
잘 있거라 자작나무 숲아
네 품에 자란 어린이들은
내 본향 찾아 떠나련다
시베리아여 우리들의 자유와 청춘
보람을 심어주던
정든 고향 시베리아

船の中には寝具がなかったが、祖国に帰る途中なので、そのようなことは何も気にならなかった。潮風が軽く吹くほどに天気もよかった。ノボシビルスク号は翌日の夜、興南（フンナム）港に到着した。埠頭には吹奏楽団が演奏して歓迎の雰囲気を高揚させた。しばらくして白米の飯が来た。あれほどまでに食べたかった米飯だったので、瞬く間に平らげてしまった。

すぐに故国の地を踏むだろうと思っていたが、なぜか上陸許可が下りなかった。李圭哲（イギュチョル）は二日後になってようやく下船したと書いている。臨時の宿泊施設として定められた興南女子高に数千人分の寝具を用意するのに時間がかかった。しかし、下船にかかった時間について、生存者の数人は、数時間ですぐに下船したと異なる証言した。少し詳細なことになると生存者の記憶に常に偏差があった。興南女子高を宿舎として使えたのは、ちょうど学校が冬休みに入っていたからである。吹奏楽団が歓迎するとして演奏したのは、北朝鮮の「愛国歌」と「金日成将軍の歌」だった[17]。

悲しい再会

一九八〇年代にＫＢＳで南北離散家族再会のための生放送を何日もやって、国全体が涙の海になったことがあった[18]。「誰かこの人を知らないか」という歌が絶えずＢＧＭとして流れた。この曲は、一九六〇年代に人気を集めたラジオドラマ「南と北」の主題歌だった。作家の韓雲史が台本を書いたこの

16 「シベリア大地の歌」は一九四七年のソビエト映画『シベリア物語』（イヴァン・プィリエフ監督）の主題歌。この映画はソビエトが世界で二番目のカラー映画であると宣伝し、当時、ソ連をはじめ日本など世界各国でもよく見られた。シベリアの収容所でも娯楽物として提供されたものと思われる（翻訳・通訳はされず、映像だけを見てストーリーを判断したという証言もある）。また、帰国直前に政治教育を受けたハバロフスクの収容所では、ロシア民謡なども歌われたが、このとき朝鮮人の集団には朝鮮語の訳詞が与えられたというから、朝鮮人抑留者たちは朝鮮語でこの歌を歌ったものと思われる。李圭哲の日本語手記『朝鮮人元日本兵 シベリア捕虜記』には、この「シベリア大地の歌」の楽譜と詞が掲載されている。楽譜の下には朝鮮語の詞が付記されており、次のページに日本語の詞が記載されている。記憶が曖昧だったからか、朝鮮語の詞にも日本語の詞にも空白部分がある。林えいだいの『忘れられた朝鮮人皇軍兵士』には李圭哲の手記に記載された日本語詞が、金孝淳の原著にもここに記載された朝鮮語詞が、それぞれ若干の補正を経て転載されている。本書ではこの両者をやはり若干の補正を施して

ドラマは、南北分断で分かれた男女の三角関係を扱った[19]。ある日、とある人民軍の将校が休戦ラインを越えて亡命した。彼は愛する女性に会うために南にやってきた、探してくれと懇願する。この女性が、人民軍将校が来た地域を管轄する部隊長の妻であることがわかり、切ない葛藤が展開される。ドラマは映画としても製作されて話題を集めた。

ドラマ「南と北」よりも凄まじい出来事が、捕虜帰還者の臨時宿泊施設の興南女子高で起こった。李圭哲は興南女子高の食堂で配食時に起きた哀切な悲劇を目撃した。あらためて彼の手記を引用してみよう。

食事の時間になると、帰還者たちは食堂の前に並んで配食を受け、席に座って食べる。ある日の昼食時、李圭哲の前に立っていた男が、突然、飯を配食していた一人の女性のそばに駆け寄った。彼が一時も忘れなかった彼の妻だった。夫の突然の出現に、女性は喜ぶどころか当惑する気配がありありと見えた。彼らは日本敗北直前の一九四五年七月中旬に婚姻式を挙げたが、男にすぐ赤紙が来て生き別れになった。李圭哲は男の名をすべて明かさずに「金君」とだけ書いた。彼がハングルの手記を書く前に作成した日本語の手記には、漢字で「金山君」となっているが、おそらく創氏名を記録したものと推定される。

新郎が入隊してから一週間後に日本が敗北して解放を迎えた。徴兵・徴用で連行された青年たちが戻ってきたが、夫の行方はわからなかった。戦争が終わって三年経っても何の知らせもなかったため、両親は息子が死んだものと諦めて、嫁に再婚することを勧めた。金某の妻は周囲の勧誘を拒み続けたが、抑留者が戻ってくる半月前に再婚した。そして帰還者たちをもてなす奉仕活動に参加していて、死んだと思っていた夫と再会したのである。

翌日、三人は学校で会った。新しい夫は「元夫」に悲痛な表情で「処分に従う」と言った。元夫は魂が抜けたように、「これが私の運命、どうか幸せに」と言葉を詰まらせた。数奇な運命の女は、ただうなだれてむせび泣いた。夜通し悩んだ女はついに首を吊って自殺したという。

命がけで三八度線を越境

興南女子高での滞在中、北朝鮮当局のもてなしはよかった。一日三食、米飯が出て、軍楽隊の慰問公演など芸術行事が続いた。東洋で最大規模という興南肥料工場などの産業見学も行われた[20]。体制宣伝を狙った宣伝がかなりあったが、三年ぶりに故国に帰ってきた帰還者に特段の感興は起きなかった。臨時収容所から最初に解放されたのは金起龍（キムギヨン）だった。帰還者たちが興南女子高に収容されると、彼

対訳で掲載した。

17　北朝鮮の「愛国歌」は作詞・朴世永（パクセヨン）（一九四六）、作曲・金元均（キムウォンギュン）（一九四七）で、別名は歌詞の冒頭をとった「朝は輝け」である。一九四七年から北朝鮮の各地で歌われるようになった。作詞家の朴世永は植民地時代からKAPF（朝鮮プロレタリア芸術同盟）で詩人として活動し、解放後は北朝鮮に渡って数多くの歌の歌詞を作詞した。作曲家の金元均は「金日成将軍の歌」も金策（キムチェク）と共同で作詞している。なお、現在、韓国で歌われている「愛国歌」は、宗教家の尹致昊（ユンチホ）が作詞したものに、「蛍の光」（Auld Lang Syne）の曲をつけて植民地時代から人々に周知されていたとされる。解放直後の朝鮮に暮らしていた日本人たちの手記に、近所でよく「蛍の光」が歌われているのを聞いたとあるのは、朝鮮人の家庭で「愛国歌」が歌われていたものと思われる。現在の曲は、作曲家の安益泰（アンイクテ）が一九三〇年代中盤に作曲したものだが、人々に周知されたのは一九四八年に大韓民国政府が樹立されて以降のことである。

の父親・金漢雄（キムハヌン）が妻と息子のキム・ユンを連れて興南女子高を訪れた。北朝鮮当局は、帰還者の外部接触を遮断しようと、初期には出入りを厳しく統制した。金漢雄は正門で歩哨をしていた兵士に、人民委員会幹部という身分を明らかにして、通さなければ上部に報告すると怒鳴りつけた。金起龍は収容されてから一週間ほど後に釈放された。釈放されたというよりは、彼の父親が強制的に連れ出したわけである。

しかし、強固なコネがない他の人たちは、北朝鮮当局の帰還措置を待たねばならなかった。まず延（イェン）辺（ビェン）など満洲出身の数百人が釈放された。続いて北朝鮮に縁故地がある人々が故郷に戻ることを許可された。

興南女子高から最後に出たのが南部出身の帰還者だった。彼らはおおむね興南から汽車に乗って漣（ヨン）川（チョン）まで来た。人民軍は彼らを船に乗せて川を渡った後、ここからが南の地だから適当に行けと言われた。できれば昼に行かずに夜に行けと言った。

しかし、真っ暗な夜に見えもしない道を行くというのは、どう考えても大変なことだった。夜が明けるの待って水田が見えるところまで行くと、銃声が聞こえ始めた。あまりにもつらくて「私たちは人民軍ではなく、日本軍に連行されて戻ってきた人間」だと大声で叫んだ。するとやたらと銃で威嚇していた警官が発砲をやめて近づいてきて、みな手を挙げて出てこいと言った。これが当時、帰還者が三八度線を越えながら経験した一般的な風景だった。

『京郷新聞』一九四九年二月二七日付に帰還者三人の座談会記事が掲載された。仁川（インチョン）収容所に収容されていた三人にインタビューしたものである。三八度線の越境の実態について公式資料を探すことが困難な状況において、彼らの証言は当時の事情を推定する大きな手がかりになる。

第一に、北朝鮮は三八度線の国境まで彼らを連れてきて、集団ごとに分けて越境させたという点である。座談会の参加者たちが三八度線を越えた時期と規模はそれぞれ違っていた。慶尚北道出身の林（イム）鍾植（ジョンシク）は、一月三一日に三〇人とともに南に渡り、開城（ケソン）出身の申鉉澤（シンヒョンテク）は二月一日に一行一六人とともに南にやってきた。また、全羅北道出身の権重烈（クォンジュンリョル）は二月一〇日に約三五人の一群とともに三八度線を越えた。生存者の証言でも、北朝鮮当局が出身道別に分けて帰らせたことが確認できる。

第二に、北朝鮮当局が南で使う旅費を与えて、越境すべき場所を具体的に教えたという点である。申鉉澤は、北朝鮮が故郷での移動距離によって近い人には五〇〇ウォン、江華の人間には一五〇〇ウォン、済州島の人には三〇〇〇ウォンから三五〇〇ウォンの金を与えたと言う。また林鍾植は越境するとき、どこどこに行けば支署に出るから、そこに寄って事情を話して連絡して行けと言ったと証言した。

18　南北分断で生き別れとなった親族と再会したいという世論は分断以来たえず提起され、一九七二年の南北共同声明の後に開始された南北赤十字会談でも議論されたが、このときは実現しなかった。南北離散家族の再会事業が初めて実現したのは一九八五年のことである。同年の九月二〇日から二三日に「南北離散家族故郷訪問・芸術団公演」という形で、南北双方の赤十字社総裁の引率のもと、離散家族と芸術団が板門店を経由してソウルと平壌を相互訪問した。このときの模様は韓国でテレビ中継された（実際の模様は、映画『国際市場で逢いましょう』［原題『国際市場』、ユン・ジェギュン監督、二〇一四］でもエピソード的に挿入された）。その後、金大中（キムデジュン）・盧武鉉（ノムヒョン）政権のもとで太陽政策（韓国の対北朝鮮融和政策）が進められ、南北首脳会談も実現するとともに、離散家族の再会事業も何度か行われたが、すでに解放から半世紀以上が経っており、当事者たちも世を去るか高齢化するなどで、開催回数や参加者数なども減少している。

19　韓雲史（一九二三－二〇〇九）放送作家。忠清北道槐山（クェサン）生まれ。一九四八年ソウル大仏文科在学時に放送作家とし第三に、南に越えてきた人は計四七三人で、年齢は二〇歳から三五、三六歳までいたという。日本人捕虜に比べて平均年齢がかなり若かった点が、シベリアの厳しい状況で、朝鮮青年の生存率を高めるのに大きく役立ったものと思われる。

第四に、帰還者が三八度線を通過したことと関連して、南北当局間に何らの接触もなかったという点である。帰還者たちが越境した時点では、すでに南と北に政府が樹立され、三八度線を境に頻繁に銃撃戦が起きていた。植民地から解放された朝鮮が、統一された国を立てずに米ソ冷戦体制にそのまま編入され、感激であるはずの帰還の道もまさにいばらの道になったのである。

戦災民収容所で米情報機関の調査を受け

帰還者たちは、三八度線を越えて村を探し、越境途中に次々と捕らえられた。哨所で勤務をしていた警察は、奇妙な服装をした青年たちが現れたら捕まえてすぐに本署に引き継いだ。帰還者たちは坡州(パジュ)警察署などに連行され、査察係の刑事の厳しい調査を受けた。北側でもらった旅費も裏目に出た。他の人よりも多額の金を持っていれば、金の出所を言えと苛酷行為を受けた。

ひどい場合は電気拷問まで受けた。全羅北道井邑(チョンウプ)の新泰仁出身の鄭龍煥(チョンヨンファン)は、漢灘江(ハンタンガン)を渡る前に泊まった民宿で服を着替えた。民宿の主人が国際捕虜用の分厚い防寒着が欲しかったのか、「こんなにいい服を着て行く必要がない」と言うので着ているものを交換した。北側から来た工作員が紛れ込んでいると疑う査察係の刑事の目に、鄭龍煥の変装のような服装はあやしく映った。工作員と言えと電気拷問まで加えられた。一緒に連行された他の帰還者たちの証言で、彼の身元が確認されると、査察係の刑事たちは申し訳なさそうに食事の当番を任せた。祖国に戻るとすぐに警察署に閉じ込められ訊問を受けるような境遇で、食事の当番はそれなりの配慮（?）をしてくれたのだった。

帰還者たちは、警察署で四日ほど調査を受けてから、みな仁川・松峴洞（ソンヒョンドン）の「戦災民収容所」に移された。「戦災民」とは、戦争で災難に遭った人々という意味で、日帝敗亡後、海外から帰ってきた同胞を指してこう呼んだ。解放後、仁川は釜山とともに、戦災民または戦災同胞が最も多く入ってきた地域である。地理的な条件から見て、主に中国・華北地域にいた同胞が多かった。三八度線が固着化し、南に渡る人たちが大きく増え、このような背景を調査するための機関が収容所に常駐した。

連行された四八〇人ほどは、海岸に並んだ倉庫を一時的に改造した収容所で、出身道別にテントに収容された。テントの床には筵（むしろ）を敷いて足元からの寒気を防いだ。彼らを調査するときは、社会主義陣営の宗主国ソ連から来たという理由で、韓国国内の捜査機関だけでなく、在韓米軍や極東司令部所

てデビューし数多くの作品を手がけ、小説家や大衆歌謡の作詞家としても活躍した。代表作（ラジオドラマのシナリオ）に「このいのち尽きるまで」（一九五七）、「玄海灘は知っている」（一九六〇）、「惜しみなくあげよう」（一九六二）、「南と北」（一九六四）などがあり、ドラマの主題曲「誰かこの人を知らないか」（一九六四）、「赤いマフラー」（一九六四）、「レマン湖に散る」（一九七九）なども好評を博した。ラジオドラマ「南と北」は一九六五年に映画（金基悳監督）としても制作された。また、韓国最初のテレビドラマ「雪が降る」（一九六四）のシナリオも執筆、一九六六年にはセマウル運動の主題歌ともなる「いい暮らしをしよう」の作詞も手がけた。

20 興南肥料工場は日本窒素肥料（日窒）が植民地朝鮮に進出して設立した朝鮮窒素肥料の興南工場（一九二七年五月竣工）が前身である。当時、興南地区には、朝鮮窒素肥料など一〇社を超える日窒の子会社、関連会社があり、家族を含めた総人口は一八万人に達していた。設備能力では水電解設備は世界第一位、硫酸アンモニウムは年産能力五〇万トンで世界第三位と、世界屈指の化学コンビナートだった。これらの事業の中心は水俣の本社工場と

属の機関までが参加した。

忠清北道堤川（チェチョン）出身のS某は米軍部隊に行って調査された。正確な所属は不明だが、米軍極東軍司令部の情報処のようなところから連絡がきた。当時、米軍に調査されることは帰還者に人気があった。寝床もよく食事もいいので、韓国国内の捜査機関とは質的に待遇が違った。調査は日本語で行われた。帰還者たちは米軍のなかに日本人がいると言って困惑したが、彼らは日系アメリカ人の二世たちだった。

S某は自分を担当した米軍将校の名前を「マスナー」だったと記憶する。彼が数日の間に主として聞いてきたのは、極東地方でソ連海軍最大の軍港ウラジオストクに関するものだった。桟橋のどのあたりにどの船が停泊しているかなどの情報を探ろうとした。彼はマスナーに、朝鮮戦争が起こった後、故郷の堤川で偶然会った。米一〇軍団が堤川を通過するところで出会ったのである。マスナーは「会えてよかった」と言って缶ビールを手渡し、あのとき提供してくれた情報のおかげで勲章をもらったと自慢した。

帰還者たちが日帝時に徴兵で連行され、ソ連で無念の捕虜生活をして帰国した点が認められ、待遇は目に見えてよくなった。一日は、李範奭（イボムソク）総理が馬に乗って収容所を訪問し、「国内情勢のために故国に戻った同胞たちを、温かく迎えることができない現実を理解してほしい」と慰労した。彼は「すぐに故郷に戻れるはずだから我慢してくれ」と言って新生の国軍に入隊して大韓民国の建設に資するように勧めた。

帰還者名簿が新聞に報道された。戦争が終わっても戻らず、死んだと思っていた彼らの生還が知られると、家族たちが収容所に集まり始めた。始興（シフン）郡去毛里（コモリ）出身の李在燮（イジェソプ）は、父親が仁川の龍洞（ヨンドン）に家を持っていた。徴兵で連行されるときに涙で別れた若い妻が、連日、収容所にやってきた。だから、収容所で提供される食事にはまったく見向きもしなかったという。

東萊（トンネ）出身の朴定毅（パクチョンイ）は知人が大物だったおかげでいい生活ができた。当時、国会副議長を務めた金若水（キムヤクス）が親戚で、仁川から無所属で出馬して制憲議員に当選した郭尚勳（クァクサンフン）はいとこの義兄だった。彼の親は金若水が出してくれた車に乗って、二度、収容所にやってきた。朴定毅はときおり収容所を出て、郭尚勳の家に行って寝たりもした。

蔚山（ウルサン）出身の李圭哲（イギュチョル）は、収容所に収監されていたとき、故郷に行って親に会ったりもした。ある日、夕食を終えてテントの中で休んでいると、誰かが面会に来たと教えてくれた。「面会になんか誰も来るはずないのに」と独り言を言いながら収容所の門を出たら、真っ暗闇の中で「圭哲！」と呼ぶ声が聞こえてきた。二番目の兄のギュボンの声だった。ギュボンは新聞に載った帰国者名簿のなかで、漢字の名前が違っていて半信半疑でやってきたが、とても嬉しいと言って、ポケットから金をつかめるだけつかんで手渡してくれた。そして「この知らせをすぐに母さんに教えてあげなければ」という言葉を残して、また闇の中に消えた。

一日は李範奭総理の下で情報を担当するソン・ヨンピル少尉が訪ねてきて、取調べをすると言って

ともに朝鮮の興南地区に置かれた。一九四五年の解放後、北朝鮮は一方的に南に対する肥料供給を中断し、韓国は自力で生産が可能になるまで化学肥料を全量輸入していた。その後、朝鮮戦争で施設が破壊されたが、中国の支援を受けて復旧した。以降、これまでいく度か工場運営の困難が伝えられたが、数度の改修を経て現在も稼働中とのことである。

呼び出した。中国語が堪能なソン少尉は故郷の知人だった。彼は自分の軍服を渡しながら、服を着替えて故郷に行ってこいと言った。その日の夜はソウルの往十里（ワンシムニ）のソン少尉の家で寝て、翌朝、京釜線に乗って釜山に行った。再び東海南部線に乗り換えて蔚山に到着し、六年ぶりに故郷を訪れた。母は「本当に圭哲かい。おまえが生きて帰ってきたのかい」と抱きしめてすすり泣いた。父に会って挨拶の礼をしようとして、青天の霹靂のような知らせを聞いた。すでにこの世を去っていたのである。

彼の父は、戦争が終わっても息子が帰ってこなかったため、船が入ってくる釜山、馬山（マサン）、鎮海（チネ）などで噂をたよりに尋ね回った。そして病気になって危篤になると、母は占い師のところに行って聞いた。その占い師は、死んだ息子の魂が父に結婚させてくれとせがむので危篤なのだと説明した。母が、死んだ女性との霊魂結婚式をやると、父は「圭哲は生きている」という言葉を残して息を引き取ったという。悲しみに耐えて再び上京した李圭哲は、ソン少尉に会って軍服を返し、また仁川収容所に入った。

五〇数日ぶりの帰郷措置

『東亜日報』一九四九年三月二六日付二面に「ソ連で捕虜だった青年たち／懐かしい故郷に／四〇〇人、今日一斉に分散」という見出しで、次のような記事が掲載された。

日帝下、不本意にも強制徴兵で連行され、解放後、再びソ連に強制労役で連行され、四年の歳月を抑留されて、北朝鮮を経て去る二月四日から南に入り、仁川の京畿道戦災民収容所に収容され、当局の調査を五〇日余り受けていたソ連連行捕虜青年四七七人のうち、犯罪容疑者として一八人を摘発して留め置き、残りの四五九人を二六日、午前九時半、仁川発の列車で各道の警察局に引渡し分散させた。これに先立って二五日午後六時から、同収容所では映画やその他の講演などで送別会を開き、家に戻って一人の国民として大韓民国の建設に貢献することを強調し、それぞれ誓いも固く出発した。同収容所では衣服やその他家まで行く途中の給食としてパンを分け与えた。二六日に分散した青年たちを各道別にみると以下のとおりである。△ソウル市一九人△江原道三七人△忠清南道六九人△忠清北道三三人△慶尚北道五三人△慶尚南道一九人△全羅北道一二六人△全羅南道四六人△済州五人△京畿道六〇人

〔合計すると四六七名になるが原文ママ〕

日本軍に連行され、ソ連軍の捕虜になって死ぬような苦労をした彼らは、懐かしい祖国に戻っても五〇数日以上、筵の床の上で宿泊した後、ようやく釈放された。記事で言及された犯罪容疑者一八人の運命がどうなったかは確認できない。とにかく解放された人々は、北朝鮮から南に三八度線を越えるときのように道別に移動した。

全羅北道扶安（プアン）出身の景俊植（キョンジュンシク）は、全羅北道の道庁社会課から引率者が来たと言った。道庁で事前に告知したのか、全州（チョンジュ）駅前の広場にかなり歓迎の人波ができた。市内の旅館に数日泊まって散髪と髭剃りをした。また扶安郡庁の社会課から人が迎えに来て、町に入って一晩寝て、翌日家に行った。景俊植の場合は順調に家に帰れたが、釜山に行った人たちは待遇がまた違っていた。

李圭哲は同郷出身の一〇人とともに釜山収容所に行った。そこに収容されてしばらくして、みなト

ラックに載せられて、現在、宝水初等学校（釜山市中区宝水洞）の場所にあった憲兵隊に連れて行かれた。取調室に入るとすぐに「壁に向かってうつ伏せになれ」と大声で怒鳴られた。みな身動きできずにひれ伏した。憲兵たちが棍棒を振り下ろすようにして喚いた。李圭哲はただ呆然とした。彼の手記では当時の心境をこう描写している。

千辛万苦の末、九死に一生を得て、夢にも忘れなかった自分の祖国にやってきて、家を目の前にして、ここで殴られて殺されることになるとは、ソ連で死んだ仲間たちのほうがむしろ幸せだと思った。

——李圭哲『シベリア恨（ハン）の歌』

いっそシベリアの凍土で二〇代前半の若い年齢で、恨多き死を余儀なくされた仲間たちのほうが羨ましい気がするほどだったというから、裏切られた気持ちや不安感はどれほどのものだったろうか。殺されても言うべきことは言わねばならない。仁川ですべての調査が終わって解放されたのに、なぜまたこのようなことになるのかと抗弁した。すると憲兵が電話で確認をして、「起きろ」と指示した。食堂に連れて行き、飯と豆もやし汁の食事をさせてくれた後、再び収容所に戻った。釜山収容所で一週間閉じ込められたが、五月一日についに自由の身になった。

北に残った人々、南にやってきた人々

北朝鮮当局は、興南女子高に臨時収容されたシベリア抑留者を対象に、一種の宣伝教育をした。宣伝の強度については、生存者の証言によって印象の違いがある。「できるだけ国のために働け」と積極的に勧誘したという話がある一方、「アメリカの植民地になって貧しいのだから、無駄に南に行って苦労するものではない」と生計を心配するように言ったという意見もある。死地からようやく生きて帰ってきて、家族と再会したいと待ちかねている人々に、北朝鮮当局の勧誘はさほど魅力がなかった。だが、家や家族が南にあるにもかかわらず、北に留まった人々がいた。正確な数はわからないが、民主運動の先頭に立った人々が多かった。

逆に北朝鮮の出身だが、すぐに南にやってきた人々もいる。家族など一族や親戚がすでに南に渡っていて、北にいることが困難になったのである。李炳柱（イビョンジュ）は興南から汽車に乗って平壌の家に直接向かったが誰もいなかった。伯父が住んでいる慶尚北道浦項（ポハン）にみな行ってしまったのである。昔の学校の同窓たちと会って世の中の状況を聞き、彼はすぐに南に向かう決心をした。

汽車で海州（ヘジュ）まで来て三八警備隊に向かった。帰還捕虜証明書を見せ、家族に会いに南に行くのだと事情を説明した。警備隊の軍人は最初から相手にしようとしなかった。「いま、三八度線は蟻一匹も行き来できない。行けば死ぬぞ」と、非常識な人間のような扱いをした。

海州にはシベリアから一緒に来た友人が住んでいた。その友人の家に居候しながら、連日、警備隊を訪ねて事情を話した。警備隊の責任者は李炳柱の粘り強さに感服したのか、「おまえ、ならば死んでも知らんぞ。比較的安全なところを教えてやるから、完全に真っ暗な晦日の夜に来い」と譲歩してく

れた。

北朝鮮の軍人が指示した南行きの経路は翠野（チュイヤ）というところだった。黄海道の海州と苔灘（テタン）の中間地点である。南側の警備がそれでも弱いほうだから、頭を上げずに一晩中這って行くように言った。南に向かって一晩中這って行くと夜が明け始めた。人が一人も見えず立ち上がって歩き始めた。しばらく行くと兵舎のようなものが見えた。階段に沿って登っていくと、哨所で勤務者が洗面器を置いて顔を洗い始めた。見知らぬ青年の出現に驚いた彼は洗面をやめて、銃を持ち出して手を挙げろと言った。李炳柱は、ここは南かと聞き、家族に会いに行かせてくれと言った。

李炳柱はすぐに熊津（ウンジン）警察署の査察課に連行された。幸いなことに取調べの刑事が同郷の人だった。李炳柱が平壌の崇仁商業学校を出たと言うと、刑事は平壌道立商業を出たと言った。同じ年に卒業した間柄だった。刑事は調書をなんとなく取り終えて、何を食べたいかと尋ねた。李炳柱は三年半の間、冷麺が食べたくてつらかったと言った。有名な熊津冷麺を腹一杯食べてから仁川収容所に連行された。南側出身の帰還者がみなそこに収容されていた。依然として閉じ込められる身分ではあったが、互いに嬉しそうに再会した。李炳柱は平壌に立ち寄ってから南に来たと言ったのでより疑われた。特別な指令を受けてきたのではないかと追及を受け続けた。

一年遅れて帰還、豆満江の橋を渡る

一九四八年一二月、朝鮮人捕虜たちが大挙帰還し、ソ連には六〇人程度が残った。いかなる理由であれ、「反動」として名指しされた人々である。董玩（トンワン）は見習い士官として日本軍の将校をしたことが仇

中国・ロシア国境と羅寛國——（左）中国・黒河（ヘイホー）にある国境標示石。川の向こうに見える都市がロシアのブラゴヴェシチェンスク。（右）アムール川（黒龍江）を渡って二度も脱出を試みて失敗した羅寛國が1994年11月に『北海道新聞』取材陣とともに現地を訪れ、凍った川を見ている。

となった。ソ連軍に捕えられシベリアで抑留生活をするときは、ロシア語の実力を認められ作業大隊長になった。生存者たちは董玩をおおむね肯定的に評価した。性格が穏やかで作業大隊長をするときも、とくに問題なくよく働いたというのが大方の評価である。しかし、民主運動が激化し、日本軍の将校だったと「反動」として指摘された。毎朝、反動を象徴するとんがり帽子をかぶらされて吊し上げられた。

李厚寧（イフニョン）は徴兵二期で連行された兵士だが、一九四八年末の一括帰国対象から除外された。天安（チョナン）郡笠場（イプチャン）出身の彼の家は、田が四反しかない困窮なほうだった。それでも勉強するためにチョゴリと黒のゴム靴に木綿の布をまとってソウルにやってきた。苦学して徽文高普を卒業後、満洲国の官吏養成所で二か月間教育を受けた。

戦争末期に京城に出張に来ると、入隊するよう通知が来て、満洲の孫呉（ソンウー）に行った。そこでソ連軍の捕虜になった。董玩が反動にされて苦労しているとき、李厚寧はホールの収容所で作業大隊長を務めていたので、助けてやれる位置にいた。彼は董玩に、外に出て接触しなくてもいい消防署の内勤の仕事を手配した。

羅寛國（ナグァングク）が反動とされた理由は、二度もソ連から脱走しようとした点が決定的だったのだろう。彼は将校出身でも官職でもなかったからである。おかしなことに、ほとんどの朝鮮人捕虜が帰国の道についた直後に、「反動」朝鮮人捕虜六〇人余りがホール収容所からナホトカの海岸のテント収容所に移された。テント収容所は帰国船に乗る前に待機する場所だった。何もせずに一週間が過ぎた。強制作業も別途させることはなかった。あちこちに聞いてみると、朝鮮人捕虜を乗せた船が数日前に出発したという知らせを聞いた。もう故郷に帰る道は完全に閉ざされたという絶望感に囚われた。ソ連軍少佐が現れてみな荷造りしてトラックに乗れと指示した。みな落胆したままホール収容所に戻ってきた。ソ連当局がなぜ「反動捕虜」に対してナホトカに移動させる措置を下したのかは謎である。一度にみな帰そうとして、最後に一部を人質として留めたのか、単なる事務ミスだったのかはわからない。

ホールの収容所には、捕虜たちが大挙帰還した後に反動とされた人々が多く収容されていた。傀儡満洲国の高官、関東軍の上級将校、細菌戦部隊・七三一部隊の関係者をはじめ、清朝の最後の皇帝・溥儀の直属の部下たちもいた。羅寛國は金日成が満洲で抗日パルチザン闘争をするときに参謀長をしていた林守山（イムスサン）〔林秀山とも〕もそこで見かけたと言った。林守山は関東軍工作班の陰謀にかかって投降した後、自ら憲兵工作班として活動していた人である。彼は抗日闘争に協力していた片田舎の住民たちを「通匪分子」（抗日遊撃隊との連携を持つ人々）として捕まえたことで悪名高かった。

一九四九年一〇月下旬、朝鮮人捕虜六〇人余りは、荷物をまとめて集まれという指示を受けた。ほぼ一年前に経験したナホトカでの悪夢が繰り返されるのではないかと不安だった。彼らを乗せたトラックは未舗装の道路を二日かけてヴォロシロフ（現・ウスリースク）の郊外に着いた。翌日ポシェトを経由して豆満江（トゥマンガン）沿岸に到着した。木の橋が川にかかっていた。羅寛國は現場に行って直接見なければ、木の橋があることを人々は信じないだろうと言った。橋の真ん中に白線が引かれていた。それが朝ソ国境線である。

引継者の代表であるソ連軍少佐と引受者の代表である人民軍海軍大佐が握手をした。人民軍の大佐は渡された書類に目を通した後、一人ずつ名前を呼んだ。順番に橋を渡ってついに祖国の地を踏んだ。四年二か月余りの抑留生活を終えて帰ってきた人のなかに、跪いて地面に口づけする人もいた。「同志たち、何してるんだ、早くしろ」と人民軍海軍大佐が独特の方言口調で督促する。聞き慣れた故郷の方言を聞いて、夢ではなく現実であることを実感した。彼らはトラックに乗って洪儀（ホンウィ）に移動し、海軍大佐から一場の訓示を聞いた。再び清津に移されて旅館に二週間収容された。そこで公安当局の調査を受けた後、故郷へと向かった。

帰郷を諦め選んだ日本行き

ソ連での抑留生活から解放されたが、韓国や北朝鮮に戻らなかった人々がいる。だからといって中国・満洲に行ったわけでもなくソ連への残留を選んだわけでもない。行き先は驚くことに日本である。高等将校だったりまた何か事情があったりした人たちである。李昌錫（イ・チャンソク）は徴兵二期生にあたる一九二五年生まれである。しかし、徴兵で連行されず志願兵として入隊した。彼の創氏名は小林勇夫だった。彼の娘・小林泰恵が書いた『李昌錫物語』と、林えいだいが書いた『忘れられた朝鮮人皇軍兵士』をもとに、彼の人生を再構成してみよう。彼は京畿道水原（スウォン）郡烏山（オサン）面で惣菜の商売をする家の三男として生まれた。烏山普通学校に通っていた時代、日本は名前を日本式に変える創氏改名を強要した。日本の性が小林になったのは、彼の両親が選んだのではなく、彼を可愛がってくれた日本人校長のためである。日本人校長の性をそのまま取ってつけたのである。

普通学校六年の課程を終えた彼は、さまざまな雑用をしながら、将来は日本の軍人になろうと思って軍事訓練所に通った。正式の軍事訓練所ではなく、普通学校の校長が希望者を集めて、運動場で週二回、制式訓練〔敬礼や歩行などの訓練〕をさせる課程だった。彼は簡易軍事訓練所に四年通った後、日本軍に志願した。どうせ徴兵で連行されるのだから、志願して早く昇進するほうが有利だろうと考えたという。京城の第一陸軍志願兵訓練所に入所して六か月の訓練を受けた。一九四三年末に令状が出て、一九四四年一月一〇日に満洲・佳木斯（ジャムス）の三浦部隊に入った。入隊後すぐにビルマ戦線に転出命令を受けた新兵は、戦闘に役立たないという理由で除外された。ビルマに移動命令を受けた部隊が搭乗した船舶は、のちに釜山沖で撃沈されたという。彼は佳木斯の富錦（フージン）で終戦を迎えた。

日本が降伏を宣言した直後の八月一八日、中隊長の高山少尉が彼を呼んで、シベリア抑留を予告するような発言をした。高山少尉は「小林君、日本は戦争に負けた。このまま日本に帰ることはないだろうし、おそらくソ連軍の命令でシベリアに行くかもしれない」と言った。彼はまた、ソ連軍と一戦を交えるときのために、おまえたち朝鮮人は故郷に戻らず協力しろと全員に伝えるよう指示した。日本の降伏で朝鮮人兵士たちが動揺しないように先手を打ったのである。

李昌錫が日本軍時代に何をしたのかはあまり知られていない。ソ連軍に武装解除されて移送され、主にハバロフスク地方の収容所を転々とし、一九四九年八月に収容所から逃げた。脱走の動機について、志願兵だったせいで反動にされて耐えられなかったという。集団農場に北朝鮮の労務者が来ていて、彼らと一緒に過ごしたが、ある同胞女性が彼をかくまってくれた。一年が過ぎた後、突然、ソ連の情報要員が訪れ、連行された彼は、軍法会議に回されてサボタージュの疑いで一五年の重労働刑を受けた。彼は二一戦犯収容所に収監された。日本人戦犯が約五〇〇人いて収監者のほとんどを占めており、満洲人の通訳一名、朝鮮人が七、八人いた。彼を含めて約二〇〇人の帰還者を乗せた興安丸が、京都の舞鶴港に到着したのは、一九五三年一二月一日だった。帰還者のほとんどがすぐに下船したが、李昌錫は下船できず、一〇日間、取調べを受けた。とくにソ連で思想教育を受けたのか集中的に調査された。真冬に一か月有効の帰還証明書と少しの金をもらって、初めて日本の地を踏んだ。

何の縁故もない日本で生き残るために彼は懸命だった。日本軍には志願入隊したが、彼は八年間の抑留生活を終えて日本の地を踏んだとき、もはや日本人ではなかった。日本国籍が自動的に剝奪されていたためである。青春の黄金期にあたる一〇年を、日本が起こした戦争で、また捕虜生活から生きて戻ってきたのに、何も歓迎されない外国人として生きて行かざるを得なかった。

肉体労働で日雇い生活をしながら、少し息つく余裕ができると、烏山の家に「生きて日本に戻ってきた」と手紙を書いた。すると母親から「おまえの顔を見るまでは胸の氷が溶けない」という返事が来た。

彼は友人の紹介で三一歳の年に結婚し、京都・宮津市に「小林建設」という会社を立ち上げた。親に会うためにパスポートの発行を受けようと戸籍謄本を送ってもらったが、自分の記録が抹消されていると言われた。朝鮮戦争のとき、官庁の記録が焼失してしまい、生存者のみ再登録したというのである。戸籍の復活に三、四年かかったが、その間、母親と父親が相次いでこの世を去った。彼が故郷の地を再び踏んだのは、一九八五年、居留民団の母国訪問団に参加したときのことである。

彼はソ連崩壊後の一九九二年一一月に、国籍を理由に年金の支払いを拒否するのは不当であると、日本政府を相手に年金受給資格の確認と国家賠償一〇〇〇万円を要求する訴訟を京都地裁に起こした。日本の軍人として八年もシベリアに抑留されたのに、年金や慰労金を支給しないのは差別であり、国際人権規約に違反していると主張した。シベリア抑留と関連して、植民地朝鮮の出身者が日本政府を相手に訴訟を提起したのはこれが初めてだった。

一九九八年三月、一審の判決が出たが棄却だった。一審は、一九五二年のサンフランシスコ講和条約の発効で李昌錫が日本国籍を喪失したため、年金の受給資格がないと理由を明らかにした。また、年金法上の国籍条項は不合理な差別に該当せず、日本の憲法にも違反しないとした。李昌錫は二〇〇一年九月二一日、京都で恨多き人生を終えた。それから一〇か月後、最高裁で最終棄却判決が下された。彼はあの世で安息を得ただろうか。

第11章

朝鮮戦争、再び戦禍に

「もう行かないと逃げ回ったよ」

日本の神戸で発行される『青丘文庫研究会月報』二〇〇九年一月号に、斉藤正樹が寄稿した「シベリア抑留朝鮮人日本軍兵士」という巻頭エッセイが掲載された。彼はこの記事で、自分が積極的に参加した、李昌錫（イチャンソク）の日本政府を相手にした訴訟について触れた。それとともにシベリアから生きて帰国した朝鮮青年たちが、朝鮮戦争に何らかの形で巻き込まれた可能性にも注目した。そして李昌錫がいわゆる「親日派」だったために、妙なことに日本でひとり生き残ったと言えるのではないかと反問した。

死線を越えてきた韓国内の帰還者たちは、ほとんどが朝鮮戦争という超大型台風に直接振り回される立場になった。すべてのものを呑み込む台風から出るには、ただ逃げ回るしかない。帰ってきて郷里の全羅北道益山(イクサン)に定着した金哲周(キムチョルジュ)は実際に逃げ回った。彼がシベリアから帰ってきたとき、家で宴会をやってくれた。何の知らせもなく、みな死んだと思っていたところに戻ってきたのだから、再会の喜びはどれほど大きかっただろうか。彼は朝鮮戦争のときの状況を「軍隊に行ってきたばかりでムシャクシャしてるのに、また軍隊に入れというんだ」と言い、「もう行かないと逃げ回ったよ」と言った。

だが、金哲周のように避け回る空間がある人はまだ幸せだった。ほとんどのシベリア抑留出身者には、再び訪れた自分の人生行路を、自ら選択する権利がなかった。国家権力が命令すれば、死地に入る危険から抜け出すのは決して容易でなかった。やっと祖国に戻ってきて、人生の同伴者と出会って結婚し、子供ももうけ、安息の場所を見つけたかと思ったら、すべてのことがまたもつれ始めた。

日本の軍隊の末端兵士とともにシベリアで捕虜生活を経験し、苦楽をともにした人間たちが互いに銃口を向け合うことになったのである。単に南か北のどちらか一方に所属して、戦闘に参加するだけにとどまらなかった。帰還者たちは、日本の植民地支配を受けて満洲で生業に従事し、ソ連で収容所生活を体験したので、日本語、中国語、ロシア語を話せる人が少なくなかった。彼らの語学力が、妙なことだが、戦争に関与する仕方をはるかに複雑で多様にしたのである。

野戦病院で会った昔の仲間

李圭哲(イギュチョル)の手記『シベリア恨(ハン)の歌』は、仁川(インチョン)収容所、釜山(プサン)収容所を経て、釈放後も悪夢に悩まされるという話で締めくくっている。したがって、故郷に戻ってきてどのような苦難を経験したかについては言及がない。それを見るためには林えいだいの本を参照するしかない。李圭哲は故郷で体力を回復させながら、商売をする二番目の兄の店の仕事を手伝った。南北関係がますます険悪になると、いつまた軍隊に行かされるか不安になった。学校の教師になれば軍に入隊していなくてもいいと考え、一九四九年六月にテファ国民学校に職を得た。

一九五〇年六月に南侵を開始した北朝鮮の人民軍が、怒涛のような勢いで降りてきて、蔚山（ウルサン）まで進入する勢いだった。すべての国民学校が門を閉じ、テファ国民学校は臨時陸軍病院に変わった。李圭哲は家族を連れて釜山に避難しようとしたが、教師たちに全員待機しろという指示が下されて避難できなかった。教室はもちろん廊下も負傷者たちで一杯だった。

ある日、負傷兵が担架で運ばれてくると、李圭哲は思わず走って行った。右目が砲弾の破片に当たってなくなり、顔に斜めに包帯が巻かれていたが、興南（フンナム）の埠頭に一緒に戻った仲間であることがすぐにわかった。二人の間に会話が続いた。

「君、どうしたんだ。また軍隊に入ったのか」

「そうだよ。おまえはなぜここにいるんだ？」

「この国民学校の教師をしているのさ。まったく、こんなところで会うなんて」

「君は入隊せずに済んでいいな。シベリアからやっと命拾いして戻ってきたのに、また戦争だなんて、本当に縁起でもないぞ」

「戦争はもううんざりだ。おまえは運よく命拾いしたからいいよ。片目でも残っていれば、大変なことはないよ」

——李圭哲『シベリア恨の歌』

李圭哲が慰労の言葉を投げかけると、彼のもう片方の目から大きな涙粒が落ちた。帰りにシベリアの仲間にまた会った。かなり親しく過ごした張白龍（チャンペクリョン）だった。抑留中に小隊長を務めた彼も重傷を負った。李圭哲はあまりに衝撃を受け、数日休まざるを得なかった。

北朝鮮人民会議代表一家の脱北

咸鏡南道利原（イウォン）の郷里に戻った金起龍（キムギヨン）は、利原女子中にロシア語の教師として配置された。北朝鮮は英語の授業をなくし、代わりにロシア語を教えさせた。だが、ロシア語ができる人がほとんどいなかったので、教師を探すのが難しかった。緊急措置として中等教育以上を受けた人々を対象に、六か月間の講習を受けさせて採用した。ソ連現地でロシア語を身につけた金起龍は、当然、適任者とみなされた。

北朝鮮駐留のソ連軍は、北朝鮮の政権樹立後の一九四八年一〇月に撤退を始め、その年の終わりに撤退を完了した。利原郡にいたソ連軍もほとんどすべて戻り、通信兵が二人だけ残った。ロシア語がよく通じない田舎に残されたソ連の兵士二人は、よく金起龍を訪ねてきて異国での孤独を癒した。彼らは彼に案内させて利原郡の労働党の党舎を訪れ、自らの処遇を改善してほしいと要求した。

北朝鮮の政権初期、ソ連の影響力は絶対的で、利原郡でロシア語ができる金起龍の比重もますます大きくなった。利原郡人民委員会で彼をロシア語講師として招聘した。政治保衛部は党籍もない人間がどうして人民委員会で教育するのかと文句をつけてきた。のちに、忠誠心を疑っていた政治保衛部さえ、職員たちにロシア語教育をしてくれと要請してきた。政治保衛部は揉めごとの素地をなくすために、労働党に加入すればソ連に留学できると入党を誘った。彼は父親が朝鮮民主党の幹部だったので、労働党への入党を拒否した。当時、利原郡人民委員会の委員長は労働党出身が務め、彼の父親・金漢雄（キムハヌン）は副委員長を務めた。

金漢雄はすべてが労働党中心に決定・執行される北朝鮮の実状に失望し始めた。国軍と国連軍が北朝鮮に入ったが、再び南に撤収を開始すると、人民委員会副委員長の身分だったにもかかわらず南に行くことを決心した。一九五一年の一・四後退のころ、夜中に家族を家の漁船に乗せて遮湖（チャホ）港を出た。北朝鮮の警備兵が申告せずに出ていく漁船を見て銃撃を加えてきたが、無事に闇の中を抜け出てきた。沿岸を離れて続けて南に下っていくが、波がかなり激しかった。米海軍の軍艦に会うこともなかった。脱出して三日目に南の江原道の注文津（チュムンジン）港に入り、船一杯に積んできたスケトウダラを、米などの食料と物々交換した。再び南下を続けて、墨湖（ムッコ）、竹山（チュクサン）、浦項（ポハン）を経て慶尚北道の九龍浦（クリョンポ）に入った。

利原出身の難民たちが南にやってきたという噂が出回ったのか、国会議員の一人が九龍浦にやってきた。利原出身で制憲議会選挙のときに京畿道楊州（ヤンジュ）乙選挙区から無所属で出馬して当選した李鎭洙（イジンス）だった。彼は第二代選挙のとき、同じ選挙区から大韓国民党所属で出馬して再選に成功した人である。

彼が帰ってから数日後、浦項憲兵隊がやってきて金漢雄を逮捕した。避難者のうち誰かが李鎭洙議員に、人民会議の代表が紛れ込んでいると言ったようである。金起龍はそのときのことを考えると怒りが収まらない。南の事情をきちんと知っていたら、自ら進んで九龍浦のＣＩＣ〔Counter Intelligence Corps＝米軍防諜隊〕に行って政治亡命を要請したのに、そこまで考えが及ばなかったのである。

金漢雄は拘束されて慶州(キョンジュ)刑務所に収監された。裁判は大邱(テグ)で開かれた。戦時の状況でややもすると命を失うこともある緊急事態だった。南側に特段、縁故者がいない家族としては不安な日々が続いた。このようなときはやはり同郷人しかいなかった。利原出身の姜元龍(カンウォンリョン)牧師が大物弁護士を紹介してくれた。

姜牧師は、満洲・龍井(ヨンジョン)の恩津(ウンジン)中学校で、詩人の尹東柱(ユンドンジュ)、文益煥(ムンイクファン)牧師などとともに学んだ。当時、教師兼牧師だった金在俊(キムジェジュン)牧師の感化を受けて、解放後、ソウルに来て韓国神学大（現・韓神大）を出た。キリスト教界の若い指導者として左右合作運動にも関与した。

姜牧師の紹介で弁護を引き受けてくれたのが林文碩(イムムンソク)だった。日帝時代に京城帝大を出て、高等文官試験の司法・行政の両科に合格し、地方官僚として出世街道をひた走った人である。解放後には弁護士に転身して大邱弁護士協会の会長を務め、一九五〇年には民国党慶北党最高委員になった。大邱で第四代・第五代の委員に選出され、民主党旧派系列として六〇年代半ばまで野党政治家として活動した。大物の人士を弁護士に選んだためか、金漢雄は懲役二年・執行猶予五年で釈放された。

米軍の食堂の次に海軍情報局で仕事を得て

父親が収監されている間、金起龍一家は釜山市東区草梁洞(チョリャンドン)の由緒ある草梁教会で暮らした。教会付設のサミル幼稚園に、他の避難民二〇〇数名とともに、恥を顧みずに入ってそこで暮らした。彼は釜山三埠頭に出て荷役労働者として働いて生計を立てた。当時、米軍の軍需物資が山のように積まれていた三埠頭はまさに無法地帯だった。戦争の渦中に生活の基盤を根絶やしにされ、人々にとってそこは一つの命綱でもあった。

ある日、釜山の陸軍特務隊の要員が訪れ、金起龍をいきなり連行した。北でどのような指令を受けてきたのか、自白しなければ生きて帰れないと威嚇した。隣の部屋では拷問を激しくやっているのか、不気味な悲鳴が聞こえてきた。彼は怖くなって、自分の一家が南に来た事情を説明した。収監中の父親が人民会議の代表を務めたが、北朝鮮の政権に反対して南にやってきたと言った。

また妙な生き地獄が始まったかと焦ったが、小さな縁が彼を危機から救った。尋問していた陸軍大尉は、かつて利原郡の遮湖で暮らしたことがあった。時計の修理工をしていたという尋問官が、利原でゴロツキとして知られた「カクパウ」の話をした。金起龍がカクパウのことをよく知っていると言うと、彼はびっくりして「おまえはカクパウのことを知っているのか」と聞き返した。それで調査は事実上終わった。殴打もされなかった。大尉は「すぐに処刑することもあるが、帰してやる」と彼を解放した。金起龍は、ゴロツキたちの間に通じる義理のおかげで、自分が助かるとは夢にも思わなかった。

サミル幼稚園の隣にあった草梁国民学校に、米七港湾司令部が入ってきて建物を使用した。サミル幼稚園の難民キャンプには、警察や軍の捜査機関が頻繁にやってきた。兵士や国民防衛軍に送る青年たちを選ぶために、若い男たちを連れて行った。取締りが始まると金起龍は草梁国民学校のほうに身を隠した。

赤ら顔の米軍の歩哨と話を交わし、彼が第二次世界大戦時にアメリカに逃げたロシア系の兵士であることがわかった。ロシア語で話しかけると歩哨は驚いた。歩哨の紹介で七港湾司令部の米軍の食堂で従業員（KP、kitchen police）として働くことになった。

待遇はたいしたことなかったが、歩哨が見逃してくれれば、米軍が食べ残した食べ物をみな持ち出すことができた。その食べ物を避難民同士で分け合って食べたが、ときどき分配のやり方をめぐって事件が起きた。不満を持つ人が捜査機関に、某氏の行跡があやしいと密告するのである。

金起龍は米軍の食堂で一年ほど働き、生涯の伴侶に出会って結婚した。再びK９水営（スヨン）空港に移って労働者として働き、英語力を認められて下士官クラブでマネージャーを務めた。ろくな仕事がなかった当時にしては、豪華版の職場とも言えた。だが、その職場にも長くいられなかった。警察が入口で出入りする人間の身分証明書を調査するなど、検問が多かったからである。南にやってきて、軍服務の経験有無の問題が解決していないことが、彼としては大きな不安の種だった。

ある日、新聞に、海軍本部戦史編纂室で文官を採用すると出ていた。彼としては身元の問題を整理できる絶好の機会だと思った。いつ捜査機関に連行されて拷問されるかわからない恐怖から自由になりたかった。だが障壁が一つあった。受験資格を大卒に限っているのである。彼は目を閉じて一度だけ嘘をつくことに決めた。履歴書に日本で大学を出たと書いた。戦争中なので身元照会は容易でないだろうと判断した。

面接を受けて論文を出して審査を受けた。審査に通過すると、また軍機関で身元照会をした。再びソ連で捕虜生活をしたこと、帰還した後、北朝鮮でやった仕事などを一つひとつ陳述した。すべての手続きが終わると、戦史編纂室ではなく海軍情報監局で採用すると連絡が来た。日本語、英語、ロシア語を駆使する彼の能力を高く評価したのである。

文官に採用された彼は、米軍の新聞『星条旗新聞』（*Stars and Stripes*）に掲載された記事や、ソ連海軍の艦艇の移動状況などに関する通信文を翻訳した。四、五人が翻訳の仕事をするが、ロシア語が理解できるのは一人だけだった。そこで一九五三年から七年間、文官として勤務した。文官の給料で生活はギリギリだったが、心だけは安定を取り戻すことができた。

米軍KATUSAの一期生になる

南に来た李炳柱(イビョンジュ)は、曺晩植(チョマンシク)先生の下で働いていた王超山(ワンチョサン)に釜山で会った。王超山は、ソ連占領軍が曺晩植先生をひどく圧迫すると、南にやってきて、朝鮮民主党慶尚南道党の看板を掲げて活動した。李炳柱は故郷の先輩である王超山の秘書として働きながら、釜山の東亜大文科二年に編入した。当時、戦時連合大学二期が設立されて合同で講義を聞いた。洛東江(ナクトンガン)を境に国軍と人民軍の間に熾烈な激戦が繰り広げられ、双方で人命被害が深刻だった。とくに第一線で兵士を指揮すべき初級将校たちが、大量に死んでいった。

釜山地区戒厳司令官の劉升烈(ユスンニョル)が大学生たちに学徒兵として志願するよう促した。劉升烈は日帝時代に日本の陸軍士官学校を出て大佐まで務めた軍人で、国防部長官を務めた劉載興(ユジェフン)の父親である。学生たちは戒厳司令官の勧めに、互いの顔色を見て大挙志願し始めた。日帝末期に関東軍に徴兵で連行された李炳柱が、今度は学徒志願兵になった。集合日時に合わせて釜山港に行くと、大きな客船が待機していた。その船に乗った一行は約一八〇〇人に達した。横浜港で下船して、群馬県の太田にある米七師団司令部に行った。

英語で「左向け左」「右向け右」式の徒手訓練が続いていたある日、米軍将校が二〇〇人を呼んで前に出ろと言った。呼び出された人々はトラックに乗って駅に行き、また汽車で移動した。どこに行くのかまったく説明がなかった。韓国人訓練兵たちは、護送する米軍がタバコを吸う姿を見て「あいつら、自分たちだけ吸うのか」とひそひそ話をしていた。李炳柱が行って、引率の米軍中尉に、少しタバコをくれないかと声をかけた。効果は抜群だった。うっかり忘れていたと言って、タバコをずいぶんと分けてくれた。

新たに配属された部隊は、横浜にある米一軍団直轄五一通信大隊だった。米軍将校は四〇人ずつ五個小隊を編成して、自主的に中隊長を選ぶように指示した。互いの顔色を見てもじもじしていると、さっき米軍からタバコをもらった人を中隊長にしようという提案が出された。李炳柱がいきなり中隊長になった。正式の中尉に任命されたわけではないが、指揮官を象徴するライン四本の軍服を支給された。小隊長にライン二本の軍服が出された。午前は徒手訓練をして、午後には通信線を巻いたり設置したりするなどの教育を受けた。彼ら二〇〇人は国軍の軍番ではなく米軍傘下の軍番を受けた。KATUSA（米陸軍韓国軍兵）の一期生になったのである。李炳柱はいまでも自分のKATUSAの軍番四〇〇五四を記憶している。

訓練を終えた彼らは船に乗って釜山に上陸した。大邱のテフン国民学校に通信大隊臨時本部が設置され、かなりの通信機器が入った。李炳柱にはジープまで支給された。進撃する米軍について平壌（ピョンヤン）に入るとき、米軍の運転兵がよそ見をしたために、ジープが転倒して手首を折る傷を負った。すぐに飛行機で富平（プピョン）野戦病院に搬送され治療を受けた。彼が戻って部隊員たちと合流したときは、鴨緑江（アムノッカン）を越えて参戦した中国の義勇軍が、国軍と米軍に奇襲攻撃を開始したころだった。不意の攻撃を受けて米軍は戦列が乱れ、後退を繰り返した。五一通信大隊は後退を重ねた末に金海（キメ）〔釜山近郊〕まで南下していた。韓国人中隊では部隊としての体裁維持が難しいほど離脱者が続出した。

一日は部隊長のジェンキンス少佐が李炳柱を呼んで、韓国人部隊員の数が急激に減少して、部隊の維持が困難だと言った。そして推薦状を書いてやるから他の勤務先を調べろと言った。李炳柱は故郷の先輩の助けを借りてしばらく特務隊で服務し、慶州にある予備士官学校に入校した。任官に二か月の期間が必要だったが、戦時なので一か月でいわゆる階級章をつけた。その後、武功勲章を受けて大尉まで昇級した後に除隊した。彼はこのようにして、日本軍、KATUSA、国軍など三つの軍番を持っている。

警察署長のスパイ操作劇に巻き込まれそうに

堤川（チェチョン）が故郷のS某は仁川の戦災民収容所で釈放され、道庁から来た引率者について、忠清北道出身の仲間たちとともに一度、清州（チョンジュ）に行った。幸いなことに姉の夫が車を持っていて、その車に乗って故郷に行った。彼の家は堤川でかなり資産がある有力な一族だった。田舎でも左右両翼が鋭く対立して雰囲気が尋常ではなかった。ソ連から来たので右翼系の団体からの彼を見る目もいいものではなかった。

家で一か月ほど休んでいると、郡守に食事をしようとよく呼び出された。延禧（ヨニ）専門学校〔現・延世（ヨンセ）大〕を出て学徒志願兵として入隊し、日本軍の見習い士官をした経験があるので、大韓青年団〔韓国建国直後に結成された右翼青年団の一つ〕の幹部たちの訓練をやってくれと言われた。彼は陸軍少尉の階級章をつけて、大韓青年団配属の将校として勤務しながら団員たちを訓練した。

朝鮮戦争が起きる前年のある日、青年団の事務室にいると、家から小使いの子供がやってきて、客が来たと知らせてくれた。家に行くと、抑留時代に中央アジアのタシケントで一緒にいた青年が一人、ドアの後ろに立っていた。忠清北道陰城(ウムソン)の人だが、興南女子高で収容生活をした後、なぜか北に残ると言った。当時、S某は理解できずに彼を呼んで理由を尋ねた。彼はS某を「班長」と呼んで気まずそうにしていた。

「おまえ、残るんだそうだな」

「ええ、班長、家に帰って農業をしても、せいぜい小作人でしょうし、苦労するだけですよ。ここで工場に勤めれば、スーツも着て、充実した生活ができるから残りますよ」

「でも、親兄弟はいないのか」

「親も小さいときの親ですから」

北に残ると言っていた人間が南にやってきたので困惑した。戸口で話し続けるのも何なので部屋に連れていき、夕食の準備をしてくれと言った。どうしたのかと聞くと、二次で送還されたという。新聞で二次送還のことは見ていないと聞き返すと、彼はこっそりと近づいてきて、奇妙な話を打ち明け始めた。

「班長、実は江東(カンドン)政治学校で訓練を受け、月岳山(ウォラクサン)でパルチザンとして活動していて、戦闘警察の急襲を受けてバラバラになりました。銃を隠してあちこちで聞いてきたんですが、五〇〇〇ウォンだけ頂ければ、寧越(ヨンウォル)の炭鉱に行って鉱夫として隠れて暮らしますよ」

S某はその話を聞くと体が震えてきた。仕方なく、母親に言って金をもらってくるから飯でも食えと言って立ち上がった。すると彼はすっと立ち上がってしがみつき、「私が大罪を犯しました。実は山から降りてきたのではなく、警察に捕まっています」と言った。

彼が告白した前後の事情は呆れたものだった。警察がS某に罠をかけようとやらせたのである。警察で彼は「S某を知っているか」という訊問に、「捕虜生活のとき班長だった」と言った。そう言うと、訪ねて行って、寧越炭鉱に隠れるからと言って、五〇〇〇ウォンもらってこいとやらせたというのである。彼は金を渡さずにすぐ警察署に届け出るように言った。そう言うとようやく疑いが解け、金を渡すと大変なことになると言った。電話をかけると二人の刑事がすぐに現れ、彼に手錠をかけて連行した。S某がついていこうとすると、刑事は「今日はどうか来ないでくれ」と言った。

まったくもって呆れたものである。軍服を着た将校なのに、警察が濡れ衣を着せて捕まえようとしたのである。途中にある青年団の事務所に入ると、ちょうど堤川駐留の憲兵隊長が来ていた。憲兵隊長が「顔色がよくないな」と言うと、彼はしばらく沈黙を守り、そして口を開いた。

憲兵隊長は激怒した。「将校さんが捕まえた捕虜を、どうして警察署に渡すのですか」と一緒に行こうと先頭に立った。署長室に他の人は入れないようにして、憲兵隊長だけが入った。しばらくして語調が互いに高くなると、什器が割れる音がした。結局、けんかは憲兵隊長の判定勝ちに終わった。彼は「ソ連から来た人間だから、疑いたい気持ちはあるだろうが、共匪〔北のスパイ〕を使って試すのであれば、相手は軍人なのだから、少なくとも憲兵隊に連絡する必要があるのではないか」「もし五〇〇〇ウォンを渡していたら、おまえ、将校をひとり殺していたのではないか」と問い詰めた。

言葉を失った署長は、苦しまぎれの答えを並べた。署長が平謝りに謝罪して一段落したが、S某としては背筋がぞっとするような経験だった。いつどんな目に遭うかわからない、薄氷を踏むような運命だということを痛感した。

朝鮮戦争が勃発したとき、彼は国民防衛軍に編入され、釜山に行って政訓課に勤務した。放送局に行って、第二国民兵の召集について解説する仕事だった。一九五一年初めにいわゆる国民防衛軍事件が起きた。政府は戦線に送る兵士を確保する名目で、満一七歳以上・四〇歳未満の男子を総動員する国民防衛軍の編成を推進した。しかし、予算の不備と幹部たちの公金横領などで数万人が飢餓と寒さで死ぬという惨事が起きた。国民防衛軍が廃止されると、彼はまた青年団の配属将校に戻った。

S某を謀略の危機から救った帰還者の後輩の運命はどうなったのか。警察にまた連行された後、積極的に協力し、パルチザン数人を射殺することにも功をあげ、功労金までもらった。忠誠心を認められて、故郷に戻って暮らせるようになったという。戦争がまた起こっていなかったら、おそらく穏やかな人生を生きていただろう。しかし、朝鮮戦争が彼の運命を終わらせてしまった。結局、彼は南下してきた人民軍に射殺された。

北に残してきた妻の消息、スパイに聞き

羅寛國（ナグァングク）は、他の仲間たちよりも一〇か月ほど遅れて、一九四九年一〇月に帰国し、黄海道沙里院（サリウォン）の家に帰った。四年余り待ってくれた婚約者とその年末に結婚した。もう試練は終わったと信じていたが、また戦雲が漂い始めた。戦争準備のための総動員体制の構築に身体検査が実施された。ソ連で数年間抑留され、結婚した身分でも何の関係もなかった。彼は人民軍に連れて行かれる前に、シベリアで一緒に過ごした同郷の友人・孫澤洙（ソンテクス）と正方山（チョンバンサン）に逃げた。黄州（ファンジュ）郡と鳳山（ポンサン）郡の境界にある正方山は、有名な歌曲「成仏寺（ソンブルサ）の夜」に出てくる寺院・成仏寺のあるところである。

山に隠れて暮らしていて、北進する国連軍を迎えた羅寛國は、米軍部隊に入って通訳になった。咸（ハム）

興（フン）まで上がると中国義勇軍が大挙参戦して米軍が後退し始めた。彼は沙里院に行って、親を連れて一度、南に逃げることにした。問題は妻だった。臨月の身なので、厳しい冬の寒さで移動するのは危険だった。妻に「しばらく避難して戻るから待っていてくれ。長くても一、二か月で終わるだろう」と言って出発した。

そのときのことを考えるといまでも自分がうらめしい。死ぬ覚悟をしてでも一緒に連れてくればよかったと、生涯の恨として残った。彼は自ら「肝心なときに役に立たない」と叱責し続けた。冷徹に情勢を判断したならば、米軍と国軍が再び北上できないだろうことくらいわかっていたはずなのに、そのときは思いが及ばなかった。その後、二度と妻の顔を見ることはなかった。戦争が終わってしばらく後、彼の同窓生がスパイとして南に来て自首した。彼は、妻が娘を生んだと伝えてくれた。

ソウルに到着して釜山に避難するときは比較的たやすく行けた。叔父が当時、国会事務処の課長で、国会列車に乗ることができた。釜山・東光洞（トングァンドン）の四〇階段の近くにテントを張って仮住まいを準備した。避難民をすべて巨済島（コジェド）に連れて行くというので、影島（ヨンド）に並ぶ倉庫に移動させた。羅寛國は釜山の米港湾司令部で米軍の通訳をしていた。

彼は朝鮮戦争のとき、日本軍が参戦したと信じている。日本の掃海艇（海に設置した機雷など危険物処理に使う船舶）が停泊しているのを目撃したし、日本人たちと一緒に酒を飲んで話を交わしたこともあったという。日本人は軍服でなく私服を着ていて、その内幕を知っている人でなければ、日本軍なのかわからなかっただろうという。

戦争のおかげで帰郷

李厚寧（イフニョン）は羅寛國のように豆満江（トゥマンガン）の木橋を渡って戻ってきた。羅寛國は故郷の沙里院に直接戻ることができたが、彼は行く手が阻まれてしまった。天安（チョナン）郡の北面（プクミョン）に家があったからである。ソ連で四年以上捕虜生活をして、母に会いに行けない哀れな身分になった。帰郷を断念し、平壌の通信機械の製作所で仕事を得た。

彼が故郷に戻ってこられたのは、逆説的に北朝鮮の金日成（キムイルソン）政権が戦争を起こしたおかげ（？）である。国軍と国連軍が仁川上陸作戦をきっかけに反攻を繰り広げて北進すると、北朝鮮の行政機関と作業場の規律が大きく乱れた。南側の軍隊の平壌入りが現実として近づくと、職場から消える人々が急激に増加した。李厚寧も隙をうかがって妻を連れて南行きを始めた。

彼は故郷に戻って隠れて暮らしていた。一九五一年の初めだったか、妻の臨月が近づいて、ワカメを入手しようと、薪をかついで天安の笠場（イプチャン）市場に出かけたが、西北青年団〔韓国建国直後に結成された右翼青年団の一つ〕に捕まって死ぬほど殴られた。ほとんど瀕死の状態になったとき、ようやく派出所から人が来て、連れていかれると、まずはこれでも飲めと唐辛子粉の水を飲まされた。一晩寝て出てくると、薪は跡形もなく消えていた。出産した産母にワカメ汁も作ってやれなかった。子供は生後二か月で死んだ。下痢が続いたのに下痢止めも買ってやれず、打つ手がなかった。彼の胸に深い心の傷ができた。

「パルチザン？　いくらなんでも告発できなかったよ」

元鳳載（ウォンボンジェ）の故郷は朝鮮半島で冬に最も気温が下がるという平安北道（現・慈江道）中江（チュンガン）である。徴兵二期で日帝の敗北直前に満洲の孫呉（ソンウー）で入隊した彼は、ソ連に連行された後、栄養失調で数回死にそうな目に遭った。やっと体力が回復した後、収容所では文化部に所属し演劇活動をかなりやった。社会主義体制において演劇は、重要な宣伝・煽動手段の一つである。理念的色彩が演劇の内容に強く反映されざるを得なかった。元鳳載は演劇に興味がある仲間二〇人とともに劇団をつくって熱心に活動した。収容所対抗演劇競演大会に出て一番になったこともある。でもまた言いがかりをつけられて、文化部から追い出され、また使役に出かけることになった。

一九四八年一二月末、他の仲間たちとともに興南にやってきた。興南女子高に臨時収容されたが、釈放後、三日も列車を乗り継いで故郷に行く途中、家族がみな南に行ったという話を聞いた。他に行くあてもなくそのまま中江に行った。知人の家に居候して飯をもらった。彼の記憶では、一九四九年三月まで、南北間の手紙のやりとりが可能だったようである。ソウルにいる兄に手紙を送ったら返事が来た。平壌に行って某に会って南に来いという内容だった。

帰還当時にソ連でもらった刺し子の上着を着て平壌に行き、収容所の昔の仲間に会った。民主運動に積極的に率先したキム・ジェドクだった。ソ連共産党史をスラスラと暗唱するほど記憶力が優れた人間である。本の何ページの何行目から何行目までどんな内容が書いてあるか、そらんじて言えるほどだった。興南に到着して思想的な忠誠心を認められたのか、彼は政治保衛部の少尉に任官された。

元鳳載に会った彼は、収容所時代の演劇活動を思い出したのか、国立劇場に入って幹部として働くよう勧めてくれた。話を聞いてみるとかなりいい待遇の仕事だった。元鳳載は数日後に会って話をしようと約束し、その日の夜に平壌を離れて海州(ヘジュ)に向かった。あらかじめ聞いていた飲み屋に到着して、暗くなるのを待った。三八度線を越えて南に行く人が、行商人も含めて合計九人だった。道案内人に出す手数料は一人当たり三〇〇〇ウォンだったが、元鳳載は捕虜生活から帰ってきて金がないという理由で二〇〇〇ウォンだけ出した。夜の一一時に出発して休まず四時間歩いて南に到着した。

朝鮮戦争のとき、元鳳載は国軍一一師団の法務部で働いた。一日は全州(チョンジュ)近隣で仕事を終えて帰ってくると誰かが呼んだ。振り返るとキム・ジェドクだった。自分の家に行こうと言うのでついていった。小川の横にある部屋二つのさびれた家だった。着る物と寝具だけがあって、他の家財道具はほとんどなかった。ふと工作員として南に来たのではないかと疑った。キム・ジェドクは元鳳載の心を読んだのか、自分は自首したのだと言った。元鳳載はあやしいという気はしたが別に申告はしなかった。ソ連に連行されて一緒に苦労したので、とても告発する気にはなれなかった。その後の消息は聞いていない。南で静かに暮らしたのか、パルチザンをやって死んだのか、それとも北に行って出世したのか、知りようもなかった。

第12章 故郷に戻らなかった人々——柳學龜と呉雄根

韓ソ首脳会談の通訳を急遽務めた柳學龜

韓国がソ連と国交を正常化したのは一九九〇年九月のことである。これに先立って金泳三(キムヨンサム)民自党代表が一九九〇年三月にモスクワを訪問して、ゴルバチョフ大統領に会った、また三か月後、盧泰愚(ノテウ)大統領とゴルバチョフの、史上初の歴史的な韓ソ首脳会談がサンフランシスコで開かれた。北方外交に奔走していた盧大統領が、ワシントンで米ソ首脳会談を終えて帰国するゴルバチョフに会うために、サンフランシスコに行ったのである。[21] 会談の進め方について「儀典上の欠礼」だという指摘が出たが、分断国家の首脳が大国の首脳に初めて会うのに、対等な条件などあるわけがなかった。

その年の年末、ゴルバチョフのペレストロイカ政策で、変化の渦が起こっていたモスクワに、盧泰愚大統領が入った。韓国の首脳としてはもちろん初のソ連訪問だった。盧泰愚政権の北方外交と、危機に陥った国内経済を打開するために、韓国の経済支援を待っていたソ連指導部の計算が合って、韓国とソ連首脳部との間の接触が頻繁になったときである。

盧大統領の主な日程は一二月一四日に集中した。クレムリン宮殿で午前中に首脳会談を行い、午後にモスクワ大学で演説した。夕方にはクレムリン宮殿で晩餐会が開かれたが、このとき「小さな事故」が起こった。盧大統領の随行員の通訳が、晩餐会場から突然出て行ってしまったのである。当時、外務部にはロシア語をうまく駆使する外交官がいなかった。アメリカでロシア文学を専攻して博士号を取得した某氏を、急遽、二級外交官として特別採用した。首脳外交の通訳として抜擢されたこの女性は、通訳の仕事に慣れていないせいか、前日の行事で語感を誤って伝えたという指摘を受けていた。

晩餐会場で盧大統領の演説通訳が、急遽、ソ連側の通訳である在ソ同胞の柳學龜（リュハック）に任された。ソ連側の要求ではなく韓国側が要求したのである。おそらく盧大統領が事前に準備したスピーチを朗読せず、即席で演説をすれば、韓国側の通訳では問題があると判断したようである。某氏は侮辱されたと思ったのか、晩餐会場から出て行ってしまった。首脳の訪問に伴う公式行事の参加者は、警護問題のために勝手に移動することができない。某氏は一人で宿泊施設に戻ると言って、韓国側の警備員らと

---

21 「北方外交」とは、一九八八年から韓国政府が推進した対共産圏外交政策で「北方政策」ともいう。これをもとに東欧諸国（ハンガリーと一九八九年、ユーゴスラビアと一九八九年など）、ソビエト連邦（一九九〇）、中華人民共和国（一九九二）などの社会主義国と関係改善を図り、国交を正常化した。また、この過程で南北朝鮮は一九九一年に国際連合に同時に加盟した。これらの流れの大きな前提としては、朝鮮半島の周囲の大国が南北朝鮮をクロス承認してそれぞれに国交を正常化するという議論があった。結果、中国とソ連はこのとき韓国と国交を結んだが、日本とアメリカは北朝鮮と外交関係を正常化できずに現在に至っている。

揉めていた。彼女は翌日、盧大統領のレニングラードでの日程に参加することを拒否した。柳學龜が通訳の仕事を引き継いだ。

在ソ同胞といっても柳學龜はソ連国籍で、「世界経済および国際関係研究所」（IMEMO）の韓国担当課長だった。いくら言語要員がいなかったとしても、ソ連市民が韓国側の首脳の通訳を担当するのは異例のことである。彼は金泳三民自党代表がソ連を訪問したときも通訳を務めた。金代表が夜中に急に連絡を受け、クレムリン宮殿に行ってゴルバチョフに極秘裏に会ったとき、連絡してくれたのが柳學龜だった。当時、金泳三代表が急遽クレムリン宮殿に行くことになったために、盧泰愚大統領の親書を持った朴哲彦（パクチョルオン）政務長官が付いて行けず、親書の伝達が失敗に終わるという騒動が起きた。

柳學龜は韓国語通訳だけをやったのではない。彼の日本語の実力は、モスクワ駐在の日本の外交官や特派員を驚かせるほどだった。安倍晋三（あべしんぞう）元首相の父親で、日本政界の実力者だった安倍晋太郎元外相が、一九九〇年一月にソ連を訪問し、ゴルバチョフと会談したときも、通訳は柳學龜だった。安倍晋太郎は、日本敗戦後にA級戦犯として拘留され、一九五〇年代に首相として華麗に復帰した岸信介の娘婿である。

「ソ連に残る」

柳學龜とはいったい誰か。彼は高麗人（カレイスキー）ではなくシベリア抑留者の一人である。ほとんどの朝鮮の青年たちが三年余りの捕虜生活の末、故郷に帰ったとき、彼はソ連残留を選んだ。分断した祖国でどちらか一方を選ぶのが困難だったようである。彼は慶尚南道晋州（チンジュ）で生まれて晋州高普を卒業した。日本の大学に進学しようとしたが、学費の調達に問題が生じると、官費で支援が出る満洲国立大学ハルビン学院に入ってロシア語を専攻した。

ハルビン学院は、日本の外務省傘下機関である日露協会が一九二〇年に設定した、ロシア語を集中的に教育し、ソ連（ロシア）専門家を養成する学校である。一九四〇年には大学に昇格して満洲国立大学ハルビン学院に名称を変えた。柳學龜は日帝崩壊を五日後に控えた一九四五年八月一〇日に関東軍に入隊し、ソ連軍の捕虜になった。

彼はハバロフスクなどで抑留生活をしながら、ロシア語の実力を認められ、他の四人に比べて比較的順調に過ごした。羅寛國（ナ・グァングク）は『新東亜』に掲載された手記で柳學龜の印象を書いた。羅寛國は一次脱出に失敗してから、同調者三人とともにミハイロ・チェスノコフスカヤ収容所に移送された。彼は収容所の大隊長に転属申告をするために、代表として大隊本部を訪れた。朝鮮人捕虜だけが収容されたこの場所でも、日本軍の組織編制がそのまま維持されて、捕虜代表を「大隊長」と呼んだ。

大隊長は、一八〇センチもある大きな背丈に、インテリ特有の澄んだ印象を与える。ソ連軍の通訳をしていたが、朝鮮人専用の収容所ができて、責任者としてやってきたのである。性格が穏やかで、大隊長としている間、収容所を適切に管理していたと羅寛國は記憶していた。社会主義思想に共鳴した柳學龜は、ソ連当局の勧めで帰国せず、国営放送局ハバロフスク支局で日本語放送と翻訳要員として活動した。その後、モスクワ本社で編集と翻訳に従事し、共産党国際部で仕事をして、科学アカデミー東洋学研究所で日本の専門研究員として在職した。『新東亜』一九九二年四月号に、彼が登場する「米ソ居住の韓人学者の対談」という記事が載った。彼の肩書きは「ロシア科学アカデミー東洋学研究所上級研究員」に加え「世界経済および国際関係研究所（ＩＭＥＭＯ）主任研究員」である。

ＩＭＥＭＯで日本と韓国の専門家であり、唯一の韓国人として紹介されている。彼は韓ソ首脳を含めて、有力者たちの通訳を担当したことがきっかけとなり、一九九一年から韓国に戻り、ＩＭＥＭＯ韓国駐在代表とラッキー金星経済研究所の常任顧問を務めた。彼の晋州高普の一年後輩であるラッキー金星グループの具滋暻（クジャギョン）会長が世話したことがわかった。

一九九〇年六月にサンフランシスコで開催された韓ソ首脳会談の直前に、モスクワにある彼のアパートで妻が強盗に殺されるという不幸を経験した。彼はのちに妻の遺骨を持ってきて韓国の地に埋めた。再び国籍も回復した。

金泳三元大統領が彼の能力を高く評価して、世宗研究所のポストを用意するなど配慮した。政界の縁と学界の縁で再定着するにはしたが、約五〇年に及ぶ「時差」を克服するには、韓国社会は彼にとってとても違和感があった。

ロシアの史学界の神話として残る

二〇〇四年三月一九日、彼はソウルで劇的な人生を終えた。当時『ハンギョレ』『東亜日報』などいくつかのメディアが彼の訃報を伝えた。訃報のタイトルが「韓ロ首脳会談の通訳某氏死去」と出たのは、メディアの属性上おかしなことではなかった。ロシアから韓国国籍に帰化した朴露子（パクノジャ）（Vladimir Tikhonov）オスロ大学教授は、二〇〇七年九月に『ハンギョレ21』誌に寄稿した文章で、韓国社会が学者としての柳學龜を正しく理解せずとても残念だと吐露している。

一九六三年にモスクワ大学歴史学部を卒業した柳學龜は、植民地時代から夢見た植民史観の克服に学者としての人生を捧げた。一九六九年にモスクワ大学付設東洋語大学院で「日本における韓国古代史関連の研究」で歴史学の博士号を受けた。韓国史の半島的な性格、アイデンティティ、模倣性に対する、植民地時代の日本の学界の通念が、いつどのような政治的意識の支配下で形成されたかを扱った論文だという。

朴露子教授は、彼がロシアの史学界で韓国学と日本学の神話になったと評価した。しかし、「ロシア人でもなく中央アジア出身の正統の高麗人（カレイスキー）でもない闖入者」が韓国の古代史と日本史学史の権威になったということのために、当局の牽制を受けたと明らかにした。柳學龜は学術論文を出すときに、朝鮮の名前ではなく「ユリコフ」というペンネームで出すように強要されたという。一種のソ連式の創氏改名をさせられたわけである。

朴教授は一九九九年にソウルの住宅で、彼とウォッカを飲みながら話を交わしたとき、彼の深い見識と幅広い経験に驚きを隠せなかったと告白した。二人の年齢の差はほぼ五〇年に及ぶ。ロシアで史学を勉強したという共通点を持つ彼らは、生きてきた経験と時代の違いを越えて、話に花を咲かせた。

朴教授は柳學龜の人生を、帝国主義時代の国際性が生んだ「植民地の知識」として出発し、のちにソ連人と朝鮮人のアイデンティティを兼ね備えた「境界人の生」として理解した。彼は、柳學龜が韓国社会で大衆的な注目を受けていない理由は、中国でもソ連でも北朝鮮でも「後進的北方」についてまったく無関心の韓国社会の風土のせいだとした。

彼は柳學龜の人生が小説以上に小説的だと言った。日本軍の「戦犯」が、一九七〇年代のソ連で韓国学や日本学の大家になったというのは、「人間勝利の立志伝」でもあるが、自分には何よりも「人間に国境がない」ということが、この小説のメッセージであると主張した。

韓ソ修交を控えた一九九〇年三月、臨時代表部の領事処長としてモスクワに行った孔魯明(コンノミョン)前外務部長官は柳學龜に会った。孔前長官は柳學龜に、生前に回顧録を残すことを何度も勧めたが、残念ながら柳學龜はそのまま世を去った。現代史の激変のなかで、独特の道を歩んだ彼の人生も、ほとんど死蔵されてしまった。

シベリア抑留が終わったとき、祖国に戻らずにソ連残留を選んだ柳學龜にとって、最も気になったのは母の安否だった。彼は日本学関連のセミナーに出席するために東京に行った一九七五年に、日本人の友達の助けを借りて晋州の実家に電話を入れた。三〇年ぶりに母の声を聞いたのである。母は「おまえが山の中で戦死したんじゃないかと気になって、いままで死ねなかった」とすすり泣いた。それが最初で最後だった。母チャン・ジョンヒョンは一〇年後に九三歳で亡くなった。柳學龜は一九九一年になって母の訃報を聞いた。分断と冷戦の対立のなかで起きた数多くの非劇のひとこまだった。

捕虜になった朝鮮人青年のうち、ソ連に残ったのは柳學龜以外にもいる。しかし、ソ連残留者の人生についてはあまり知られていない。

中国・満洲に戻った呉雄根

『朝日新聞』二〇〇六年七月一九日付に、日帝時代に満洲で日本軍に徴兵された、中国国籍の朝鮮族二人の記事が掲載された。ソ連軍の捕虜になって何年もシベリアに抑留されたが、彼らについての戦後補償が実現していないという内容である。記事に登場する二人のうちの一人である金成基(キムソンギ)はクラスノヤルスク地域にいて、一九四九年初めに興南(フンナム)を経て、中国吉林省の図們(トゥーメン)に戻ってきた。当時シベリア抑留を終えて中国に戻ったのは三〇二人で、ハルビンのある新聞に全体の名簿が掲載されたという。
中国河北省保定には帰還者の前・河北大学教授・呉雄根が暮らしている。彼も金成基の証言を裏づける話をした。興南女子高にしばらく収容されたが、列車で咸興・清津・会寧・南陽まで行って、豆満江にかかる朝中国境の橋を歩いて渡った。一緒に移動したのはあわせて三〇二人で、図們劇場に臨時収容されたが、満洲各地に散らばったようだと言った。のちにソ連沿海州から琿春などを経て、陸路で個別に来た人々を合わせると、中国に定着したのは三二〇人ほどになる。

捕虜生活のあらゆる苦痛に耐え抜き、南北朝鮮ではなく中国の縁故地に戻った同胞たちは、その後どうなったのか。ほとんどが歳月の重みに耐えられずこの世を去った。まだ記憶力が大きく衰退していない呉雄根の証言を通じて、朝鮮族抑留者の一生を把握してみよう。呉雄根は一九二五年に満洲・間島地方の石峴付近で生まれた。出生地は石峴からもっと入った新制村という村で、その名のとおり新しくできた朝鮮人の集団居住部落だった。父親の故郷は咸鏡北道鍾城郡豊谷面の豆満江流域である。父親が子供のころ一家が満洲に渡ってきたので、呉雄根自身は先祖が代々暮らした土地に行ったことがない。

間島地方は、彼が育ったときは、抗日ゲリラが活発に活動したところである。直接、見ることはなかったが、父親や従兄弟から話を聞いた。ゲリラがたまに現れ、どうしてわかったのか、親日分子の家に火をつけて消えたり、親日分子を連行して処罰したりすることもあったという。

呉雄根は一九四二年末、龍井で中学校課程である光明国民高等学校を卒業した。国務総理、国会議長などを務めた丁一權、『殉愛譜』（一九三八）の作家・朴啓周、詩人の尹東柱などがこの学校の出身である。丁一權は満洲国の新京軍官学校を出て、解放前に吉林憲兵隊の隊長として服務した。

父親が農業をする一方、穀物の等級を分ける半官半民の興農合作社で仕事をして、生活は困難ではなかった。呉雄根は日本の大学に進学しようと東京に行ったが、満洲の中学校の卒業証書では受験資格すら認められなかった。日本の中学校課程に進むために、東京の板橋区にある智山中学校に入って通っていた一九四四年四月ごろ、父親から手紙が来た。日本が戦争で劣勢を続けていて、どうなるかわからないから帰ってこいという内容だった。

生死の峠を越えて

一年ほど家事を助けていたが、一九四五年八月初、ハイラル駐屯五一五部隊に入営しろという召集令状が来た。朝鮮人入隊者を乗せた汽車は石峴、図們、ハルビンを経て、八月一〇日にハイラル駅に到着した。ソ連が対日宣戦布告をした翌日だった。日本がわずか数日後に降伏することを知っていれば、入営を避けて逃げ回っただろうが、すでに後の祭りである。

汽車が駅に入ると、すぐにソ連の戦闘機が機関銃を撃ち始めた。駅の周辺に要領よく集散しながら部隊に到着した。部隊の主力は山岳高地に行ってしまい、朝鮮人の新兵三〇〇人と日本人予備役一〇〇人で一個大隊が急遽編成された。

機甲部隊（戦車と装甲車で編成した地上部隊）を前面に出したソ連軍の進軍に、日本軍は相手にならなかった。部隊の兵舎に火をつけて急いで撤退し始めた。呉雄根が所属した部隊は、戦闘らしい戦闘は一度もせずに後退を重ね、八月一四日にソ連軍の奇襲攻撃を受けた。朝鮮人の新兵には銃も支給されなかったほど、日本軍の装備はソ連軍に比べて劣悪だった。

呉雄根は三か所も撃たれて負傷した。一発は左耳の上をかすめていった。少し方向が変わっていたら即死だっただろう。両方の太ももにも銃弾を受けたが、一方は貫通し、もう一方はそのまま埋まったままである。彼は銃弾が埋まって出ていないことを「盲管銃創」という聞き慣れない言葉で表現した。よくも生き残ったものである。

日帝の国策会社だった南満洲鉄道の建物に臨時収容されて、ソ連軍の衛生兵の応急治療を受けた。建物の中に本がたくさん積まれていた。退屈であれこれ見ていると、東京外国語学校（現・東京外大）の八杉貞利（やすぎさだとし）教授が書いたロシア語読本が目についた。ソ連が日本に勝って勝者になったので、ロシア語を学んでおけば、今後役立つような気がして読本を大事に読んだ。一部の重傷者たちは満洲現地で直接解放されたが、彼はシベリア・チタの陸軍病院に搬送され、約三か月間治療を受けた。傷がある程度治ると近隣の一〇五収容所に移され、他の日本人捕虜たちと合流した。

呉雄根は主にチタ地区で収容所生活を過ごした。体の調子はよくなかったが、作業場で通訳を務め、つらい肉体労働は避けることができた。病床に横になっている間、ロシア語の勉強を続けたので、簡単な言葉くらいはできた。一九四七年七月に彼に試練が迫った。政治将校が呼ぶので行ってみると、収容所で身分を隠して潜んでいる特務機関員や憲兵出身者の情報を収集しろと指示された。当時のソ連は、ソビエト政府に対する転覆、破壊工作の陰謀を企てた戦犯容疑者を捜索するといって大騒ぎだった。

一緒に捕虜生活をする人のことを密告するのは気が進まなかったが、日本の軍隊経験がほとんどない彼が、そのような情報を知るはずもなかった。何の実績もないと収容所当局は呉雄根を呼んで、一〇月革命記念日に支給していた新しい軍服とマントを奪い、古い服を与えた。そして他の収容所に移送してしまった。通訳の仕事ではなく、伐採をしたり便所の汚物を回収したりする作業をした。彼としては政治将校に協力しなかったために報復を受けたのだと思った。

零下四〇度になると、シベリアの収容所ではすべての使役が中断された。ある日、水銀柱が四〇度以下に落ちたが、彼は他の日本人捕虜一人とともに郊外の駅に行って、エンジンを車に積んでこいという指示を受けた。防寒服を着ていたが、あまりにも寒くて耐えられなかった。いくら見回しても明かりがついたところがなかった。線路に長く並んだ貨車の列の向かいに、丸太の切れ端が偶然目についた。ぐるっと回って向こう側に行くには、貨車の列がかなり長かった。貨車の下に入り込んで丸太を引っ張り出そうとすると、貨車がゴトンと動いた。彼は反射的に丸太を手放して出てきた。ソ連軍との戦闘で三か所も撃たれて負傷したのに続いて、二度目の生死の峠を越えた瞬間だった。

民主運動、弁証法的に考える

シベリア抑留期間中、一時爆発的に起きた民主運動について、韓国の生存者たちはほとんど否定的である。個々人の持つ世界観や理念性向を反映した可能性もあるが、もし擁護しているように見られたら、「アカ」（共産主義者）というレッテルを貼られるのが怖くて、消極的になる傾向も感じられる。分断と冷戦体制で長い間、ひどい目に直接遭ったり、あるいは目撃したりしてきた人々として自然な反応である。しかし、呉雄根は帰還後、中国というまったく異なる体制で暮らしていた。彼が評価する民主運動は、韓国国内の生存者たちのそれとは明らかな違いがあって興味深い。

彼は、ソ連が赤い思想を注入するために民主運動をやったという批判に対して、「当然そのような面はある」と認めた。しかし、侵略戦争と植民地支配へとひた走る天皇制を除去するには、そのような思想教育が必要だったではないかとむしろ問い返した。そして、弁証法の理論を冗長に説明した。「事物には相反する二つの面がある。決して一つの面だけではない。ドアは開いて閉じてこそドアである。ナイフもいい面もあれば悪い面もある」というのである。

彼は民主運動を評価する際に、何よりも自分の立場が重要であると強調した。何の労働もせずに得意顔になっている将校と、気合いを入れられてあらゆる苦労をさせられている兵士の立場が、同じであるはずがないというのである。彼自身は民主運動を積極的に考えている。

教師から地質調査隊の医師に

朝鮮人捕虜のほとんどが、一九四八年末に帰還する際にハバロフスク収容所に集結したのとは異なり、呉雄根はずっとチタにいて、出港地であるナホトカに直行した。興南に到着して興南女子高に臨時収容された抑留帰還者たちは縁故地別に分散した。呉雄根は興南女子高にいるときに、北朝鮮に戻っていた父親に会った。彼は石峴に暮らす母親と合流するために、興南駅から咸鏡線の汽車に乗った。咸鏡北道南陽と満洲の図們をつなぐ橋を渡って延辺(イエンビエン)に着いたのが一九四九年一月一五日、一六日ごろである。図們劇場に臨時収容されたが、家に戻ることを許可された。公安当局の特別な調査はなかった。

当時、東北三省はすでに共産党勢力が掌握していた。帰ってきた朝鮮人青年たちは、国共内戦の渦に直接巻き込まれずに生業を探すことができ、製紙工場など雇用があるところに集まった。呉雄根は郷里の石峴に中学教師として就職して代数を教えた。一九四九年は中国経済がきわめて困難な時期だった。共産軍が満洲を制圧したものの、まだ行政体制がきちんと回っていなかった。上部機関から支援金が出ない学校が一時的に閉鎖され、教師は新しい仕事を探しに出た。

翌年、朝鮮戦争が勃発すると、満洲の朝鮮族社会は大きく動揺した。中国革命に紅軍として参加した朝鮮人兵士たちの多くが、北朝鮮の人民軍に編入されたり、義勇軍に参加したりしたが、抑留帰還者が直接戦火に巻き込まれることはなかったようである。

呉雄根は五年制の延辺大学医学部に入り、大学一年生のとき、三歳年下の曺錦淑（チョクムスク）と結婚した。当時は急性関節炎で身動きが困難な母親に加えて幼い妹がいて、生計を維持するのが難しかった。それでも結婚できたのは、新中国成立後、「助学金」（奨学金）制度があったからである。三番まで支援が出たが、呉雄根は二番で、奨学金一二元をもらったことを記憶している。奨学金の審査基準は成績ではなく、家庭の所得水準と思想評価が優先だった。

一九五五年に医科大学を卒業して配置されたのが、国務院の部署である冶金部傘下の地質調査隊だった。最初の任地は遼寧省錦西（ジンシー）県楊家杖子（ジャンジァチャンズ）にあるモリブデン鉱山だった。鉱山衛生所に医師三人、看護師三人、薬剤師一人が勤務している。彼は山奥の僻地のこの調査隊で内科医として懸命に働いた。すべての診療が無料だった。労働者と医師の給料もほとんど差がなかった。

呉雄根には患者を診療するよりも相手にするほうが難しかった。労働者たちは働きたくなければ診療所に来てタバコを吸って、一、二時間休んで帰っていった。一部の鉱山労働者は自分だけでなく家族たちが服用する薬だといって、ペニシリン、マイシンなどを処方してほしいと要求した。医師が患者の状態を見て薬を処方するのではなく、特定の薬をくれと要求される調子なので、自然と口論になった。性格が厄介な人は医師に暴行を働いた。呉雄根が少数民族である朝鮮族出身だからではなく、医師の権威が労働者に認められていなかったからである。

毛沢東の治下では最初から昇給というものがなかった。すべて平等でなければならないため、一つの職級しかなかった。呉雄根は二二年間昇給がなく月給もそのままだったという。一九七〇年代後半に鄧小平が実権を握って変化が生じた。昇給を定めるとき、第一に指導部の判定が重要であり、第二に群衆の意見が反映された。だから、原則どおりに行動する医師は不利だった。呉雄根の経験では、通常、人は病気になれば診療所に来るものだが、具合が悪いわけでもなく、診療所に休みに来るだけの人が問題だった。彼らが医師と口論し、問題が起きると最終的に医師の評判が悪くなる。中国人の意識が社会制度の変化についていけずに起きた現象だった。

「関東軍思想反動分子」の烙印を押される

一九六〇年代半ばに呉雄根は彼の人生で三度目の生死の峠を越えた。一九六五年四月に吉林省盤石(パンシー)県紅旗嶺(ホンチーリン)のニッケル鉱山への転勤命令を受けた。翌年五月ごろに文化大革命が始まった。最初の三か月は学習講座のように進行したが、紅衛兵の集団が組織化されて大衆闘争が始まった。既存の管理組織の指揮統制権はほとんど麻痺した。紅衛兵たちはブルジョア修正主義と全面闘争することを宣言して、資本主義の追従者である「走資派」の反動分子の捜査に乗り出した。壁新聞などによる批判にとどまらず、群衆集会で集団殴打が公然と行われた。

紅衛兵は呉雄根を引っ張り出し、大きな紙を与えて自ら罪名を書かせた。いったい何の罪を犯したのかと抗弁すると、「関東軍に入って罪なき中国人民を殺したではないか」と急き立てた。日帝末期に強制的に徴集され、関東軍の兵卒として服務したのは一週間足らずのことだったが、言い訳は通用しなかった。

彼には難癖をつけられることがもう一つあった。一九六〇年代初頭に東北三省で大飢饉があった。毛沢東主席が意欲的に推進した大躍進運動の失敗と関連があった。満洲に暮らす朝鮮族の一部は食料を求める道がなかったため、家族を率いてこっそり国境を越えて北朝鮮に行った。呉雄根はそのとき、北朝鮮に行って働きたいと、党組織に公式ルートを通じて意見を伝えたが、断られたことがある。文化大革命の時期は、中国とソ連がアメリカと平和共存路線をめぐって理念闘争を激しく繰り広げたときだった。北朝鮮がソ連側に傾いて、中国と北朝鮮との関係も険悪になった。紅衛兵たちは彼が社会主義祖国を裏切ろうとしたと問い詰めた。

結局、呉雄根は紙に「関東軍思想反動分子」と書いた。紅衛兵たちはその紙を横四〇センチ、縦六〇センチの木の板に貼り付け、針金をつけて首にかけさせた。板を首にかけて頭を九〇度下げたまま、半日、広場でひざまずいて座っていなければならなかった。そうしていると細い針金が首に食い込んできて血が滲んできた。

時には路上のあちこちに引っ張り回されて殴打されまくった。何度も気絶した。紅衛兵たちの指導者が殴打をやめるように言わなかったら、彼は死んでいただろう。足に真っ黒なあざができて歩くこともできなかった。そのような迫害が二、三か月続いた。

このすべての過程を、妻の曺錦淑は見守るしかなかった。夫を救うために必死に闘争した。既存の組織の指導者はまったく役に立たなかった。混沌とした状況が続くと人民解放軍が入ってきて秩序を維持した。曺錦淑が軍の指揮官を訪ねて事情を訴えると直接の迫害はなくなった。

反動にされた夫を攻撃するために、妻が加勢させられたこともある。地質調査隊には南京大学出身の王瑋（ワンウェイ）という技師がいた。隊員の一人がある日仕事に行く途中、紅衛兵を攻撃する「反動ビラ」を拾った。紅衛兵は、筆跡が似ているという理由で王瑋を連行して、逆さ吊りにして殴った。彼は拷問に耐えられず「自白」した。若い妻も雰囲気に飲まれて夫への攻撃に加担した。結局、王瑋は精神的な苦痛に耐え切れずに自ら命を絶った。

日帝時に徴兵に出た朝鮮族が、みな呉雄根のような目に遭ったわけではない。彼の事例は例外のように見える。当時の朝鮮族が集団居住する地域では、日帝時代に日本軍に入ったのは、自らの意志でなく強制動員だったことを知っていたので、紅衛兵の攻撃の対象になることはなかった。呉雄根は、人里離れた鉱山地域で、別々に分かれて勤務していたせいで、積極的に弁護してくれる人がいなかった。

文化大革命のとき、いつも些細な感情が火種になって、人を死に追いやる場合が少なくなかった。その点では延辺朝鮮族自治区も同じだった。延辺大学医学部に、日帝時、新京医科大学を出た金在昌（キムジェチャン）教授がいた。性格がしっかりしていて実力もあったという。人民解放軍として出征して、負傷し戻ってきて入学した人がいたが、基礎が弱くて学業についていくのに苦労した。この人が、金在昌教授の担当科目の病理学でも落第して恨んでいたのだが、文化大革命が勃発すると金教授を闘争対象にした。金教授は屈辱に耐えられず自殺した。

日本語教授として遅れて転身

地質調査隊所属の医師として長く勤務しながら、呉雄根の心配も深まった。最大の心配が子供の教育だった。鉱山がおおむね奥地にあるうえに、鉱脈を新たに探すために探査チームが構成されると、二、三か月、山々をともに回らなければならなかった。教育環境がいい場所に移動させてくれと、何度も転勤申請を出したが、受け入れられなかった。

一九八一年ごろ河北省秦皇島(チンファンタオ)にいるときに、日本語科の教授を採用するという河北大の発表を偶然新聞で見た。地質調査隊の指導部に志願を許可するよう要請したが断られた。生涯医師でいた人が、どうして日本語の教授になれるのかと言った。

彼は指導部に頼み続けて、まずは試験を受けたいと言った。ほぼ三〇年、日本語を使っていなかったが一番で合格した。地質調査隊の指導部もついに転職に同意した。河北大学に移ったときはすでに五〇代半ばの歳だった。最初、三、四か月はロシア語を教えていたが、そのうち日本語担当になり、数年後に副教授を最後に引退した。

彼はいま、河北大学近くの教職員住宅団地で年金生活を送っている。中国には二つの年金制度がある。新中国が建設された一九四九年一〇月一日以前に工作（仕事）をした人が引退するときは「離休」が、それ以降に仕事を始めた人が退くときは「退休」が適用される。離休のほうが退休より条件が有利である。呉雄根は「離休」の適用を受けた。

彼は一九九六年三月に、シベリア抑留の戦後補償を要求するために日本を訪問した。新中国成立後、初の海外行きだった。一九九八年には日本で開かれた集会に出席したが、帰路、ソウルに立ち寄って、シベリア朔風会の会員たちに会った。二〇〇五年には日本に戦後補償を促す国際連帯会議が平壌で開かれて参加した。ソ連から戻ってくるとき、興南を経て満洲に行った後、初めて北朝鮮の地を踏んだのである。

植民地支配、徴兵、捕虜、少数民族の生活をすべて経験した彼に、波乱多き自らの人生を振り返るとき、どう整理するのかと聞いたところ、「そんなに幸せな人生ではなかった」と短く答えた。あらためて韓国の若い世代にどのような話を聞かせたいか尋ねると、感慨がひとしおだったのか、答えが長くなった。

「朝鮮は一つに統一しなければなりません。絶対に二つになることはできません。北朝鮮で飢えて死ぬ人がどのくらい多いかご存知ですか。政府は何よりも民を食べさせて生かさなければなりません。北朝鮮の人々は、心の底から指導者を尊敬しているのでなく、怖がっているのです。生活が貧しい人々を見下してはなりません。親切にすればかならず報いがあります。国の間でもそうですし、個人的にもそうです」。

第13章 強要された沈黙と朔風会

天刑のようなソ連体験、朔風会結成

朝鮮戦争の戦禍で命を拾った抑留帰還者たちは、それぞれ糊口の策を準備するために生存競争に悩まされた。事業を起こして成功した人がいるかと思えば、自営業でようやく生計を維持した人もいた。若い時期に死線を何度もともに越えるような、ただならぬ縁を共有したが、非公式の集まりさえ持てなかった。ただバラバラに散らばって暮らした。ときおり二、三人で会えば、焼酎を飲みながら、つらかった時代を回顧するのがせいぜいだった。

会議を持ってはならないという明示的な警告を受けたわけではなかった。だが、南北が対峙する状況が厳然と続き、ときおり何とかスパイ団事件のようなものが騒々しく発表される雰囲気のなかで、自分たちのつらい経験を堂々と語るのは怖かった。親友にさえ打ち明けられないほど、ソ連体験は彼らにとって天刑のような烙印だった。おおむね一九九〇年九月の韓ソ国交正常化のときまではそうだった。

韓国とソ連の国交関係が正常化されると、抑留経験者たちの心を抑圧していた大きな軛が消えた。当時は、ベルリンの壁の崩壊が象徴するように、東西間の和解の雰囲気が急速に広がっていた時期だった。ときおり会って焼酎を飲みながら情報を交わしていた抑留者の間で、ようやく自分たちのつらい経験や事情を訴える時が来たという共感が徐々に広がった。董玩、金圭泰、孫澤洙、キム・ジュン(金起龍)、朴祥圭、羅寛國など、普段から連絡を取り合っていた人々がまず集まった。そして「シベリア朔風会」という集まりを結成した。「朔風会」という名前は羅寛國が提案したというのが金起龍の証言である。「朔風」は冬に北から吹いてくる冷たい風をいう。シベリアで経験した苦難を忘れないという意味で名づけたという。結成時の生存者の間で記憶のバラツキが若干あるものの、一九九一年一二月ごろのことだったようである。

錦豊実業会長の金圭泰が初代会長になった。草創期の集まりを開催するときは、彼が担当であるかのように費用を出したという。彼は大田・忠清南道地域の名士であり、大田高総同窓会長を一九七〇年代に二度務めた。韓国火薬グループ（一九九三年に「ハンファグループ」と改称）の創設者である金鍾喜とともに忠清銀行の大株主だった。弟の金龍泰は〔朴正熙陸軍少将による一九六一年の〕五・一六軍事クーデタの旗揚げの過程で、民間人として参加した核心の主導人物だった。金鍾泌とソウル師範大の同期同窓で、第三共和国〔朴正熙政権下〕で政治に身を投じ、六代から一〇代まで五選で議員を務めた。

二代目の会長はロシア文学の元老である董玩が引き受けた。朔風会の初期に実質的に活動を率いた総務は、旅行代理店「トップ航空」会長をしていた金起龍である。バラバラになっていた昔の仲間たちが、新聞に掲載された小さな広告を見たり、知らせを聞いたりして連絡してきて、会員数は五六人にまで増えた。草創期にはロシア政府から労働証明書を発行してもらうことに力を注いだ。韓国外務部の協力でロシア国立公文書館に保管されている資料をもとに労働証明書の発行を受けた。一九九三年一〇月に三三人が労働証明書を受け、一九九五年には一七人、一九九七年には五人が追加で受けた。労働証明書には、姓名、国籍、労働期間、賃金残高などが示されていた。朔風会の会員たちは、労働証明書を根拠に賃金未払金と報酬を得られるものと期待した。

朔風会の会長は、羅寛國、金鎰用（キムイルヨン）に続いて、李炳柱（イビョンジュ）が五代目を務めている〔李炳柱氏は二〇一一年九月に逝去〕。歴代会長のうち、金圭泰、董玩、金鎰用の三人は故人になった。一般会員も老衰や病気で続けてこの世を去り、現在では二〇人程度が残っている〔二〇〇九年に原著が出た時点での数字〕。

青瓦台に陳情したが、誠意ない返事だけが

金泳三（キムヨンサム）大統領は、一九九四年三月二四日、天皇明仁の招請で日本を訪問した。朔風会はこれに先立ち、一九九四年二月二五日、金泳三大統領を受取人とする陳情書を青瓦台（大統領府）に送った。董玩が会長を務めていたときだった。朔風会が韓国政府にシベリア抑留の無念さを訴え、問題解決に協力を要請したのはこのときが初めてである。それ以前は、日本の抑留捕虜団体の支援を得て、日本政府に補償を要求する書簡を送ったり、自分たちの問題を外部に知らせたりするために力を注いだ。

陳情書は、朔風会の設立とシベリア抑留の経緯を詳細に説明した後、名誉を取り戻したいという心境を次のように述べている。

ГОСУДАРСТВЕННЫЙ КОМИТЕТ ПО ДЕЛАМ АРХИВОВ
при ПРАВИТЕЛЬСТВЕ РОССИИ

ЦЕНТР ХРАНЕНИЯ ИСТОРИКО-
ДОКУМЕНТАЛЬНЫХ КОЛЛЕКЦИЙ

125212 г. Москва, Выборгская ул., д.3
Тел. 159-73-03

СПРАВКА О ТРУДЕ

ИМЯ, ФАМИЛИЯ	ХИРОКАВА ТАКАМОТО (ТОН ВАН)
МЕСТО РОЖДЕНИЯ	п. Хамбук, у. Мёнчон, д. Хау, КОРЕЯ
ГОД РОЖДЕНИЯ	09. 05. 1922 г.
МЕСТО ПРЕБЫВАНИЯ В ПЛЕНУ	г. Хор. г. Бажаевка
ПЕРИОД ПРЕБЫВАНИЯ В ПЛЕНУ	16.08.1945 г.– 20. 10. 1949 г.
СУММА НЕВЫПЛАЧЕННОГО ЗАРАБОТКА	5.162 руб.

Достоверность данных подтверждаю.

Вышеуказанная сумма невыплаченного заработка подлежала выплате при репатриации. Однако этот расчет не был произведен в силу запрета вывоза советских рублей за пределы СССР.

Заместитель директора
Центра хранения историко-
документальных коллекций
[illegible]
В.Н.БОНДАРЕВ
«20» [illegible] 1992 год.

董玩の労働証明書と身上明細書——(左)ロシア政府から発行された労働証明書には、捕虜労働に対する賃金未払額などが記されている。(右)韓国人抑留者たちが日本の裁判所に補償訴訟を提起するために作成した訴訟の身上明細書。

(総)補償請求用　　身上明細書　　NO. 2

(電話 TEL: 02-226-4223)

日本軍本籍地	咸鏡北道 明川郡 下雩面		姓名	董玩
現本籍地	咸鏡北道 明川郡 下雩面		創氏改名	廣川孝基
現住所	ソウル 江南区 道谷洞 サンダレアパート 五-七〇三		生年月日	一九二二年 五月 九日
抑留時身分	最後の駐屯地, 部隊名	[illegible] 北朝鮮 [illegible] 一五二〇三部隊		
	最後の軍隊階級, 職役	見習士官 [illegible]		
抑留中経歴	捕虜となった, 年月日	北朝鮮	一九四五年 八月 十六日	
	最初の抑留地, 作業名	[illegible] 十七地区 ワチャエフカ	[illegible]	従事
	最後の抑留地, 作業名	[illegible] ホール	製材工場	従事
	抑留期間	通算 四年 二月 (五十個月)	上陸港年月日 [illegible] 一九四九年 十月 二十日	
	抑留時の職友 住所 姓名			
	抑留中の特記事項	1.強制労働 2.飢餓 3.[illegible] 4.酷寒 5.九死一生		
本人死亡時 遺族関係	住所		関係	
	姓名	生年月日 19 年 月 日		
請求内訳	1. 俸給	※ 日本最低労動労賃 日当 13,000¥ 月当 390,000¥(計 五十個月 19,500,000¥)		
	2. 労賃	※ ロシアで支払わなかった賃銀残額(労働証明暁示) 5,162 ルーブル		
	3. 精神的 肉體的 被害 補償	※ ロシアの未済労賃 及び 俸給の 年償 利子を 被害補償に 包含する 50,000,000¥ 計: 金 69,500,000¥ 5,162$(當時 ルーブル及び $ 換率 同一なり)		

本会の会員は、汚辱の歴史の犠牲として、国を失った民族の悲哀を誰よりもひしひしと体験し、東西冷戦の状況の下で、この無念さを誰にも訴える道を見つけられないまま、いつの間にか半世紀が流れてしまいました。三年半の歳月は決して短い期間ではなく、日帝の桎梏から自由になり、解放された祖国の姿も見られないまま、二〇歳から二四歳の血気盛んな若い年に、祖国のために存分に若さを燃焼できたにもかかわらず、シベリアの凍土で「捕虜」という汚名をかぶり、長年、延命にのみ汲々として生きてきたという事実は、私たちの胸の中に千秋の恨（ハン）として深く刻まれています。いまこそ本会の会員は失墜した名誉を取り戻し、過去の民族受難の時期に、不可抗力的に経験した精神的・肉体的苦痛に対して、応分の補償を受けるべく、韓国政府として人道的見地からの配慮があること期待しながら陳情致します。できるだけ最善の措置があることを願ってやみません。

朔風会が陳情書で要求した事項は、あわせて五項目である。第一に定着金の支給である。日本政府は日本人帰還者に対して生業の基盤を磨けるように定着金を支援したが、韓国政府は、仁川（インチョン）収容所で二か月間調査され釈放された帰還者に何もしたことがない。政府樹立直後であり財政難だったことは理解するが、金額の多少を問わず人道的次元で配慮してほしいということである。

第二に、抑留期間中の軍人の俸給を、現在の自衛隊の基準で支給するよう、日本政府に働きかけてほしいということである。三年半以上、日本の軍人の身分で捕虜生活を送ったので、その期間の俸給を、現在のレベルで支給してほしいというものである。また、一九六五年の韓日協定〔国交正常化のための日韓基本条約）が相互の請求権の放棄を含んでいる点を意識して、抑留は一九四五年八月一五日以降のことであるため、請求権とは無関係であることを主張した。

第三に未払いの労働賃金である。韓国人生存者の平均未払い賃金は四四〇〇ルーブルだが、一九四九年の捕虜待遇に関するジュネーブ条約には、捕虜の労働賃金を所属国の政府が支払うことになっている。朔風会は日本政府に未払い賃金を支払うよう促したが、何も反応がないので、金泳三大統領が日本を訪問したときに深い関心を示すよう伝えてくれと主張した。

第四に、ロシア政府に労働記念メダルを発給するように伝えてほしいということである。ロシア政府は日本人抑留者に労働証明書を発行し、謝罪の意味で労働記念メダルを作成して送った。表に「日本の労働者はロシアで建設的労働に参加した」、裏に「労働証明書の発行を記念して」という文句が刻まれたメダルである。

第五に、精神的・肉体的な被害の補償である。スターリンの横暴と日本の無責任で卑劣な行為によって不当に連行され、不当に抑留されて、苛酷な労働に苛まれた精神的・肉体的被害は、日本人のそれとは比べられないほど大きい。したがって、この被害に対する応分の報酬は、何らかの形で必ず受け取らねばならないが、朔風会の能力には限界があるので、政府の外交的なアドバイスと支援を懇願したいというものである。

朔風会の陳情書は青瓦台で受け付けられたが、関連部署の担当者が朔風会側に、内容把握のために訪れたり電話で問い合わせたりすることはなかった。陳情書を実務的に処理する公務員たちにとって、

朴定毅（パクチョンイ）がロシア政府から受けた労働メダル

彼らの要求事項はすべて初めて聞く話だっただろう。朔風会の会員たちは、政府が何らの反応も示さなかったので、韓国外務部を訪ねて、どのような経緯で起こったのか、問題の所在は何なのか自ら説明した。韓国外務部アジア太平洋局長名義の返信は一九九四年八月二六日付で作成された。青瓦台に陳情書を提出して六か月後のことである。

しかし、内容には誠意がなく、儀礼的なリップサービスにとどまった。何よりもシベリア抑留者は韓国現代史で最大の被害者集団に属する。日帝時に徴兵で連行され、ソ連軍の捕虜になって抑留され、帰還の過程でもひどい対応を受けた。これほどの三重苦を受けた人々は、他に同じような例を探すのが容易ではない。彼らの問題が長い間議論されずに放置されたこと自体、韓国政府が無関心だった責任は大きい。自国民が苦痛を受ければ、その苦痛を軽減し、慰労し、不当な境遇を是正するのが政府の存在理由である。

しかし、外務部の返信には、数十年間踏みにじられた人生を生きてきた彼らに対する、申し訳なさや恐縮さのようなものがまったく見られない。たしかに、外務部の次元で解決策を提示できないほどに、問題が複雑に絡み合っているのも事実である。

外務部の返信は、軍人の俸給と労働賃金を支払う問題などについて、韓国政府が現段階で朔風会の問題を提起するのは困難であると前置きして、朔風会が日本政府に補償を要求する場合、韓国政府は可能な支援を惜しまないと述べた。定着金に関連しても、朔風会が日本政府と議論することであると身を引いた。しかし、朔風会が日本政府を相手に補償訴訟を提起してからも、韓国政府が積極的に支援をしたことはない。

政権交代後も変わることなく

一九九七年一二月、大統領選挙が行われ、金大中(キムデジュン)新政治国民会議候補が、李會昌(イフェチャン)ハンナラ党候補を押さえて当選した。金大中としては三転四起の末、最終的に大統領のポストに上り詰めたのである。一九九二年の大統領選挙における金泳三の当選が、権力の垂直交換であるとすれば、金大中の当選は最初の水平的交換であると意味付与された。

朔風会は新政権発足を契機に再び陳情書を出した。金鎰用会長、李炳柱副会長名義の陳情書が、一九九八年四月に青瓦台に提出された。受取人・金大中大統領／参照・金重權(キムジュンクォン)室長と指定された陳情書は、大きく二つのことを要求した。

一つは、日本政府の精神的・肉体的な被害補償と謝罪を勝ち取れるように、支援を依頼したことである。陳情書は、「日本政府が「花の青春」をシベリアの凍土で死なせた罪科に対して、土下座して謝罪すべきなのに、謝罪はおろか一切の請求を拒絶しており、痛憤を禁じ得ない」と明らかにした。被害補償支援の要請は、金泳三大統領のときに提出した内容と同じである。

もう一つは、ソ連における労働賃金の残額を韓国政府が支給するよう要求したことである。一九四九年のジュネーブ捕虜条約に「捕虜の身分が終了したとき、抑留国で未払いだった賃金の残高は、捕虜が所属する国家で支払う責任がある」と規定されているので、韓国政府が残高を支払うのが妥当であると主張した。賃金の残金を支払う主体を韓国政府と規定したのは、前回の陳情書と異なる内容である。これは、日本の捕虜抑留者団体が日本政府を相手に未払い賃金を支払うよう求める訴訟を提起したものの、最終審で敗訴したことと関連があるようである。現実的に日本政府が補償に応じる可能性は低いと見て、韓国政府に突きつけたのである。

一九九八年一一月三日、韓国政府の外交通商部の回答が朔風会に到着した。七か月もかかった返信だが、骨子は受入不可と解決困難の二つだった。外交通商部の公文書は、抑留被害者が一九四九年のジュネーブ捕虜条約を根拠に、日本と旧ソ連の未払い賃金の支払いを要求することはできないとしている。また、捕虜の元所属国が未払い賃金を支払うべきという協約六六条を根拠にして、「韓国政府に労賃残高の支払いを主張することは、法理論上無理がある」と主張した。外交通商部の回答どおりであるとすれば、抑留経験者の被害救済のために韓国政府ができることはないのである。外交通商部は、抑留者たちがまずロシアの関係機関に金額の支払いを要求し、そちらの国内法の手続きを通じて解決するしかないと述べた。この場合も、ロシアの経済状況を見ると、現実的な可能性がきわめて低いだろうと予想した。外交通商部がこの返信を作成しながら内部協議をどれほどやったかはわからない。しかし、文書だけを見ても苦悩の痕跡がまったく感じられない。

ここで太平洋戦争が国際法的にどのように終結したのか、一度振り返っておく必要がある。日本が起こした戦争を終結させたのはサンフランシスコ講和条約である。一九五一年九月に、連合国五一か国と日本がアメリカのサンフランシスコに集まって、講和条約の締結を議論した。アメリカが出した案を軸に進められることに不満を抱いたソ連、ポーランド、チェコスロバキアが調印を拒否し、会議は最終的に連合国四八か国と日本の調印で終わった。「対日平和条約」は一九五二年四月二八日、各国の批准を得て効力が発生した。

この条約はソ連などの社会主義圏が参加したため、「全面講和」か「単独講和」という議論が提起された。韓国は一九五一年九月のサンフランシスコ会議に出席できなかった。民族同士の殺し合いの戦争の渦中にあり、韓国政府が積極的に対処しなかったせいもあるだろうが、「韓国と日本の間に交戦がなかった」とか、「上海臨時政府をアメリカが公式に承認したことはない」などの主張が通り、招請の対象から最初から除外されたのである。

「私たちの政府がしてくれたことなど一つもない」

ソ連と日本が戦争状態を終結して国交が回復したのが、一九五六年の日ソ共同宣言のときである。国際連合への加盟とソ連との講和は戦後日本外交の宿願だった。鳩山一郎(はとやまいちろう)首相が一九五六年一〇月にモスクワを訪問して意見を調整し共同宣言を発表した。その年の一二月に批准書が交換されたこの宣言の内容は、外交関係の回復とともに、相互自衛権の尊重と不干渉、日本の国連加入支持、戦争犯罪で有罪判決を受けた日本人の釈放、通商交渉の開始、平和条約締結の交渉などである。宣言の六項にはソ連の対日賠償請求権の放棄、国家・団体・個人の請求権の相互放棄が含まれている。「ソヴィエト社会主義共和国連邦は、日本国に対し一切の賠償請求権を放棄する。日本国及びソヴィエト社会主義共和国連邦は、一九四五年八月九日以来の戦争の結果として生じたそれぞれの国、その団体及び国民のそれぞれ他方の国、その団体及び国民に対するすべての請求権を、相互に、放棄する」というのが六項の全文である。

このような背景を念頭に置いて、朝鮮人抑留者の補償問題を見てみると、高次元の方程式にならざるを得ない。朝鮮人捕虜がソ連に連行されたときの国籍は日本だった。帰国したときは当然日本人ではなかった。ソ連と日本は一九五六年に国交を回復しながら、相互の請求権を放棄した。九年後の一九六五年に、韓国と日本が国交を回復したときも、相互の請求権を放棄した。日本は自国民の抑留者にも補償をせずに、未払い賃金の支払いも拒否した。その代わりに慰労金の名目で一定の金額を支給してケリをつけようとする。このように積み重なった難関を突破して、韓国人抑留者たちが補償を受けることは、韓国政府が総体的に支援しても容易ではないだろう。しかし、生存抑留者が肌で感じられるような韓国政府の努力はなかった。朔風会の会長の李炳柱は「私たちの政府がしてくれたことなど一つもない」と断言する。これまでの進捗状況を見ると少しも過ぎた表現とは思われない。

日本の首相に被害補償を要求する

李炳柱朔風会会長は、ミレニアムを迎えるために全世界が慌ただしかった一九九九年一〇月一日、日本の小渕恵三首相に被害補償の要請書を送った。この要請は「二〇世紀の終わりが迫ってきた」という言葉で始まった。「二〇世紀に犯した日本の過ちは、何としても今世紀のうちに清算」しようというものである。そして「心深くもつれた私たちの恨をきれいに洗い流し、新しい韓日友好親善が花咲く二一世紀を迎えることを願ってやみません」とした。

要請書には要求事項の五項目が明示された。第一に、朝鮮民族を強制的に徴集して死に至らしめ、シベリアの凍土での厳しい重労働をさせたという事実に対して真に謝罪すること。第二に、入隊した日から捕虜の身分が解除される日まで、日本の軍人の俸給を現・自衛隊の俸給を基準に支払い、日本人抑留者のように日本政府の慰労金一〇万円相当額を支払うこと。第三に、ソ連での未払い賃金を現在の物価基準に換算して支払うこと。第四に、シベリア抑留の精神的・肉体的補償をすること。第五に、韓国人死亡者をまとめて名簿として通知すること。最後に、日本政府が一九六五年の韓日協定ですべての補償が終わったと主張することに対抗し、「抑留者たちの被害は、一九四五年以降に発生したものなので、一九六五年の日韓基本条約とは何の関係もない」と末尾に強調した。

補償要請書に対する返信は二〇〇一年一月二九日に送られてきた。小渕首相の急死で森喜朗が首相を務めていたときだった。外務省北東アジア課名義の返信は、シベリア朔風会にファックスで伝えられた。「「被害者補償要請」について」というタイトルがついた文書は、A4用紙で二枚分である。少し長いが、韓国人抑留者が要求した補償に対して、日本政府の基本的な考え方を示すために全文を引用する（朔風会保管資料より）。

「被害者補償要請」について

貴会長より送付頂いた「被害補償要請書」を拝読しました。ご照会のあった諸点について、以下のとおり回答申し上げます。

戦争が終了したのにもかかわらず、多くの方々が正当な事由なくしてソ連に抑留されたのは、人道上のみならず国際法上も非常に問題のある行為であったと考えております。貴会会員の方々を含むこれらの方々が、酷寒の地において苛酷な強制労働に従事させられ、とても心が痛みます。

また、先の大戦に際し、我が国の行為により、貴会会員の方々をはじめとして、多くの人々が多大な苦痛を経験され、心身にわたり癒しがたい傷を負われたことについて、痛切な反省の意を表し、心からお詫びを表明します。

日本政府は、過去における我が国の行為によって、近隣諸国の方々に耐え難い苦しみと悲しみをもたらしたことを深く反省し、二度とこのような不幸な歴史を繰り返さないことを決意しており、その旨を機会ある毎に明らかにしてきております。

この点に関し、一九九五年八月に閣議決定を経て発出された内閣総理大臣談話の中で、村山総理は次のように述べました。

「わが国は、遠くない過去の一時期、国策を誤り、戦争への道を歩んで国民を存亡の危機に陥れ、植民地支配と侵略によって、多くの国々、とりわけアジア諸国の人々に対して多大の損害と苦痛を与えました。私は、未来に過ち無からしめんとするが故に、疑うべくもないこの歴史の事実を謙虚に受け止め、ここにあらためて痛切な反省の意を表し、心からのお詫びの気持ちを表明いたします。また、この歴史がもたらした内外すべての犠牲者に深い哀悼の念を捧げます」。

貴会長がご照会のあった俸給の支払並びに精神的及び肉体的被害に対する補償につきましては、これらを含め、日韓両国及びその国民の財産並びに両国及びその国民の間の請求権に関する問題は、一九六五年のいわゆる日韓請求権協定及び同年に制定された関連国内法によってすべて最終的に解決済みです。

また、御指摘の慰労金は、昭和六三〔一九八八〕年の平和祈念事業特別基金等に関する法律に基づき支給されたものであり、シベリア等に強制抑留された方等をその対象としていますが、昭和六三〔一九八八〕年八月一日において日本国籍を有していることが支給要件とされており、また、本件慰労金につきましては、既に請求期限である平成五〔一九九三〕年三月三一日を経過しています。

以上により、貴会長からご照会のあった支払を行うことは困難でありますところ、この点についてご理解頂ければと思います。

また、御指摘の労働証明書については、韓国政府がロシア政府と交渉した結果、ロシア側が発給したものと承知しますが、日本政府としては、我が国には、抑留された方々に対して労働賃金を支払う義務があるわけではないと考えています。

御指摘の一九四九年の捕虜の待遇に関するジュネーブ条約は、第二次世界大戦当時には未だ作成されておらず、また、捕虜の労働賃金は当該捕虜が所属する国が支払うという同条約第六六条の内容は、当時の国際慣習法として確立されたとも認められないところ、先の大戦における日本人捕虜抑留問題は、同条が適用されると考えることには無理があると思います。なお、この考え方は、いわゆる「シベリア抑留訴訟」の最高裁判決（平成九〔一九九七〕年三月一三日）においても基本的に認められています。

第二次世界大戦当時の捕虜の取り扱いに適用される国際法としては、一九〇七年に作成されたいわゆるハーグ陸戦規則をあげることができますが、同規則においては、捕虜の労働賃金は、原則として抑留国が支払うべき旨の規定振りとなっております。因みに、シベリア抑留者の労働賃金に係るものも含め、我が国は、日ソ共同宣言において、両国間の戦争の結果として生じたそれぞれの国及び国民に対するすべての請求権を放棄しており、本問題は、日ロ両国間において既に決着済みとなっております。

冒頭、申し上げたとおり、先の大戦に際し、貴会会員の方々をはじめとして多くの人々が、耐え難い苦しみと悲しみを経験されたことは、否定できない事実であると考えており、戦争という異常な状況下であったとは言え、こられの方々が筆舌に尽くしがたい辛酸をなめることを余儀なくされたことについては、本当に心が痛む思いがします。

同時に、日本政府としては、戦後、各国との間で平和条約及びその他の関連協定を締結し、これらの国との間で懸案であった先の大戦に係る諸問題を処理してきました。貴会長からご照会のあった各種支払については、先に述べたとおり、現時点で政府として支払を行うことは困難であり、このことについて、何卒ご理解頂ければと思います。

形骸化された村山談話

返信内容を要約すると、心痛いことだが日本政府の戦後処理は解決しており、その点を了承してほしいということである。前半に出てくる「痛切な反省」と「お詫び」の表現は、日本が過去の歴史問題が起きるたびに、ほぼ決まり文句のように使ってきた言葉である。

必要になったら伝家の宝刀のように引用される村山首相の談話も同じである。談話が出てきた背景を想起してみることが、この文書の内容の理解にも役立つだろう。太平洋戦争終戦五〇周年を迎える一九九五年、日本の政界の一部では、過去の植民地支配と侵略戦争を反省し、日本の平和国家としての進路を固く誓う国会決議を採択しようという動きがあった。だが、自民党の右派が、祖国を守るために犠牲になった「英霊」たちを冒瀆する内容は困るとして強く反発し、決議案の採択は失敗に終わった。そこで代案として出てきたのが村山首相談話である。

村山富市首相率いる内閣は、一九九四年六月、社会党、自民党、新党さきがけの三党連合で発足した連立内閣である。日本の憲政史上、社会党から首相が出たのは、一九四七年の片山哲以来のことである。社会党出身の最後の首相として記録される可能性が高い。社会党はその後退潮を重ね、いまでは社民党という群小政党に転落した。政治の流れが長期的にどう変わるか断定することは容易でないが、社民党が以前の社会党レベルの議席を確保するのは相当期間難しいだろう。

村山首相が誕生したのは、自民党が権力に復帰するために首相職を譲り、社会党と連立する取引をしたからである。一九五五年の結成以来、ずっと与党の座を譲らなかった自由民主党は、一九九三年の党の分裂で、細川護熙を首相とする非自民連立政権が発足すると、しばらくの間、パニック状態に陥った。権力を譲った後に経験した悲しさに耐えがたかったのだろう。

村山談話のもともとの名称は「戦後五〇周年の終戦記念日にあたって」となっている。村山談話は当時、内閣決議を経て発表された。それでも社会党の首相でなかったら、このような文言を盛り込んだ談話も出なかっただろう。村山首相が一九九六年一月に辞職し、自民党総裁である橋本龍太郎が同じ連立内閣の首相に就任した。その年の一一月には再び自民党の単独内閣に戻った。

自民党のなかには村山談話を目の敵のように考える人たちがいる。とくに二〇〇〇年代に入って、小泉純一郎、安倍晋三、麻生太郎など、保守強硬の色彩を帯びた首相が相次いで登場し、村山談話の継承問題が焦点となった。彼らは靖国神社参拝や歴史教科書の修正問題などで、基本的に右翼の立場を代弁してきた。しかし、首相として村山談話を否定すると、国内外に膨大な波紋が予想されるので、本音はどうであれ、継承するという立場を明らかにした。

なので、言行不一致の乖離現象がますます顕著にならざるを得ない。自民党の首脳部や政府の高官は基本的には考えが変わっていない。むしろ、戦後生まれの首相が出始め、従来の負債意識を脱して、「自虐の歴史観」を是正すべきと堂々と声を上げる。そうするうちに、過去の歴史や歴史認識をめぐって、隣国との摩擦の火種が示されると、村山談話を継承する精神に何の変化もないと型にはまった言動を繰り返す。

朔風会に送られた日本の外務省の返信も基本構造は同じである。植民地支配と侵略戦争の犠牲者に対して痛切な反省と哀悼の意を表すが、実質的に提供する補償措置はない。日本人抑留者に行った措置は、日本人でないから行うことができず、徴兵などの補償は日韓の間で法的に解決した問題であるという立場を固守する。

しかし、シベリア抑留問題は、一九六五年の韓日協定を締結したときに、軍慰安婦、サハリン残留などとともに取り上げられることもなかった。さらに、日本軍に連行されてソ連軍捕虜になって長期抑留されたのは、日本が降伏宣言をした一九四五年八月一五日以降に起こったことである。それでも日本政府は、彼らの苦しみを軽減するための補償はできないと繰り返すのである。

日本の民主党議員の厳重な追及

日本の外務省の遅れた回答の態度について、四年が過ぎた時点で野党議員が国会で問題にした。今野東・民主党議員は二〇〇五年四月二二日、衆議院外務委員会で、朔風会という団体の由来を説明した後、町村信孝外相を相手に、韓国人抑留者たちが小渕首相に補償申請をした事案について質疑した。

今野議員と町村外相など外務省幹部との間でやりとりされた質疑応答の内容は、事案の核心がどのようなものか如実に示している。議事録で示されたもののうち、儀礼的で冗長な内容は整理して、問答の要旨をまとめてみよう（第一六二回国会外務委員会第六号）。今野議員は、二〇〇七年の参院選で民主党比例区から立候補して当選し、現在は参議院議員である〔二〇〇九年当時の経歴。二〇一三年四月逝去〕。

今野　一九九九年一〇月一日に要請をして、回答が二〇〇一年の一月二九日です。一年四か月も過ぎております。これは誠意ある対応の仕方でしょうか。

外務審議官　文章自体は、担当の北東アジア課というところで起草いたしまして、これを外務省の中の関係部局等々との協議を経て回答を差し上げたわけでございます。内容的には政府としての基本的な考え方を適切に説明したものだというふうに考えておりますけれども、ただ、このタイミング、また差出人の名義、これがいかがなものであったかということにつきまして、今となって考えれば配慮に欠ける面があったということは私どもとしても反省しておる次第でございます。

今野　私は、こういう要請について一年四か月もほっておいたことが誠意あることかどうかということを大臣にお尋ねしました。大臣、お答えください。

町村　回答する文章にいろいろ検討を加えたかもしれませんが、それは幾ら何でも時間がかかり過ぎであり、そういう意味で誠意が欠けていたという批判は率直に受けなければならない、こう思います。

今野　それで、内容ですが、これは日韓請求権協定の対象外ですよね。確認です。

外務審議官　請求権の問題は完全に日韓の請求権協定によって解決済みでございます。

今野　この日韓請求権というのは一九四五年の八月までのこと、それ以外は対象外でありますすす。これは戦後シベリアに抑留された方々です。そこのところをもう一度確認したいんですが、そういうところからすると、これは日韓請求権協定からは外れる、そうじゃないですか。

外務審議官　戦争に起因する問題ということで、私どもとしては、入っているというふうに考えております。

今野　大臣、これでいいんですか。期限をもっときちんと確定しなきゃいけないと思いますよ。そんなあいまいなことじゃないでしょう。

外務審議官　日韓のこの戦争に起因する問題につきましては、一九六五年の日韓請求権協定、それからまた関連の国内法によって完全に法的に解決済みである、そういう認識でこれまで対処してきております。

今野　これはそうすると、戦争にかかわることというのはどこまで行きますか。今もって続いているわけです、さまざまな被害は。どこまで行きますか。今起きていることも全部含まれちゃうんですか、この日韓請求権協定の中に。そんな線の引き方はできないでしょう。

（外務審議官が、日韓請求権協定とサンフランシスコ講和条約の内容を説明して、請求権問題に含まれると繰り返し答弁）

今野　それはおかしい。一九四五年の八月で終戦をしている。それ以降日本人の国籍を持ってシベリアに送られた人たちに対して何の手当てもしていない。それで、ここで、日韓請求権協定の中に入っているんだと言い切ってしまう。こういうことをしているから日韓の関係というのはうまくいかないんです。今このことについてやりとりをしていても時間がないから、しようがないからほかの質問に行きますけれども、これについてはもう一度検討をしていただいて、しっかりその期限を示していただきたい。ぜひ説明をしていただきたいと思います。

今野　大臣、このように墓参事業というのがあるんですが、あくまでも国内の事業なんですよ。国外に対しては、我が国は、例えば日豪草の根交流計画、これは「第二次大戦時の経験から、依然として従軍関係者を中心に根強く残る反日感情を払拭し、日豪両国間の相互理解及び友好関係を強化するために」云々ということでこういう事業を行っているんですよ。〔平成〕一七年度予算で五〇〇万円ついています。日本とイギリスに関しても、元戦争捕虜、民間人抑留者関係者を対象として行う事業というのを行っています。これは〔平成〕一七年度三五〇〇万ついています。日本とオランダについても同じようにこういう事業を行っております。日韓についてはなぜこういう事業が行われないんでしょうか。大臣、お答えください。

町村　なぜ今まで行われなかったかということについて私は正確な知識を持っておりませんが、日本人の御遺族については、シベリア抑留されたその御遺族について毎年慰霊巡拝が行われているわけでございます。韓国人の御遺族の慰霊巡拝の可能性、私はあってもいいんじゃないかな、こう思いますから、よく関係省庁と相談をして考えてみたい、こう思います。

今野 ぜひ、日韓の友情年の記念事業として、外務省としても、墓参事業等考えていただきたいと思います。ぜひ、このことについてもう一度外務大臣の明確なお答えをいただいて、質問を終わりにしたいと思います。

町村 日韓友情年という形をとるのがいいのかどうか、そこもよく考えてみたいと思いますが、何らかの対応が多分必要なんだろうと思います。

今野 朔風会の方々ですが、先ほども申し上げましたけれども、もう八〇を過ぎている方々、二八名になってきています。時間はありません。誠意を持って対応していただきたいと思います。

——第一六二回国会外務委員会第六号議事録二〇〇五年四月二二日より

町村外相の回答は数日後、日本政府がシベリア抑留韓国人被害者に支援の意思を明らかにしたものと、韓国国内の新聞では報道された。しかし、希望的な観測が先走った報道だった。その後も日本政府の態度はあまり変わっていない。町村の回答後、四年が過ぎた二〇〇九年の夏にも、韓国人犠牲者の遺族や生存者の現地墓参の支援は行われていない。

コラム

韓国シベリア朔風会と日本全国抑留者補償協議会（全抑協）の活動

朔風会の会員たちの月例会
シベリア抑留者の集まりである朔風会の会員たちは、毎月ソウル市鍾路（チョンノ）のとある喫茶店で集まって安否を確認する。

朔風会と朝鮮族抑留者代表の出会い
2005年5月に東京で開かれた抑留者補償促求集会に参加した李炳柱（イビョンジュ）朔風会会長（左）と中国朝鮮族・呉雄根（オウングン）・前河北大教授（右）。

ソ連大使館が開催した慰労会
駐韓ソ連大使館が元抑留者を慰労するとして開いた行事に参加した朔風会の会員たち。一番右が李柄洙（イビョンス）。その横で前かがみになっているのが羅寛國（ナグァングク）。

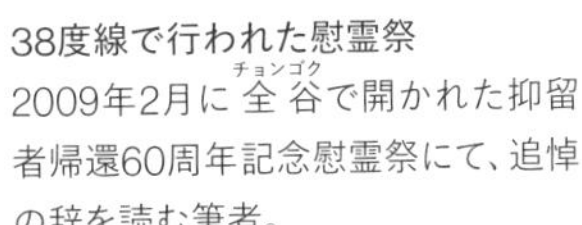

38度線で行われた慰霊祭
2009年2月に全谷（チョンゴク）で開かれた抑留者帰還60周年記念慰霊祭にて、追悼の辞を読む筆者。

ソウルで会った韓日抑留団体の代表たち

朔風会と日本の全抑協が1998年9月にソウルで共同開催した国際会議に参加した双方の代表者。右奥の演壇で演説をしているのが、朔風会会長を務めた李炳柱。

日本人犠牲者の墓地に集まった韓日代表

1997年10月、韓・日・ロの3国による国際会議に参加した日本と韓国の抑留者が、モスクワの日本人犠牲者の墓地に集まった。

韓・日・ロの初めての抑留関連の国際会議

1997年10月、モスクワの平和委員会の建物で開かれたシベリア抑留関連3国国際会議。韓国からは当時、朔風会の副会長だった李炳柱だけが参加した。

抑留者特別措置法案の提出会見

2009年4月、日本の野党議員らと全抑協の代表が参議院に「戦後強制抑留者特別措置法案」を提出した後、記者会見をした。右から3番目が平塚光雄全抑協会長代行。その左に民主党の谷博之参議院議員、エレーナ・カタソノワ、2人飛んで民主党の今野東参議院議員。

第14章

苦しみを分かち合い共同闘争に

反戦平和雑誌に掲載された手記「丸腰の兵士」

中国・河北大学で定年退職した呉雄根(オウングン)は、一九九一年にある日本人から手紙を受け取った。日本円五万円を送金したという内容が含まれていた。手紙の送信者は小熊謙二(おぐまけんじ)、シベリア抑留者出身である。[22]

二人の縁は呉雄根の手記が日本の雑誌に掲載されたことから始まった。地質探査隊の内科医で一歩遅れて日本語の大学教授に転身した彼は、一九八〇年代半ばに中国人を対象とした日本語の作文大会に応募した。当時においては日本語を教える教授が参加するのは異例ではなかった。日帝末期に関東軍に徴兵で連れて行かれ、ソ連軍との戦いで重傷を負って捕虜になった自分の実際の経験を書いた「丸腰の兵士」が受賞した。

「丸腰の兵士」というタイトルは、一九四五年八月に大量に召集された朝鮮人青年たちには、小銃などの武器が支給されず、事実上の非武装状態だったという意味でつけたものである。彼は大会主催側に、日本のどの雑誌でも構わないから、自分の文章を掲載してほしいと頼んだ。三年ほど経って『不戦』一九八九年七月号に彼の手記が載せられた。一九八八年一月に創刊された反戦平和運動を支持する元兵士たち「不戦兵士の会」が出す雑誌である。

雑誌に出た手記を見た日本人が手紙を送ってきた。前出の五万円を送金したという小熊である。抑留されたときも創氏名を使っていたので、「〇〇収容所にいた日本名・某氏ではないか」と問い合わせたのである。五万円を送った経緯はこうである。日本政府は自国のシベリア抑留者が補償を執拗に要求すると、一九八八年に平和祈念事業特別基金法を制定した。日本政府が法に基づいて政府予算を出捐して基金を作り、一八万人に達する生存者に一〇万円に相当する国債と銀杯を支給した。正式の補償ではなく、被害者たちの不満を和らげるための便法だった。現金ではなく債券の形で支給したのも特異である。

小熊は呉雄根に本当に申し訳ないと思っていた。戦前は日本人だからと強制的に軍隊に連行し、戦後は日本人でないからとすべての補償から除外したのはあまりにも不当であると感じた。そこで、日

22 呉雄根と小熊謙二のやりとりについては、林えいだい『忘れられた朝鮮人皇軍兵士』終章の最後でも紹介されたことがある。またその後、小熊謙二の生涯については、小熊英二『生きて帰ってきた男——ある日本兵の戦争と戦後』（岩波新書、二〇一五）なども出て詳しく知られることとなった。著者は小熊謙二の息子にあたるが、最後の第九章「戦後補償裁判」で、やはり自分の父親と呉雄根とのやりとりについて触れている。小熊英二のこの本は刊行後すぐに中国語訳と韓国語訳が出た。韓国語版は『日本の良心の誕生——ある日本人の生にみられる日本近現代の栄辱の民衆史』（キム・ボムス訳、東アジア出版社、二〇一五）として刊行された。また、この韓国語版の

本政府がやらなければ個人的にでもやると言って、自分がもらった慰労金の半分を送ったのである。

　呉雄根は一九九六年三月に日本を訪問した。日帝時代に留学を夢見ながら東京に行って以来である。中国に社会主義政権が成立した後、初めての海外行きだった。彼の訪日は日本で戦後補償運動に深く関与していた在日同胞の宋斗会（ソンドゥフェ）が水面下で力を貸してくれた。宋斗会は戦後、日本に帰還する朝鮮人が搭乗した船が、謎の爆発で沈没した「浮島丸（うきしままる）事件」や、サハリン残留同胞帰還問題などの訴訟を率いた人物である。「元日本国民」に対する日本政府の責任を執拗に追及した宋斗会は、ついに日本の司法部の前向きな判決を見ないまま、二〇〇二年六月に永眠した。

　呉雄根は訪日期間中に総理府を訪れ、日本政府の慰労金の支給対象から外国人を除くことは不当であると抗議した。しかし、総理府の実務者は「慰労金の支給は日本人に限定されているので外国人には支給できない」と繰り返した。呉雄根は、国会議員、政党、労働組合などを訪ねながら、日本政府の仕打ちが不当であることを訴えた。彼は日本政府を相手に法廷闘争に乗り出すことにした。すると、小熊が「戦後補償裁判を要求するのは長く厳しい戦いだ。あなた一人で苦労するのは見ていられないから、私も一緒にやりたい」と手伝ってくれた。中国に住む朝鮮族一人と日本人一人の共同闘争が始まったのである。

　この異色のコンビは日本政府の謝罪と損害賠償八五〇万円を要求した。東京地裁の一審判決は二〇〇〇年二月に出た。異変は起こらなかった。単に棄却だった。裁判長は「酷寒と劣悪な環境で原告が筆舌に尽くせぬ苦労をしたが、国民が均等に耐えねばならない戦争被害の一つ」として、「特別な犠牲者だからといって、補償を要求することはできず、補償方式は立法府の裁量に委ねられている」と判示した。裁判長は、呉雄根の年金受給資格を認めてほしいという要求にも、「資格を日本国籍者に限定することには合理性がある」と拒否した。東京高裁は同年八月に控訴を棄却した。一審と同じ論理だった。

韓日の抑留帰還者、交流する

韓国人抑留者の集まりであるシベリア朔風会は、二〇〇三年六月、東京地裁に、抑留当時の未払い賃金三億円を日本政府に要求する訴状を出した。生存者三〇人と遺族一人が提訴に参加した。ほぼ三年が過ぎた二〇〇六年五月に、東京地裁は一九六五年の韓日協定で請求権が放棄されたと原告の要求を棄却した。

朔風会の会員たちの訴訟提起は、日本の抑留者団体である全国抑留者補償協議会（全抑協）の支援に負うところが大きい。二〇〇四年四月には李炳柱（イ ビョンジュ）会長などの代表団が全抑協の招請で大挙日本を訪問した。李炳柱朔風会会長と寺内良雄（てらうちよしお）全抑協会長をはじめとする、両国の捕虜団体の会員たちが日本の国会議事堂の前で集まり、一緒に座り込みを行った。また、参議院議長など日本の政界の要人を訪問

刊行がきっかけとなり、小熊父子と韓国のシベリア抑留経験者たちとのやりとりを取り上げたドキュメンタリーも制作された（「父と私――シベリア、一九四五年」（韓国MBCテレビ・光復節特集ドキュメンタリー、二〇一六年八月一五日放映）。ドキュメンタリーでは、小熊父子以外に、朴定毅（パクチョンイ）、金起龍、金學範などの抑留体験者や、また本書第2章でも取り上げられた文龍植（ムンヨンシク）氏も出てきて、これまでの労苦や運動について語っている。放送後、小熊英二は撮影余禄のような文章も発表した（小熊英二「「父と私」――韓国シベリア抑留者たちとの対話」『世界』岩波書店、二〇一六年一〇月号）。

し、シベリア抑留被害者の問題解決を促す要望書を共同で提出した。

その翌年には中国から呉雄根も合流した。李炳柱会長、寺内会長と呉雄根は、二〇〇五年五月二三日、韓・日・中三か国の抑留者を代表して外務省を訪問し、町村信孝外相と面談した。李炳柱は未払い賃金の支払いとソ連で死亡した韓国人犠牲者の墓参支援を要求し、寺内は政府が支援法を作ってシベリア抑留者問題を根源的に解決すべきであると主張した。町村外相はほぼ一か月前に開かれた衆議院外務委員会で、韓国人被害者の墓参支援の問題を前向きに検討すると言ったことがある〔本書第13章参照〕。

今回も町村は李炳柱の要求に大きな関心を表明した。自分は十分共感しているが、主務大臣ではないから厚生労働相と協議してみると語った。李炳柱はその後、有光健をはじめとする日本人の活動家たちの協力を得て、厚生労働相宛てに手紙を送ったが、現行法制では難しいという返事を聞いた。結局、何も変わらなかった。

朔風会と全抑協の交流は、韓国人抑留者たちが東京地裁に提訴した時点から一〇年をさかのぼる。全抑協を実質的につくって率いた斎藤六郎会長は、一九九三年九月、エレーナ・カタソノワ東洋学研究所研究員とともにソウルを訪れ、朔風会の董玩会長に会った。互いの情報を交換し、共同闘争の方案を協議するためだった。その年の一一月には董玩会長と金起龍総務が、山形県の鶴岡にある全抑協の本部を訪れた。訪日に先立ってロシア政府から労働証明書の発行を受けた。彼らは東京に行き、全抑協の助けを借りて総務庁と厚生省を訪問し、未払い賃金の支払いなどの補償を要求する文書を提出した。

日本軍国主義の被害者でありながら、シベリア捕虜生活をともに過ごした韓国と日本の抑留帰還者たちの交流はこのように始まった。彼らは東京、ソウル、モスクワを行き来しながら戦争の不条理を告発し、補償を促す運動をともに展開した。一九九七年一〇月に全抑協の主導で韓・日・ロ民間国際会議がモスクワで開かれたとき、李炳柱副会長が朔風会代表として参加し、基調報告を行った。一九九八年四月には、神林共弥（かんばやしともや）会長など全抑協代表五人が来韓し、ソウルで朔風会の会員と韓日シベリア抑留問題協議会を開いた。初代の朔風会会長を務めた金圭泰（キムギュテ）が、自ら所有する錦豊実業ビルの会議室を会場として提供した。

その年の一〇月には、両団体が、ソウルのあるホテルで、シベリア抑留に関する国際セミナーを開催した。神林会長は基調発言で「日本軍兵士六〇万人が、戦後、ソ連で強制労働をしたことは、日本政府に責任があるにもかかわらず、国際法的に終わった問題だとして回避している」として、「金大中（キムデジュン）大統領が日本を訪問するときに、問題が議題に含まれるべき」と主張した。

朔風会と全抑協の交流は続いた。二〇〇九年二月末、ソウルの国会図書館で開かれた「シベリア抑留者帰還六〇周年記念式」にも全抑協の代表団が参加して激励演説を行った。今後も両団体は命脈を維持するかぎり、互いを尊重しながら交流を続けていくだろう。

全抑協の補償訴訟

韓国人の生存捕虜の集団活動はかなり遅いほうである。分断体制の抑圧構造が持続する状況で、朔風会は韓ソ国交正常化〔一九九〇年九月〕以降になってようやく結成され、実際の活動にも先発走者である全抑協の助けをかなり受けた。まず全抑協を初期から主導してき斎藤六郎の人生から見てみよう

（白井久也『ドキュメントシベリア抑留――斎藤六郎の軌跡』）。

一九二三年に山形県鶴岡の貧しい家庭に生まれた。父親は警察末端の巡査だった。小学校卒業が学歴のすべてである彼は、満洲に渡り、独学で陸軍裁判所書記の試験に合格した。関東軍軍法会議の書記として在職したが、ソ連軍の捕虜になり連行された。鉄道敷設などの苛酷な労働に従事し、五月一日のメーデーのときに、臨時作業をさせたソ連人の現場監督助手の命令を拒絶して、懲罰措置を受けたりもした。ソ連軍の政治学校で教育を受け、民主運動の時期には積極的に活動分子として参加した。

四年三か月の抑留生活を終えて帰国したときは、「アカ」〔共産主義者〕と言われて仕事も見つからずに苦労した。日雇いで困難な生活を続け、大工、左官などの建設業の労働組合の支援のもとに、鶴岡市議会議員選挙に社会党候補として出馬して当選した。一九七九年に全抑協の創立を主導して会長を務め、一九九五年に死去するまで組織を精力的に率いた。

全抑協は元将校、見習い士官、下士官、兵士、軍属、民間人がいたうえ、メンバーの考え方も千差万別だったが、彼の指導のもとに一貫して行動した。運動の四大目標として、ソ連抑留中に死亡した死亡者名簿の公開、ソ連各地に埋葬された遺骨の送還と墓参自由化、戦犯にされて実刑が執行された人々の名誉回復、強制労働の未払い賃金の支払いを法的に義務づける労働証明書の発行などを掲げた。

全抑協会員六二人は、一九八一年四月から一九八五年一〇月まで四回にわたって、日本政府を相手に「抑留中の未払い労働賃金を支払え」と東京地裁に提訴した。原告一人当たり一か月に一〇万円、総額二億六〇〇〇万円の支払いを要請した。一六年にわたるシベリア抑留国家補償裁判の始まりである。原告側は「シベリア抑留者は戦時捕虜であり、日ソ共同宣言（一九五六年）で戦争被害の請求権を両国が相互に放棄したため、捕虜待遇に関する一九四九年のジュネーブ条約や国際慣習法に基づいて、未払い賃金の支払い義務が捕虜の所属国である日本にある」という主張を展開した。

これに対して被告の日本政府は「自国の捕虜に対して、国内で労働賃金を補償しなければならないという国際慣習法はない」と前提し、「もし国内で補償するとしても、それは国家政策によって決定されなければならない」と対抗した。原告が待ちかねた一審判決は一九八九年四月に東京地裁で下された。全抑協の敗訴だった。裁判所は「原告らの被害は戦争時に全国民がともに負担すべき戦争損害」であると規定し、別途補償すべきではないと判示した。また、原告側が根拠とした一九四九年のジュネーブ捕虜条約については、「条約が日ソ間に発効する前に、ほとんどの原告が帰国したので適用されない」と述べた。

日本政府は占領軍統治下の時期、連合軍司令部の指示に基づいて、東南アジアや南太平洋で捕虜として逮捕され帰国した帰還者に対して、未払い賃金を支払ったことがある。米軍などの管轄下にあった彼らは、未払い賃金の内訳が記載された労働カード（労働証明書）を携帯して帰ってきた。裁判所はこれについて、「オーストラリア、ニュージーランド、東南アジアなどで米軍に抑留された日本人捕虜に対して、日本政府が戦後、特別に支給した事実があるが、自国民の捕虜補償が交戦国の一般的な慣行とは言えず、国際慣習法として成立したと認めることはできない」と、被告である日本政府の主張を認めた。

全抑協は一審で敗れた後、ソ連当局の労働証明書の発給を受けるために集中的にロビー活動を行った。エレーナ・カタソノワなどロシア人協力者たちの努力で労働証明書を最終的に入手した。日本政府が何もしない間に、一民間団体がソ連政府と交渉して証明書を受けるという奇妙な形になった。原告たちに労働証明書が到着したのは一九九二年のことで、控訴審の弁論手続きが終結した後だった。

原告側はこれまでの裁判をひっくり返せるきっかけを得たと考え、労働証明書を証拠として採択することを要求した。南方戦線で捕虜になった日本たちとは異なり、ソ連に抑留された捕虜は、戻るときに捕虜労働関連の資料を何も受け取らなかった。未払い賃金がいくら残っているかを知る人もいなかった。しかし、裁判所は弁論再開を拒否した。日本の外務省は「労働証明書と呼ばれる文書の交付は、まず抑留を行った国の問題であり、日本政府が文書を認知するとか、または認知していないなどという立場を取ることはできない」と、つとめて無視する態度を示した。一九九三年三月、東京高裁は一審と同様に棄却判決を下した。シベリア訴訟は最高裁まで行った。一九九七年三月に最高裁は棄却判決を下した。抑留も戦争被害の一種というわけである。

敗訴が確定すると全抑協の戦列が乱れ始めた。盛んに注目されたときはメンバーが四万人に達し、彼らが出す会費もかなりの額だった。一審に八年、二審と三審に四年ずつかかり、裁判を見守っていた会員たちは疲れた。補償金支給を期待して登録した会員は、司法闘争が水の泡になると多くが脱退した。生前に日本人とロシア人の真の和解のために努力した斎藤会長は、最終判決を見ることなく一九九五年一二月に世を去った。

八〇代の老人が一〇年かけて犠牲者名簿を作成

全抑協はソ連／ロシア当局や研究所の関係者の信頼を得るために長年努力した。そのような過程を通じて、一部抑留者の名簿、敗戦時にソ連極東軍と関東軍が行った停戦交渉に関連する書類など、未公開の機密文書を入手し、労働証明書の発行を得た。しかし、何か不自然なところがある。いったい日本政府はこの間、何をしたのか。一民間任意団体がどうして、このような非凡なことをすることになったのだろうか。

事実、シベリア抑留問題は、日本とソ連の黙契の下で長い間、封印されてきた。双方とも蓋を開けたくなかったのである。一九五六年一〇月一九日に両国が国交を回復したときに、日本人捕虜死亡者について正式に合意した数値は三九五七人だった。後で明らかになった実際の被害の一五分の一の水準だった。日本政府は死亡者名簿や遺骨送還なども積極的に要求しなかった。ソ連との外交において日本政府の関心はひたすら、いわゆる「北方領土」と呼ばれる四つの島の返還要求に傾いていた。北海道の北にある四つの島は、ソ連が戦後に他の島々とともにいまだ占拠している。

日ソ共同宣言のとき、鳩山一郎首相がモスクワを訪問し、最初に二島を返還するという合意があったが、その後、双方の折衝が難航を重ね、現在まで未解決の状態である。領土問題が妥結せず、日本とソ連（ロシア）の間には戦争状態を終える平和条約がいまだ締結されていない。

日本政府は基本的に抑留問題に深入りする考えはない。一九五六年の共同宣言のときに相互の請求権の放棄を合意したためもあるが、自国の兵士六〇万人が、他国に捕虜として長期間抑留されたという恥辱の歴史を想起したくないのである。抑留問題専門家の白井久也は日本政府の姿勢について、「いたずらに触れずに、暗闇の中に埋葬されることを期待している」と表現した。なので、全抑協が独自にロシア側と交渉を行って抑留関連名簿を入手すれば、日本政府は「外交の一元化」の原則を掲げて、一介の民間団体に与えてはいけないとロシア政府を牽制した。だからといって、日本政府が先頭に立って、資料の収集と整理に熱を上げるわけではまったくなかった。

このような事情を象徴的に示すのは、抑留死亡者名簿『シベリアに逝きし四六三〇〇名を刻む――

ソ連抑留死亡者名簿をつくる』の出版経緯である。村山常雄という八〇代の老人が、二〇〇九年八月、ほぼ一〇〇〇万円をかけて自費出版した本である。当然、政府がやるべきことを、一個人が一〇年間の作業の末に出したのである。一九二六年に新潟県で生まれた村山は抑留者出身である。満洲国立ハルビン水産試験場に勤務し、一九四五年五月、一九歳のときに関東軍に召集された。ソ連軍の捕虜になってハバロフスク近くのムーリ収容所などに収容され、一九四九年八月に帰国した。その後中学校の教師として勤務し、一九八五年に退職した。シベリアで亡くなった昔の戦友たちの墓参りを行って、墓石もない日本人の埋葬地を見てショックを受けた彼は、悲劇的な死を受けた無名兵士たちの恨みを、どうにかして晴らしてやろうと決心した。

　一九九一年四月にゴルバチョフソ連大統領が日本を訪問した。ソ連首脳としては初めての来日だった。日本とソ連の関係がそれほど疎遠だったことを示す部分である。ゴルバチョフは当時、抑留死亡者名簿三万九〇〇〇人分を持ってきて海部俊樹首相に渡した。資料が整理され次第、追加分も送付することにした。厚生省は渡された資料を公開したが、遺族たちにはあまり役に立たなかった。名前の漢字表記がなく、ロシア語の表記をカタカナに置き換えただけだったからである。到底、日本人の名前に思われないものも多かった。

　村山は、このような状態であれば、悲痛に死んだ死者が明らかにされないのも同然だと思った。抑留者団体などを通じて、死亡者名簿などの資料を収集した。彼は一九九六年二月、満七〇歳になる誕生日に、自分が名簿を作ることを決意した。コンピュータを買って使い方を学びながら、毎日一〇時間以上入力した。死亡者の誰であっても大切な家族や肉親がいると考え、漢字名を確認していった。二〇〇五年にデータ入力がほぼ完了すると、四万五八一五人の名簿をインターネットに公開した。遺族など関係者たちの反応は熱かった。各地から追加資料や写真などを送ってきて、後援や激励が相次いだ。このような過程を経て、『シベリアに逝きし四六三〇〇名を刻む』がついに出版された。犠牲者四万六三〇〇人が掲載され、そのうち三万二三二四人の漢字名が記載された。当時の日本人抑留犠牲者は約六万人と推定されており、まだ一万四〇〇〇人の名前が明らかにされていない状態である。

司法訴訟から補償立法闘争に

全抑協は、一九九七年に最高裁の確定判決が出て、司法を通じて補償を要求する道が絶たれると、立法府に目を向けた。日本の裁判所は、戦後補償の要求に関連する数多くの訴訟で、おおむね原告側の要求を却下しつつ、補償は国家の政策や立法の裁量によるものという立場を堅持している。原告らの境遇が哀れだが、国際協定、条約や現行法律上の救済方法がなく、政策の変化や新規立法を通じて補償の道が開けるというように、ボールを相手に渡してしまった。

自民党政権は抑留被害者の不満を和らげるために、一九八八年に「平和祈念事業特別基金等に関する法律」を制定した。これによって、政府が出捐した基金を通じて、慰労金の名目で一〇万円の国債などを支給した。しかし、平和基金事業法は二〇〇六年末に廃止が決まり、基金は二〇一〇年九月末に活動を終了して解散する〔その後、二〇一三年三月末まで延長された〕。日本政府は二〇〇八年に終了手順の一つとして一〇万円の旅行券を配った。現金で支給すると報酬の意味に受け取られることを憂慮して、あれこれ悩んだ末に選んだ案である。全抑協は、老人が使いやすい現金で支給するよう要求したが、受け入れられなかった。実際に支給対象者はすべて八〇代の高齢で、挙動が不自由で旅行するのも容易でない。旅行券を受け取ると商品券取引所に行って、五〇〇〇〇円割引で現金九万五〇〇〇〇円を手にする老人が少なくなかった。

全抑協は民主党など野党を訪ねながら、抑留被害者の補償立法の制定を促した。二〇〇五年七月、民主・共産・社民党三党合同で「戦後強制抑留者に対する特別給付金の支給に関する法律案」を提出した。被害者に特別給付金を支給して解決する方法だったが、自民党の反対で実現されなかった。二〇〇九年春には「戦後強制抑留者に係る問題に関する特別措置法案」が野党三党の発議で提出された。四年前の法案は単に被害者に金を支給する程度だったが、今回の法案では、抑留問題の調査、記念事業・教育の強化など、全般的な措置が含まれた。

何度も廃棄になったこの法案が、二〇一〇年六月一六日、ついに立法処理を完了した。五月二一日に参議院を通過したのに続き、通常国会の会期最終日の夕方、衆議院で陣痛の末、処理された。決定的な契機は、二〇〇九年八月三〇日に行われた日本の衆議院総選挙で、民主党が歴史的な大勝を収め、政権交代が実現したことだった。元抑留者への補償を拒否していた自民党と公明党は採決に参加しなかった。傍聴席から採決過程を見守った全抑協の幹部は感慨深げな反応を示した。彼らは「ついに天国の仲間たちに報告できるようになった」として、「当然のことなのに、どうしてこれほど歳月がかかったのか。だが、長生きした甲斐があった」と喜びを隠せなかった。法が通過することで、日本国籍の抑留生存者は拘留期間に応じて、一人当たり二五万円から最高一五〇万円までの金額が「特別給付金」の形式で支給される。現在七万人と推定されている生存者の平均年齢は八八歳である。

特措法は通過したが、韓国人被害者は除外

ならば、韓国人被害者はどうなるのか。現在の状態では補償を受ける見込みは不透明である。全抑協と朔風会は互いを尊重する気持ちで交流と共同闘争を行ってきた。日本政府が一〇万円の旅行券を支給したときも、全抑協は韓国人犠牲者が除外されて申し訳なかったと、別途、金を集めて朔風会に送った。しかし、民主党が法案作成の過程で、遺族や日本人以外の抑留者を補償対象に含めようとすると、政府のなかで慎重論が提起されて、最終的に除外されることとなった。法案作成に主導的な役割を果たした民主党の今野東（こんのあずま）参議院議員は「遺憾だが」最初の道を開くことが重要なので日本国籍者に限定したということで、韓国のシベリア朔風会の会員のみなさんのご理解を願いたいと述べた。全抑協の幹部も同様の趣旨のことを語った。

法が通過した翌朝、李炳柱（イビョンジュ）朔風会会長など韓国内の生存者数人に電話をかけ、進展状況を伝えた。彼らは最初から期待していなかったので、ただ淡々と受け入れた。韓国内生存者も高齢で世を去る人が相次いでいる。韓国内の生存者だけではない。徴兵で連行されて抑留された朝鮮人たちは、北朝鮮、中国、ロシアにも残っている。徴兵されてシベリアで抑留生活をした台湾人もいた。民主党政権が「元日本人」抑留者にも補償するための追加の立法措置をするか待たれるが、二〇一〇年七月の参議院選挙の惨敗で政権基盤が弱まり、可能性はきわめて低いものと思われる。

結局、問題は韓国政府の姿勢である。政府当局者であれ、政治家であれ、抑留被害者の境遇を嘆き、悲しみ、憂慮する人がほとんど見られない。二〇〇九年二月末に開かれた帰還六〇周年記念行事に姿を現した政治家は、魯會燦（ノフェチャン）進歩新党代表と李正姫（イジョンヒ）民主労働党議員（ともに当時）だけだった。政府当

局者たちには日々格闘すべき懸案が山積しているだろう。半世紀以上前にあった複雑な問題に、彼らが触れたくないと考えることに対して、非難一辺倒で責めることも難しい。

しかし、この問題を巨視的に見て接近しなければ、生存者たちは、結局、千秋の恨（ハン）を抱いてみな世を去ることになる。韓国という国全体としては、弱小民族として経験した現代史の悲劇において、何らの教訓も得られないことになる。自国民が歴史のある時点で、言葉で言い尽くせない被害に遭ったにもかかわらず、韓国政府は加害者政府にいかなる抗議や異議申し立てもしていない。被害当事者以外は、彼らの苦しみを自分のことのように痛み、助けてくれる人もほとんどいない。このような状況と風土が変わらなければ、韓国社会で正義が生きているとは言えないだろう。

コラム　全抑協会長・寺内良雄氏インタビュー

シベリア抑留問題を取材するために、二〇〇八年七月に日本で全抑協の寺内良雄会長に会った。当時、彼は八四歳の高齢であるうえ、中風で倒れた前歴があって、身動きが不自由だった。それでも杖をついて息を切らし議員会館の部屋を訪ね回り、シベリア抑留問題の真相を学校教育で教えるべきだと力説した。インタビューをして三か月後の一〇月二〇日、彼が世を去ったという知らせが日本から来た。二〇〇九年に全抑協創立三〇周年を迎えるので、最後の力を振り絞って闘争すると言っていた彼も、結局、正義の実現を見ることなく帰らぬ人となった。

抑留問題に対する彼の肉声を生き生きと伝えるのが、読者の理解に資するだろうと考え、インタビュー全文を掲載する。おそらく彼が外国メディアと最後に行ったインタビューかと思われる。肺疾患を患っていたせいか、時には発音が正確でなく聞き取りにくい部分もあった。そのようなときは、同席した有光健・戦後補償ネットワーク代表が敷衍して説明してくれた。一九二四年に栃木県で生まれた彼は、宇都宮商業高校を出て、中国・北京のある会社に勤めて、一九四四年一一月に入隊した。インタビューの場所は、彼を政治的な師匠と考える民主党の谷博之参議院議員の部屋だった。

――どのようにソ連で捕虜生活をすることになりましたか。

満洲で関東軍の予備士官学校に入校して教育を受けているとき、ソ連軍が進撃してきました。下士官である軍曹の階級章をつけて戦闘に参加しました。訓練生は若い人たちだったので爆弾特攻隊に投入されました。ソ連軍の戦車が進撃するときに備えて穴を掘った後、爆雷を腰につけて待っていて、戦車が通過するときに爆発させるのです。特攻隊の半分が全滅しました。黒竜江省牡丹江（ムーダンジャン）から後退して吉林省敦化（トゥンファ）で終戦を迎えました。極東地域のコムソモリスクに抑留され、一九四七年九月に二年ぶりに帰国しました。当時、夏の軍服を着たまま連れて行かれ、厳しい寒さのために左足の親指がひどい凍傷になりました。

――帰国して若いころには何をしましたか。

普通の会社に勤めて労組運動をしました。一九六三年から栃木県議会議員を一七年やりました。

――全抑協の活動はいつからされたんですか。

一九七九年に全抑協の創立時から関与して副会長をしました。斎藤六郎（さいとうろくろう）会長とずっと行動をともにしました。斎藤会長が一九九五年に他界した後、会長を務めた神林共弥（かんばやしともや）氏の健康がすぐれず、二〇〇三年から会長を務めています。

――全抑協が国家を相手にした補償訴訟で敗訴したとき、どのような気持ちでしたか。

南方地域で捕虜にされた人々は、帰国後、マッカーサー進駐軍の指令で未払い賃金をもらいました。ソ連から帰ってきた捕虜は労働手帳のようなものを支給されず、未払い賃金の存在を証明できる材料がないといって断られました。全抑協がロシア政府に連絡して労働証明書をもらうと、日本政府は、国家でない民間人が独自に受け取ったものは認められないと主張しました。司法も、結審後に提出された労働証明書は、証拠として採用できないと言いました。結局、最高裁判所は、戦争被害は超憲法的な問題であり、空襲被害者や戦死者と同様、別途、補償対象にならないと判断しました。あなたたちの苦労には同情するが、戦争被害は国民が均等に耐えるべきものだと棄却しました。

――棄却されたことを個人的にどう受け止めましたか。

シベリア抑留は戦争が終わった後に起こったことで、私たちは特殊な被害者だという認識を持っています。抑留はポツダム宣言に対する明白な違反であり、ソ連が日ソ中立条約を一方的に破棄しました。このような点に対する真相究明を要求して、これまで戦ってきたのです。教科書に載せて後の世代に教えなければなりません。二度と戦争をしてはならないというのが私たちの悲願です。

――名刺には「シベリア立法推進会会長」という肩書きが書かれています。

司法を通じた訴訟で敗訴して以来、議会で関連法を立法することが、現在、最も重要な活動の指針です。私たちは何ももらわずに奴隷労働をしたので、このまま死ぬことができません。単に金を出せということだけではありません。日本政府の深い謝罪を望みます。エリツィン・ロシア大統領が犠牲者墓地に参拝して、大変申し訳ないと言いましたが、日本の首相からはそういうことをまったく言われたことがありません。日本の首相は「遺憾」とか「同情」という表現を使いますが、「謝罪」という言葉を使いません。抑留したのはソ連だ、自分たちの責任ではない、ということでしょう。

——韓国の抑留者団体の朔風会と交流することになったきっかけは何ですか。

同じ立場にある人々の団結でしょう。斎藤会長が一九九〇年代に訪韓し、労働証明書の発給の問題などを協議したことがあります。ソウルで国際シンポジウムを開いたり、日本の国会で抑留問題が扱われるとき、朔風会の会員たちが来て傍聴したりしました。二〇〇四年には日本の国会議事堂前でともに座り込みをして、衆議院・参議院議長団を訪ねて要望書を提出しました。二〇〇五年には韓国の李炳柱（イビョンジュ）会長、中国朝鮮族の呉雄根（オウングン）とともに町村信孝（まちむらのぶたか）外相に会いました。

——野党と協議して準備中のシベリア特別措置法案〔「戦後強制抑留者に係る問題に関する特別措置法案」〕で、外国籍の元抑留者は補償対象から除外されたと聞きました。

一緒に問題を解決しようとしましたが、日本に国籍条項というものがあります。大変残念ながら、まず突破口を開くことが重要だと、李炳柱朔風会会長の了解を得ました。国会で法案を通過させるには、まず日本人に限定することが必要であると判断しました。金の問題ではなく、戦後六〇数年が過ぎても解明されていない抑留事件の真相調査が法案の核心でしょう。韓国人抑留者たちは仲間なので考慮してくれるでしょう。

――全抑協は抑留者たちの間で最も広い支持を受けている団体と言えますか。

最初は全抑協として出発しましたが、分裂して出ていく人がいました。代表的なのが相澤(あいざわ)英之(ひでゆき)(東京帝大卒、日本軍の経理将校を経て大蔵省主計局長、事務次官、自民党議員、経済企画庁長官などを歴任)がつくった「全国強制抑留者協会」です。「補償」という言葉が団体名に入らないことで明らかになったように自民党系の運動です。この集まりは全抑協が政府に過度に敵対的であると批判し、政府や自民党と仲良くしようと主張します。政府から毎年一億四〇〇〇万円の補助金を受けて活動している立場なので、「国を相手に戦う全抑協や団体はけしからん」「私たちが戦うべき対象はソ連だ」と騒ぎます。相澤グループは「捕虜」という言葉も使いません。開戦当時、首相だった東条英機(とうじょうひでき)は「生きて虜囚の辱を受けず、死して罪禍の汚名を残すこと勿れ」という『戦陣訓』を作りました。斎藤会長が、捕虜は国際法の常識だと言うと、相澤は不名誉な発言であると大きく反発しました。全抑協がスタートするとき、メンバーが一〇万人に達しました。日本政府は一〇万人の団体が反政府になると頭が痛いので、積極的に瓦解工作を繰り広げて分裂しました。全抑協はずっと自民党に批判的な態度を取りました(有光は、全抑協の最大規模だったときのメンバーは約四万人であり、当時の帰還者の約一割を組織したとみればいいと語った)。

――全抑協の本部はいまでも山形県鶴岡市にありますか。

現在は東京都中野区に本部を移しました。相澤グループは政府の支援金を受けて、専属の職員までおいて活動する一方、私たちは徒手空拳で独自の募金によって運動をしています。だから、私たちは死んだら終わりという切迫した考えがあるので、法案の制定に全力を傾けています。

――首相の靖国神社への参拝問題はどう見ますか。

私は反対します。死んだら靖国神社に奉納されるとして、みな戦場に送られたので、靖国は戦争の象徴です。私たちはそれに加担しません。二度と戦争をしないためには、靖国についてもっと真剣に考える必要があります。靖国神社に代わる国家追悼施設を造るという構想が座礁して残念です。そのような歴史を風化させないことが私たちの大きな使命だと思います。私たちがいなくなれば問題を提起する人もいません。政府が待っているのがそれです。政府は私たちを抵抗勢力だと思っています。だから、じっとしていればみな終わるというのが基本姿勢です。小さな声でも声を高めるべきというのが、私たちの現在の心境です。それが最も重要です。

――日本敗戦後、関東軍司令部が労働力の提供を自ら提案したという機密文書の存在をどう思いますか。

近衛（このえ）文麿（ふみまろ）元首相を対ソ連和平交渉の特使として送ろうとしたとき、賠償の一つとして労働力の提供を検討し、関東軍参謀たちが兵士たちをソ連の経営に寄与させるという内容の棄民・棄兵政策がありました。ソ連の関東軍捕虜抑留は国際条約にも違反しましたが、日本政府の政策に便乗したのも真実のようです。一九二九年のジュネーブ条約は日本、ソ連、両国とも批准していません。批准していない国同士で戦争に突入したのです。捕虜が恥辱であるという『戦陣訓』は、日本軍の幹部教育で徹底的に注入されていました。ジュネーブ条約は一顧の価値もないものとまったく考慮されませんでした。それを熟知していたら、シベリア抑留の被害を減らすことができたと反省します。ジュネーブ条約の精神を赤十字社に任せるのではなく、日本社会で定着させることが、私たちの運動で重要だと思います。

――抑留者の動きに対する日本のマスコミの報道姿勢はどうでしょうか。

全体的に関心が稀薄です。

――八月二三日に予定された追悼式はどのような意味を持っていますか。

二〇〇三年から始めたので、今年（二〇〇八年）で六回目を迎えます。そもそもは抑留問題がなぜ起こったのかよくわかりませんでした。ソ連が隠してきたので、冷戦が終わるまで情報がほとんど出ませんでした。ソ連は最初、抑留者はいなかったと頑強に否定していましたが、少しずつ数を明らかにしました。日本に帰還した人々の証言を通じて問題が知られるようになりましたが、誰がどのようにして起こしたのかわかりませんでした。それが一九九〇年代に入ってペレストロイカが進み、スターリンが一九四五年八月二三日に極秘指令を出していたことが知られるようになりました。当時『読売新聞』のスクープで、NHKも特集放送をしました。もともとは日本政府が、なぜ、どのようにして、そのようなことが起こったのか調査すべきですが、マスコミと一部の研究者が調査しました。なぜ政府がやらなかったのかと言うと、当時、すでに全抑協の訴訟が進められていて、何も触れないようにしていたからです。間違って大事になれば、日本政府が補償しなければならない資料が出てくることもありますからね。

――一九五六年の日ソ共同宣言以後、抑留問題が日ロ両国の間に正式に提起されたことはまったくありませんか。

遺骨収拾と墓参以外はありませんでした。請求権を放棄したので他の話はありませんでした。日本政府としては北方領土が最優先です。

――いわゆる「民主運動」を会長は個人的にどう思いますか。

日本の軍隊は反動的でした。ソ連が日本の昔の階級制度をシベリアの収容所で逆利用しました。したがって、反動的な将校に対して下級兵士たちの怨念の声が高かったと思います。

――抑留問題を日本政府レベルで調査したことはなかったのですか。

総務庁が出資した平和祈念特別基金が、抑留者たちの体験談を集めて出したものがありますが、おおよそは粗雑なものです。きちんとした研究とは言えません。

——戦後六三年経っても未解決の状態ですが、会長が生きているうちに正義が実現されると考えますか。

来年（二〇〇九）は組織をつくって三〇年になります。この機会に最後の力を振り絞って、シベリア・モンゴル抑留の徹底検証、遺骨収集、責任の所在などを、政府の責任の下に明らかにすべきです。遺骨が戻ってこないのはシベリア抑留だけです。六万人死んだのは一般的な戦争被害でシベリア抑留が最大規模です。捕虜として連行されて一割が死にましたから、実際の戦闘中の死亡者をはるかに超えます。西ドイツ政府は戦争終結後、戦時賠償のためにアデナウアー首相がモスクワに行って抑留者送還の交渉を行いました。帰還した兵士たちを支援するために、特別法を制定して迅速に対応したんです。これに比べれば日本政府は何もやっていません。私たちは運動の主体性を生かすために法案の制定に総力を傾けるでしょう。

——お体がかなりお悪そうですが、補償運動を続けることはできますか。

三〇年前に脳梗塞になり左半身が麻痺しましたが、リハビリ運動を熱心にやってかなり回復しました。いまも無理して仕事をすると疲れます。しかし、私の目が黒いうちに、これらの問題が解決することを願います。私たちは小泉純一郎（こいずみじゅんいちろう）元首相がよく使う言葉「抵抗勢力」に属しますが、絶対に負けたくありません。シベリアから帰ってきた四七万三〇〇〇人のうち、現在、生存者は一〇万を下回ります。八割近くが亡くなりました。ただ放置しておけばきれいにいなくなってしまいます。体力の低下を気力で支えることが一日一日の生活です。いま、国会議員の六割が戦後生まれです。私たちの問題を理解してもらうには困難がありますが、高齢である私たちが熱心に取り組んでこそ、議員たちの共感を得ることができるでしょう。

おわりに

中国人民義勇軍の朝鮮戦争への介入を扱った『ザ・コールデスト・ウィンター——朝鮮戦争』（*The Coldest Winter*）は、アメリカの著名なジャーナリスト、ハルバースタム（D. Halberstam）の遺作である。アメリカ政府がベトナム戦争に介入する過程を暴いた『ベスト・アンド・ブライテスト』（*The Best and The Brightest*）をはじめ、優れたノンフィクションを量産した彼は、『ザ・コールデスト・ウィンター』を脱稿後、二〇〇七年四月に別の取材旅行に出て、不慮の交通事故で亡くなった。彼は遺作で「この種の本を書くときは、かならず先に行った人がいて、その人たちに多くを負っている」と書いた。

私は二〇〇九年四月に中国河北省の保定（パオディン）市を訪れた。シベリアに抑留されて北朝鮮を経て中国に戻った朝鮮族の呉雄根（オウングン）に会うためである。保定市は首都・北京（ペイジン）から一四〇キロほど離れたところにある。北京を発つ前に確認の電話をして、列車便で保定に到着し、タクシーに乗ってご自宅にうかがうことにしていた。駅に到着して出口に出ると、彼は妻の曺錦淑（チョクムスク）と娘を連れて迎えに来ていた。タクシーに乗って家に着いたのが午前一一時半だった。彼は、疲れているだろうから、昼食を食べて、一、二時間休んでから話をしようと、ソファに深く座りながら目を閉じた。しかし、ソウルから訪れた記者に打ち明けたいことがどれほど多かっただろうか。閉じた目を覚ました彼は、すぐに話を始めると、六〇年前の話を次々としていった。

私が呉雄根という名前を知ったのは、林えいだいの『忘れられた朝鮮人皇軍兵士』（一九九五）を通じてだった。その本に書かれた険しくも悲しい人生の歴程を見て、彼にぜひ一度会って話を聞きたかったが、連絡先がわからなかった。朔風会の会長を務めている李炳柱（イビョンジュ）が、数年前、日本で彼に会ったときにもらった名刺を持っていて、そこに書かれた電話番号にかけると関係ないところにかかった。シベリア抑留者補償運動を熱心にやっている日本人活動家たちや『ハンギョレ新聞』北京支局にも頼んだが成果はなかった。あちこち探し回った末に、ついに新しい電話番号がわかった。受話器の向こうで「ウェイ」（もしもし）という声が聞こえた。私も少し興奮したが、彼も驚きを隠せなかった。韓国人記者がソウルから電話をかけてくるとは想像もできなかったからだろう。

昨年夏からシベリア抑留者の問題を本格的に取材しながら、私の頭の中は金光熙（キムグアンヒ）という人物のことで一杯だった。生存者たちに、祖国に戻ってきて一番苦労した人は誰かと聞いたところ、金光熙を挙げる人が多かった。帰国後、ソウル市庁で勤めていたときに朝鮮戦争が起きた。京畿道の故郷に避難して、ソウル回復後、市庁に復帰したが、青天の霹靂のように北に協力した容疑者にされたのである。軍法会議で一〇年の刑を宣告されたようだと言っていた。事情を直接聞いてみたいと言ったら、すでに世を去っただろうとのことだった。朔風会の会員たちが持つ昔のアドレス帳に彼の電話番号があったが、いまは存在しない番号だった。

彼は出獄後、在日同胞が建てた、ソウル郊外の龍仁(ヨンイン)のゴルフ場で、管理人兼食堂をやっていたという話を聞いた。遺族の連絡先を探すために、龍仁地域のゴルフ場に一つひとつ電話をかけた。しかし、秘書室に勤務する人々がほとんど若い人たちで、数十年前のことを知らなかった。資料を探していると、金光熙は二〇〇〇年一月に死亡していたことがわかった。

私は「日帝下強制動員被害真相究明委」に電話をした。もしかしたら遺族が被害申請をしたかもしれないと思ったからである。担当者が、被害申請の書類が受理されていることを確認した。よしと思って申請者の電話と住所を教えてくれと言ったら、ダメだという答えが返ってきた。個人情報なので第三者に教えられないということだった。再び事情を説明したところ、その後、正式に会社の公文書を送ってほしいと言われた。そのような過程を経て入手した電話番号は役に立たなかった。電話をかけると変なところにかかったので、龍仁の住所をたよりに訪ねて行くしかなかった。ある日、住所地として書かれたマンションを見つけて、部屋の前まで行ってブザーを押したが、何の反応もなかった。訪れた用件を書いたメモと、私が書いた記事を郵便受けに入れて連絡を待ったが、いまだに何も反応がない。

金光熙の帰国後の足跡は、私が予測していなかったところに、一部、生の記録として残っていた。『読売新聞』(西部朝刊、北九州地域版)は一九九八年二月三日から三月二七日まで「再考シベリア抑留」というシリーズを掲載した。合計三二回にわたる連載のなかで金光熙を扱ったものが三回ある。記事によると、彼の故郷は京畿道城南(ソンナム)市である。一九四九年初に興南(フンナム)を経て南に来たとき、「一週間に一回ほど刑事が家に行くから、外出先をすべて報告せよ」という警察の厳重な警告を受けた。彼は一九四九年秋に、幸いなことにソウル市経済局の臨時職員として採用された。一九五〇年六月に、北朝鮮の人民軍が下りてきてソウルが陥落すると、城南に避難した。国軍がソウルを回復後、新聞に公務員の原隊復帰を促す内容が掲載された。市庁に再び出勤した彼は、戦争が起きた後の足跡を調査された。故郷にいたと説明したが受け入れられなかった。むしろなぜ釜山（プサン）に逃げなかったのかと聞かれた。彼は一九五〇年一〇月中旬に裁判にかけられた。公判は一日で終わり、懲役一〇年が宣告された。ソウルの麻浦（マポ）刑務所に収監されたが、一九五一年の「一・四後退」〔中国の朝鮮戦争参戦で、一九五一年一月、国連軍が後退し、共産軍がソウルを占領した〕のとき、釜山刑務所に移送された。当時、同じ刑期の受刑者がかなり釈放されたが、彼は除外された。ソ連から戻ってきたというレッテルのせいだと彼は解釈した。

　釜山刑務所の収容状況は暗鬱たるものだった。同族殺し合いの戦争が激しく展開していたときだったから、どれほどのものだっただろうか。狭い部屋に四七人が収容された。伝染病がはやって受刑者たちが死んでいった。すると、死んだ人の数だけ新人が入ってきた。時には死体をすぐに処理できず、死体にもたれて寝ることもあった。一年半が過ぎた後、受刑者を再度審査した。金光熙は「何の罪も犯さなかった。ただシベリアに連れて行かれたことしかない」と訴えた。彼の抗弁が受け入れられ、ついに解放された。最初に同じ部屋に収容された四七人のうち、生きて刑務所の外に出たのは、彼を含めて三人だけだったという。

　釈放されてからも、彼には査察担当の刑事が頻繁に訪ねてきた。本人は言うまでもなく、家族・兄弟も不利益を受けた。あちこちで努力をかさね、一九七〇年代半ばに要視察名簿からはずれた。私は遺族を見つけられておらず、彼の判決文を見ていない。第三者が判決文を見るためには、遺族の情報公開委任状を提示するなど、厳しい手続きを経なければならなかった。捜査機関が、ソ連で捕虜として生活したことを履歴書に記載しなかったことを口実に、彼を公文書偽造で起訴したという話があるが、確認することができなかった。

呉雄根、金光熙の二人の話を長くしたのは、私自身の自戒の念のためである。他でもない私たちの問題を、日本人たちが一〇年前に、韓国・中国・ロシアを回って取材しているが、私はそのとき何をしていたのか、記憶さえおぼろげである。もちろん私だけの問題ではないだろう。この国のジャーナリスト、学者、知識人は言うまでもなく、国禄を食む公務員、政治家らの問題でもある。もちろん韓国国内でも、シベリア抑留の問題を積極的に調査して取材した学者、ディレクター、ドキュメンタリー作家たちがいた。その成果を過小評価することはできない。しかし、それはおおむね一過性のものとして取り上げられ、大衆の関心を呼び起こすこともできずにそのまま消えていった。シベリア抑留者が多く生存しているとき、彼らの記憶がいまよりもはるかに鮮明だったとき、証言を体系的に採取・検証・確認するための手順があったならば、実態の把握にきわめて具体的な成果があっただろうと思うと残念でならない。そうしていれば、私たちの現代史の主要な出来事を追跡するために、日本人がずいぶん前から残してきた里程標を辿るような、気まずい状況を避けることはできただろう。

韓国人のシベリア抑留は、いまだ基礎的な事実さえ明確でない。何人が連れて行かれたのか、現地で犠牲になったのはどのくらいか、死因は何だったのか、どこに埋葬されたのか、遺族たちに死亡日時・場所が知らされたのか、何人くらいが生きて帰ってきたのか、帰還後どのような人生の足跡を歩んだのか、すべてがぼんやりとしている。生存者の余生はさほど残されていない。それでも、被害者の申告が受け付けられ、一部資料が集められたのは、盧武鉉（ノムヒョン）政権時に「過去史」関連の委員会が作られて活動したおかげである。だが、守旧勢力はこのような部分的な成果や意味に素知らぬ顔をし、「過去史」関連の委員会を丸ごと罵倒しながら、いち早く解体すべきと叫んでいる。

シベリア抑留は、一個人が調査・研究して全貌を明らかにするには、あまりにも難題が山積している。おそらく民間人の専門家たちを含む機構が期限付きにでも構成され、関係機関と有機的に協力体制を構築し、関連国の政府機関を圧迫しなければ、データを体系的に入手したり、分析したりすることすら容易ではないだろう。ロシアだけでなく、日本、中国、アメリカにも関連資料が少なからず存在するだろう。また、外国政府に誠意がないと言う前に、韓国の政府機関の倉庫で、埃をかぶったまま放置されている資料を見つけることも重要である。ずいぶん遅れたが、いまからでも始めないと、彼らの歴史は永遠に闇の中に葬られてしまうだろう。

訳者あとがき

渡辺直紀

アジア・太平洋戦争終結後、主として満洲や樺太、千島列島にいた六〇万人ほどの旧「日本軍」兵士が、ソ連軍によって武装解除され、シベリアに移送されて長期にわたって強制労働に従事させられ、多数の人的被害が発生した。一説には、一九四五年〜四六年の間に、全体の一〇パーセントにあたる六万人ほどが死亡したとされる。これを日本側では「抑留」（internment）であるとして、戦争後に不法に留め置かれたと主張し、ソ連側は、合法的に拘束した「捕虜」（prisoners of war: POWs）であり、抑留者ではないと主張した。シベリアに抑留された「日本軍」兵士で生きて帰ることができた者は、一九四五〜五〇年、および一九五三〜五六年の二つの時期にかけて、シベリアから主に沿海州のナホトカ経由で日本に引き揚げた。一九五〇〜五三年の時期に引揚げがほとんど行われなかったのは、朝鮮戦争の期間だったからである。ソ連からの日本への最後の引揚船は一九五六年一二月に舞鶴に入港した。

シベリアに抑留された、これら旧「日本軍」兵士のなかには、日本の植民地である朝鮮や台湾出身の兵士も当然のごとく含まれていた。しかし、日本人兵士たちが、日本の内地に引き揚げていった一方で、植民地出身の兵士たちが、戦後、どこにどのように帰国し、どのような処遇を受けて暮らしていたかについて知られるようになったのは、戦後半世紀を過ぎ、冷戦体制が崩壊して、生存者たちの声が少しずつ世論化されてきてからのことである。日本におけるシベリア抑留に関する集合的な記憶は、半世紀以上にわたって蓄積され、きわめて膨大なものになっているが、韓国のシベリア抑留者は、反共宣伝の目的で刊行された記録物以外は、長きにわたって忘れ去られていて、生存者がようやく声をあげたかと思ったら、それもいくばくも経たぬうちに彼らが世を去るという、世論化はおろか記録さえもおぼつかない状況であった。抑留経験者ら自身による「シベリア朔風会」での運動（一九九一－二〇一二）、盧武鉉政権下の日帝強占下強制動員被害真相糾明委員会の調査・記録活動（二〇〇四－二〇一〇）、民族問題研究所の支援などがあるにはあった。そのようななかで孤軍奮闘しながら、この歴史的出来事を韓国社会に知らしめるべく世論化に努力したのが、金孝淳氏と『ハンギョレ』紙であった。

本書は、その金孝淳氏が『ハンギョレ』などに連載してきた記事や文章をもとに編集した、氏の著書『私は日本軍・人民軍・国軍だった――シベリア抑留者、日帝と分断と冷戦に踏み躙られた人たち』（西海文集、二〇〇九）の全訳である。邦訳のタイトル『朝鮮人シベリア抑留』は原著者と協議のうえ決めた。結果、メインタイトルとサブタイトルが原著と入れ替わる形となったが、これはやはり、日本と韓国における「シベリア抑留」という歴史的出来事に対する認知度の違いが理由として大きい。ただ、原著の「私は日本軍・人民軍・国軍だった」というメインタイトルもそれとして衝撃的である。

日本軍や関東軍の兵士として出征し、日本敗戦の過程でソ連軍に捕らえられてシベリアに抑留され、生きて祖国に戻った朝鮮人青年たちの一部には、まず北朝鮮の朝鮮人民軍に入隊し、ほどなく勃発した朝鮮戦争で、なかには三八度線を越えて南側で捕虜となり、あらためて韓国国軍や米軍傘下の韓国人部隊の兵士になった者もいた。つまり、一〇年もしない間に何度も所属国家を変えて、兵士としての忠誠を誓わされ、戦闘行為に従事させられたのである。

ただ、本書で触れられているのは、彼らのそのような朝鮮戦争前後の苛酷な体験や経歴だけではない。その後も、シベリア（ソ連）から来た、北朝鮮から三八度線を越えてきた、旧日本軍の軍人だった、などの理由で、南の韓国で、思想や忠誠度を疑われて生き地獄を味わい、その後、数十年経って少し世の中が平和になり、自分の身の潔白を明らかにし、補償を要求しようとしたものの、どこの国の政府からも、前例がない、証拠を出せと言われ続け、現在まで何らの補償も受けていない人たちの話である。本書の原著が韓国で出てさらに一〇年以上たっている。本書に登場する人たちのうち、抑留経験者を含めて多くの人たちはすでにこの世の人ではない。今回、本書の訳出を終えて思うのは、もっと早くこれを日本語で読めるようにしておくべきだった、という反省につきる。原著が出た当初、すぐに入手して読み、感銘を受けたが、もしこれを日本語に翻訳するにしても、自分よりもっとこの問題に深くコミットしてきた人たちが作業するべきだと思って、そのままにしてしまったのが悔やまれてならない。

著者の金孝淳氏は韓国のジャーナリストである。一九七四年にソウル大政治学科を卒業後、東洋通信、京郷新聞を経て、八〇年代末に『ハンギョレ新聞』創刊に参加し、東京特派員・編集局長・編集人（主筆）を務め、二〇一二年に引退後も多くの社会活動や市民運動に関与している。単なるジャーナリストではなく、東京特派員を務めるほど日韓関係や東アジアの国際関係に通じており、また、八〇年代の韓国の民主化運動のさなかに新聞社を解雇された、多くの記者を糾合した『ハンギョレ新聞』の創刊に参加し、その後、記者として活躍するほど、社会正義や人権、市民運動などに深い関心をもってこられた方である。氏の著書として、『私は戦争犯罪人です――日本人戦犯を改造した撫順の奇跡』(二〇二〇)、『歴史家に問う』(二〇一一)、『近い国、知らない国』(一九九六)などがあり、本書以外の邦訳として『祖国が棄てた人びと――在日韓国人留学生スパイ事件の記録』(石坂浩一監訳、明石書店、二〇一八)や『間島特設隊――一九三〇年代満洲、朝鮮人で構成された親日討伐部隊』(仮題、近刊)があるが、このような著書のタイトルを一瞥するだけでも、著者がどのようなスタンスで世の中と対峙してきたかがわかるだろう。

本書が扱っているテーマ――朝鮮人のシベリア抑留問題について、本書と一緒に読まれるべき先行書は、何といっても林えいだい氏の『忘れられた朝鮮人皇軍兵士――戦後五十年目の検証・シベリア脱走記』(梓書院、一九九五)であろう。金孝淳氏の原著(二〇〇九年刊)よりも一四年前に出た、やはり同じくインタビューをもとに構成したオーラルヒストリーの体裁をとったものである。インタビューされている朝鮮人抑留経験者の面々もかなり重なっている。林えいだい氏の本は、彼ら経験者らがまだ若かったためか、さまざまな出来事が記憶として臨場感をもって語られている。しかし、当時の国際環境的な事情で、取材で裏が取れないことも数多くあったように読める。金孝淳氏の本書は、先行書である林氏の調査を土台にしながらも、林氏が時代的な制約のためにできなかったさまざまな調査や、まだ進展がなかった出来事の経緯などをしっかり調べたうえでまとめられている。取材の範囲や期間も林氏のそれに比べて広く長い。そのような自らの作業を、著者は「日本人がずいぶん前から残してきた里程標を辿るような、気まずい状況」（「おわりに」）と言っているが、本書は後追いのレベルをはるかに凌駕している。また、本書では明示的に書かれていないが、それぞれの抑留経験者の運動に、著者の金孝淳氏自身がさまざまに支援しながら、深くコミットしていたであろうことも想像に難くない。そのような点で本書は著者自身の生の記録でもある。

さらに詳しいことは本書を直接ご覧いただきたいが、本書が詳しく取り上げることができなかったことを、二点ほど指摘しておきたい。まず第一に、本書にはシベリアから戻って、結局、北朝鮮に定着することになった人たちのことはほとんど書かれていない。まったくわかっていないからである。一九四〇年代後半に北朝鮮の興南港（フンナム）に一括送還された、朝鮮半島出身のシベリア抑留者二三〇〇人のうち、南の韓国に渡ったのは五〇〇人ほどで、残りはそのまま北朝鮮にとどまったり、中国の延辺や東北地域の故郷に戻って行った。そのうちの一人が、本書に出てくる中国朝鮮族の呉雄根（オウングン）ということになるが、このように消息がわかっているのはかなり例外的で、それ以外の、北朝鮮で定着した抑留経験者たちの消息や後半生については、まったく何もわかっていない。北朝鮮にとって友邦のソ連から戻ってきたからといって、その経験が必ずしもプラスにつながったとは考えにくいのは、中国に戻った呉雄根の体験や証言からも、またその後の北朝鮮の政治史を考えても、十分に推測できる。朝鮮人シベリア抑留者のうち、消息がわかっているのは、本書で紹介されたようにごく一部で、多くはまだ空白のまま残されていると言える。

それから第二に、本書の原著が韓国で出た翌年の二〇一〇年に、日本でいわゆる「シベリア特措法」が成立したことについても、詳しくは触れられていない（本書第14章の最後に簡単に触れられているのは、初版時［二〇〇九年］ではなく、増刷のときに加筆されたものである）。対象者は旧ソ連によってシベリアやモンゴルに抑留された生存者約七万人で、抑留期間に応じて二五万円から一五〇万円の特別給付金が支給されることになった。しかし、朝鮮や台湾出身者は、日本国籍を有しないという理由で対象外となった。さらに地域をシベリアやモンゴルに限定したため、旧満洲や北朝鮮でソ連軍に留用された人たちは、日本人であっても対象外となった。また、支給は生存者に対するものだけで物故者には何もされていない。さらに特措法は、国に対して、調査事業なども積極的に行うよう促しているが、この間、大きな進展は見られない。その問題性に対する指摘は、さらに後続の作業が必要になるだろう。

謝辞をいくつか記しておきたい。先に私が、本書の原著が刊行されたときに、本書をいち早く読んでいたにもかかわらず、翻訳せずにいたことについて触れた。そのような私を、翻訳せずにはいられない状況に急き立ててくれたのが、坪井秀人先生（早稲田大、前・日文研）を代表とする科研費共同研究「〈難民〉の時代とその表現――一九三〇〜五〇年代北東アジアにおける移動と文化活動」（基盤研究［B］一七H〇二三二五）に集まられた共同研究者および研究協力者の先生方――北原恵、川口隆行、溝渕園子、平田由美、石川巧、宋恵媛、ヤロスラブ・シュラトフ、天野尚樹、川崎賢子の各氏である。この共同研究のおかげで、私は先生方と日本国内で各種の研究会を持った以外にも、ハバロフスクやイルクーツク、サハリン（ユジノサハリンスク、コルサコフ、ホルムスク、ポロナイスクなど）への調査旅行の機会にも恵まれ、実にさまざまなことを学ぶことができた。この共同研究での私の役割は、韓国・朝鮮におけるシベリア抑留者についての情報を提供することだったが、共同研究の期間も後半に入り、私自身がオファーできる研究課題についてあらためて考えたとき、まずは金孝淳氏の本書を日本語に訳して、共同研究の先生方にお読みいただくことが先決だと思い立ったのである。思い立ってから一次訳稿の完了までは半月もかからなかったものと記憶する。大学は学期中で授業をやったり会議に出たりしながらだったので、われながら早かったと思うが、それだけ時間を忘れて翻訳に没入できる内容だった。私自身はこの訳稿を研究仲間の間で回覧するだけにとどめるつもりだったが、この原稿を見たとある先生からぜひ出版をと激励され、今回、東京外国語大学出版会のお世話になることとなった。出版会の大内宏信さんは企画として採択されるまでさまざまにご尽力くださり、また編集の実務にあたられた小田原澪さんには、訳稿の吟味から訳注の付け方、図版の扱いに至るまで、訳書の体裁を決定するのに重要な点について、常に行き届いたご配慮をいただいた。また、東京外国語大学名誉教授の中野敏男先生からは、金孝淳氏のこの著書の主題が、歴史的な事実を照明するものであると同時に、「日本人」の内向きの記憶の集積を突き崩している意義を指摘し、中心となる歴史的な出来事の経緯をひも解く、とてもすばらしい推薦辞をいただくこともできた。ここに記して感謝を申し上げたい。

最後に、翻訳書としては異例かもしれないが、訳者の立場で、この訳書を義父の故・高英煥（コヨンファン）の霊前に捧げたい。義父は一九二六年、当時は日本の植民地だった朝鮮の慶尚南道晋州（チンジュ）に生まれ、四歳のときに家族とともに京都に渡り、高校までの時期を過ごした。戦争末期に彼も赤紙を待っていたが、日本人の友人の一人に来て、もう一人にも来て、次は自分の番だと思っていたら、八月一五日の終戦を迎えた。その後、終生、釜山（プサン）で過ごした義父から聞いた、その後も続くライフヒストリーを、ここですべて書くことはできないが、もう一年早く生まれていたら、あるいはあの戦争がもう一年続いていたら、義父も本書に登場する抑留経験者ら（ほとんどが一九二四〜二五年生まれ）と同じ経験をしていたに違いない。そう思わせたのは、本書を訳出しながら見ることになった、韓国の抑留経験者らのインタビューを収めた映像から感じられる、話し相手に屈託なく語る彼らの雰囲気が、実に義父にそっくりで、まるで義父が映像の中で語っているような錯覚にとらわれることが何度もあったからである。そのように醸し出される雰囲気が、彼らの世代共通のものだったのか、あるいは単なる偶然なのかはわからない。だが、訳出作業を続けている間に、そのように何度も義父のことを思い出し、この数年、釜山郊外の機張（キジャン）にある納骨堂に墓参も行けていないことを心の中で詫びたりもした。本書を彼の霊前に捧げながらあらためて冥福を祈りたい。そして、彼から聞いたライフヒストリーを時にまた思い出しながら、私のなかで何度も反芻し続けていきたい。

参考資料

著者と協議のうえ、原著にあるリストを整理・補充して訳出した。（あ）原著でリスト化されなかったもので、本文中にもともと言及されていたものは、これを生かして掲載した。（い）リストは基本的に著者五〇音順・発表年代順で並べかえた。（う）＊印のものは、訳者が訳注で言及したり、翻訳の過程で参照したりしたものである。

（韓国語文献）

李圭哲『シベリア恨の歌』筆写本、一九九二年頃推定（二〇〇〇年代初に加筆した形跡あり）

姜英勳『国を愛した碧昌牛』東亜日報社、二〇〇八

羅寛國「シベリア捕虜収容所一三八〇日」『新東亜』（東亜日報社）一九九三年四月号

日帝強占下強制動員被害真相糾明委員会編『シベリア抑留朝鮮人捕虜の記憶——強制動員口述記録集・七』日帝強占下強制動員被害真相糾明委員会、二〇〇七

張昌鍾『バイカルは流れているか——凍土のシベリア流刑記』高麗苑、一九九一

朴敏泳「ソ連軍の捕虜になったシベリア地域の韓国人の帰還」『韓国独立運動史研究』二〇輯、韓国独立記念館・韓国独立運動史研究所、二〇〇三
白善燁『とても長い夏の日・一九五〇年六月二五日』地球村、一九九九

（日本語文献）

朝日新聞社編『復刻日本新聞』（全三巻）朝日新聞社、一九九一
朝日新聞山形支局『聞き書き・ある憲兵の記録』朝日新聞社、一九八五（朝日新聞社（文庫）、一九九一）
李圭哲『朝鮮人元日本兵シベリア捕虜記』陳謝と賠償裁判をすすめる会、一九九一、限定非売品
NHK取材班編『外交なき戦争の終末』角川書店（文庫）、一九九五
エレーナ・カタソノワ（白井久也監訳）『関東軍兵士はなぜシベリアに抑留されたか――米ソ超大国のパワーゲームによる悲劇』社会評論社、二〇〇四
大杉一雄『日中十五年戦争史――なぜ戦争は長期化したか』中央公論社（新書）、一九九六
小熊英二『生きて帰ってきた男――ある日本兵の戦争と戦後』岩波書店（新書）、二〇一五　＊
小熊英二「『父と私』――韓国シベリア抑留者たちとの対話」『世界』（岩波書店）二〇一六年一〇月号　＊
加藤陽子『満州事変から日中戦争へ』岩波書店（新書）、二〇〇七
共同通信社会部編『沈黙のファイル』共同通信社、一九九六（新潮社（文庫）、一九九九）
久保田桂子『記憶の中のシベリア』垣内出版、二〇一七　＊
小林泰恵『李昌錫物語』シベリア抑留裁判を支える会、一九九八、筆写本
斉藤正樹「シベリア抑留朝鮮人日本軍兵士」『青丘文庫研究会月報』二〇〇九年一月号
白井久也『ドキュメント　シベリア抑留――斎藤六郎の軌跡』岩波書店、一九九五
白井久也「日本人捕虜とシベリア抑留」、エレーナ・カタソノワ（白井久也監訳）『関東軍兵士はなぜシベリアに抑

留されたか――米ソ超大国のパワーゲームによる悲劇』社会評論社、二〇〇四所収
白井久也「日本人にとってのシベリア抑留」（全五回）『図書新聞』二〇〇七年八月一八日号～九月二二日号
白井久也『検証シベリア抑留』平凡社（新書）、二〇一〇 ＊
セルゲイ・I・クズネツォフ（岡田安彦訳）『シベリアの日本人捕虜たち――ロシア側から見た「ラーゲリ」の虚と実』集英社、一九九九
戦後強制抑留史編纂委員会編『戦後強制抑留史』全八巻、平和祈念事業特別基金、二〇〇五
全国憲友会連合会編纂委員会編『日本憲兵正史』全国憲友会連合会本部、一九七六
ソ連における日本人捕虜の生活体験を記録する会編『捕虜体験記』全八巻、ソ連における日本人捕虜の生活体験を記録する会、一九八四～一九九八
宋斗会の会編『中国籍朝鮮人元日本兵シベリア抑留問題』宋斗会の会、二〇〇六
大韓民国政府・国務総理所属・対日抗争期強制動員被害調査及び国外強制動員犠牲者等支援委員会（北原道子訳）『シベリアに抑留された朝鮮人捕虜の問題に関する真相調査――中国東北部に強制動員された朝鮮人を中心に』対日抗争期強制動員被害調査及び国外強制動員犠牲者等支援委員会、二〇一三 ＊
戸松建二「第二次大戦後における日本兵シベリア抑留問題――収容所における『民主化政策』をめぐって」『愛知県立大学大学院国際文化研究科論集』第一〇号、二〇〇九
馬場嘉光『シベリアから永田町まで――情報将校の戦後史』展転社、一九八七
林えいだい『忘れられた朝鮮人皇軍兵士――戦後五十年目の検証・シベリア脱走記』梓書院、一九九五
白善燁『対ゲリラ戦――アメリカはなぜ負けたか』原書房、一九九三
堀江則雄『シベリア抑留――いま問われるもの』東洋書店、二〇〇一
村山常雄『シベリアに逝きし四六三〇〇名を刻む――ソ連抑留死亡者名簿をつくる』七つ森書館、二〇〇九
吉田裕『アジア・太平洋戦争』岩波書店（新書）、二〇〇七

ロベール・ギラン（矢島翠訳）『アジア特電一九三七〜一九八五――過激なる極東』平凡社、一九八八

「再考シベリア抑留」（全三二回）『読売新聞』（西部朝刊、北九州地域版）一九九八年二月三日〜三月二七日

（英語文献）

Stephen C. Mercado, *The Shadow Warriors of Nakano: A History of the Imperial Japanese Army's Elite Intelligence School*, Brassey's, 2002

Michael Schaller, *Altered States: The United States and Japan since the Occupation*, Oxford University Press, 1997

（映像物）

「もうひとつのシベリア抑留――韓国・朝鮮人捕虜六〇年」ＮＨＫ教育放送「ＥＴＶ特集」ドキュメンタリー、二〇〇九年四月五日放映

『記憶の中のシベリア――祖父の想い出、ソウルからの手紙』（『祖父の日記帳と私のビデオノート』二〇一三年、四〇分、『海へ――朴さんの手紙』二〇一六年、七〇分）久保田桂子監督、二〇一六年一〇月公開

＊

「父と私――シベリア、一九四五年」韓国ＭＢＣテレビ・光復節特集ドキュメンタリー、二〇一六年八月一五日放映

＊

著者―金孝淳（キム・ヒョスン）

一九七四年ソウル大政治学科卒。東洋通信、京郷新聞を経て『ハンギョレ新聞』創刊に参加し、東京特派員・編集局長・編集人（主筆）を務めた。二〇〇七年から現場に戻って「大記者」の肩書きで活動し二〇一二年に退社した。「フォーラム真実と正義」共同代表を務め、韓日関係、東アジアの平和・和解・市民運動などをテーマに執筆し、歴史から葬られた人々に対して関心がある。著書に『私は戦争犯罪人です――日本人戦犯を改造した撫順の奇跡』（二〇二〇）、『歴史家に問う』（二〇一一）、『近い国、知らない国』（一九九六）などがあり、邦訳として本書以外に『祖国が棄てた人びと――在日韓国人留学生スパイ事件の記録』（石坂浩一監訳、明石書店、二〇一八）や『間島特設隊――1930年代満洲、朝鮮人で構成された親日討伐部隊』（近刊）がある。

訳者―渡辺直紀（わたなべ・なおき）

武蔵大学教授。専攻は韓国・朝鮮文学。一九六五年東京生まれ。慶応大政治学科卒。出版社勤務などを経て渡韓。韓国・東国大学校大学院国語国文学科博士課程修了（文学博士）。高麗大招聘専任講師を経て二〇〇五年より現職。東京外国語大学非常勤講師。カリフォルニア大サンディエゴ校客員研究員（二〇一一年度）、高麗大招聘教授（二〇一八年度）など歴任。主著に『林和文学批評――植民地朝鮮のプロレタリア文学と植民地的主体』（韓国・ソミョン出版、二〇一八）、訳書に『闘争の詩学――民主化運動の中の韓国文学』（金明仁著、藤原書店、二〇一四）、『植民地の腹話術師たち――朝鮮の近代小説を読む』（金哲著、平凡社、二〇一七）、『帝国大学の朝鮮人――大韓民国エリートの起源』（鄭鍾賢著、慶応義塾大学出版会、二〇二一）など。

나는 일본군 인민군 국군이었다
（私は日本軍・人民軍・国軍だった）
by Kim Hyo Soon

First published in Korea in 2009 by Booksea Publishing Co.

表紙写真：ソ「満」国境付近を走るシベリア鉄道（1935年ごろ）
撮影 Paul Popper
photo by Getty Images

朝鮮人シベリア抑留

私は日本軍・人民軍・国軍だった

2023年2月7日　初版第1刷発行

著者 ―――― 金孝淳
訳者 ―――― 渡辺直紀
発行者 ―――― 林佳世子
発行所 ―――― 東京外国語大学出版会
〒183-8534 東京都府中市朝日町3-11-1
TEL 042-330-5559
FAX 042-330-5199
E-mail tufspub@tufs.ac.jp
装丁・本文組版 ―― 木下 悠
印刷・製本 ―――― モリモト印刷株式会社

Printed in Japan ISBN978-4-910635-01-9
落丁・乱丁本はお取り替えいたします。
定価はカバーに表示してあります。